안즈 ≫

≪ 에로무라

"안 돼…….
이런 복잡한 시스템 분석은
제 능력 밖이에요……."

루시펠

코토부키 야스키요 지음

JohnDee 일러스트

김장준 옮김

Contents

프롤로그 아저씨, 천천히 산토르에 가다

하삼 마을에서 아도와 유이가 만나 한바탕 소동이 있었으나, 제로스 일행은 무사히 마을을 떠나 산토르로 출발했다.

그들은 【할리 선더스 13세】와 【경승합차】의 속도로 이틀이면 도착할 거리를 사흘로 나누어 이동하고 있었다.

아도의 약혼자(사실상 아내) 유이가 임산부이기 때문에 안전을 고려해 속도를 늦췄기 때문이었다.

무엇보다 아도가 만든 자동차는 설계를 간략화한 탓에 승차감이 별로 좋지 않았다.

좌석은 푹신푹신했으나, 서스펜션이 딱딱해서 차체의 진동이 고스란히 전해졌다.

노면이 정비됐다고는 해도 울퉁불퉁해서 유이의 몸에 부담을 줄이려면 이 방법이 최선이라고 판단했다.

그런 사정으로 그들은 산토르를 목전에 두고 두 번째 야영에 들어갔다.

"카레…… 오랜만에 먹었어, 토시."

"나도……. 바로 이 맛이야."

"제로스 씨가 있으니까 삶의 질이 달라지네. 무슨 고기인지는 궁금하지만……."

"샤크티 씨, 그런 소리는 하지 마……. 그래도 맛있기는 해."

엽기 덮밥을 먹은 세 사람은 카레에 들어간 재료가 심히 신경 쓰였다.

하지만 산토르에 도착할 때까지 굶을 수도 없는 노릇이고 찬밥 더운밥을 가릴 처지도 아니었다. 배가 고프면 집중력이 떨어지기 때문이었다.

특히 이 세계에 존재하지 않는 차와 오토바이로 이동하는 중이라서 부주의로 인한 사고는 피해야 했다.

"……아직 맛이 불안정해. 전보다 약간 개선된 정도인가. 역시 카레 배합은 심오해."

제로스는 카레를 만들며 향과 맛, 풍미에 대해 타협하지 않고 끝없이 고민했다.

그 결과, 간신히 자신이 기억하는 맛에 근접했다고 느꼈다.

하지만 향신료의 질이 마음에 들지 않았다.

카레에 향과 풍미를 더하기 위해 넣은 향초 【아베라프】는 어디까지나 지구의 향신료와 비슷한 향과 풍미를 가졌을 뿐, 지구에 존재하는 식물은 아니었다.

다른 향신료도 마찬가지였다. 제로스가 원하던 맛에 가까워졌을 뿐, 결코 이상적인 맛은 아니었다.

사실 제로스는 이미 지구에서 먹던 것과 같은 맛을 재현해냈다. 하지만 본인은 그 사실을 깨닫지 못했다.

이러한 집착은 고민할수록 수렁에 빠지는 법이었다.

"제로스 씨…… 이 맛으로도 아직 불만이에요? 충분히 카레 맛이 나잖아요."

"요구르트도 섞어 봤는데 반대로 카레 맛이 죽은 느낌이……. 매운맛이 부족한 것 같으니까 【데드 페뇨】라도 써 볼까……."

"이보세요, 그 고추 비슷한 건 한 번 핥기만 해도 죽어요. 아무리 소량이라도 음식에 넣을 물건이 아닐 텐데요?"

"연막용으로 뿌렸더니 용왕이 추락했지~. 새끼손가락 한마디 정도면 충분하다고 보지만, 남은 부분을 처리하기가 힘들겠어. 그래도【데몬 페퍼】보다는 낫잖아?"

【데드 페뇨】와【데몬 페퍼】는 둘 다 다른 약초의 열매로, 매운 성분이 무섭도록 강하다. 사실 강하다는 말도 우스울 정도다.

어느 열매나 만지는 것까지는 문제없지만, 갈거나 말려서 빻으면 흉악한 자극 성분이 발생한다.

일단 혈액순환 촉진 효과가 있으나 너무 매워서— 아니, 격렬한 통증을 유발해서 식용으로 쓸 수가 없다.

약사와 연금술사 사이에서는 독극물로 취급되며, 그 격렬한 자극 효과 때문에 단 하나로도 주위를 지옥으로 바꾼다. 오죽하면 여러 나라에서 위험물질로 지정해 법률로 엄중히 관리한다.

오염 효과도 없고 자극 성분도 자연 분해되어 사라지니까 어떻게 보면 가장 자연 친화적인 병기라고 할 수 있지만, 사실 어느 나라에서도 전쟁에 이용한 기록은 없다.

아마 효과가 너무 강해서 국가들이 조약을 맺어 숨겼다고 추정된다. 도저히 약초, 향신료라고는 생각할 수 없는 위험한 물건이다.

"둘 다 쓰면 지옥이 펼쳐지는 건 똑같지. 그런데…… 그 스케치판은 뭐예요?"

"이거? 전에 말한 자동차 설계도. 바탕은 다임러 모터 캐리지고 구조는 날림— 간단하게 개량해 봤어. 갑자기 아도 군의 경승합차

같은 물건을 만들 수는 없으니까."

"지금 날림이라고 말하지 않았어요? 진짜 공작과 거래를 해야하나……. 나, 갑자기 속이 쓰린데."

"유이 씨를 이사라스 왕국으로 데리고 갈 수는 없잖아? 아직 환경이 안 좋은 나라에서 생활하면 아이가 태어나도 오래 못 살지도 몰라. 그리고 그 나라는 고지대에 있다며? 공기도 희박한데 고산병이라도 걸리면 어떡해? 믿을 수 있는 사람과 거래해서 국가 규모로 경제 활성화를 노리는 편이 나아. 그러면 이사라스 왕국에서도 평가가 좋아지겠지."

"솔리스테어 공작의 소문은 들었지만, 솔직히 말하면 만나기 무서워요. 사람 다루는 솜씨가 귀신같다면서요? 나, 거래는 잘 못하는데……."

아도는 유이를 찾아서 걱정이 사라졌나 싶었지만, 곧바로 다음 문제에 직면했다. 델사시스 반 솔리스테어 공작과의 거래가 그 이유인데, 아도는 지레 겁을 먹고 있었다.

제로스의 제안을 들었을 때는 좋은 방법이라고 생각했으나, 산토르에 가까워질수록 공작의 소문이 떠올랐고, 대등한 거래가 불가능할거라는 생각이 들었다.

귀족이면서 무슨 바람이 불었는지 장사에 손을 대고, 영지를 관리하면서 단기간에 국내에서 손꼽히는 상인으로 등극했으며, 악랄한 수단으로 장사를 방해한 상인을 공식적으로나 비공식적으로나 힘으로 꺾어 버리고, 여러 범죄 조직을 혼자서 쳐부순 싸움꾼.

아내가 두 명에, 애인은 세지도 못할 만큼 많으면서도 어느 여성

11

이나 공평하게 사랑하는 하렘킹. 잡지에서 치명적인 매력을 가진 남성으로서 대대적으로 특집 기사를 다루는 신사. 정말로 귀족인지 의심될 만큼 종잡을 수 없는 경력의 소유자.

한 가지 확실한 점은 결코 만만하지 않은 수완가라는 사실뿐이었다.

그런 자와 대등한 위치에서 교섭이 가능할 거라는 생각은 도저히 들지 않았다.

"어떻게든 되겠지. 나도 합석할 테니까 태풍에 들어가는 쪽배에 탔다고 생각하고 마음 푹 놔."

"불난데 부채질하지 마요! 쪽배면 내 인생은 파멸이라고!"

"나도 가능하면 야마토급 전함이라도 띄워주고 싶지. 하지만 집중 공격당하고 옆구리에 어뢰가 직격해서 탄약고가 유폭하는 바람에 침수로 배가 뒤집히고 똑 부러지면서 처절하게 가라앉을 것 같잖아?"

"진짜 야마토?! 물고기 밥이 되라고요?!"

"각오가 되었다면 내 배에 타라[#1], 아도 군."

"미래 없는 쪽배에 타기 싫어~! 그리고 그건 딴 배 선장이에요!"

일반인에 불과한 아도가 귀족과— 심지어 왕족인 공작과 교섭하는 것은 너무 부담스러운 이야기였다. 불안하기 짝이 없었다.

이사라스 왕국의 왕은 아도도 어이가 없을 만큼 저자세에 비굴하고 부정적인 인물이었다. 델사시스 공작 같은 위엄도 없어서 편

#1 각오가 되었다면 내 배에 타라 만화 『우주 해적 캡틴 하록』의 대사 「진정한 남자가 되고 싶다면 내 배에 타라.」를 패러디한 것. 『우주 전함 야마토』와 같은 작가의 작품이다.

하게 이야기할 수 있었다.

반면, 델사시스 공작은 위험한 자였다. 대등하게 교섭할 수단이 없으면 반대로 이용당할 것이 확실했다.

"아도 군…… 계획 자체는 내 아이디어였지만, 애초에 차를 팔 겠다고 이야기를 꺼낸 사람은 너야. 그때의 기개와 각오는 어디 갔어? 유이 씨와 다시 만나고 겁쟁이가 됐어?"

"공작이 유이를 이용하려고 들까봐 걱정돼서 미치겠다고요! 이사라스 왕국과 교섭할 재료로 주전파에 내 정보를 팔 가능성도……."

"그 점은 믿어도 돼. 이사라스 왕국에 너를 팔기보다 곁에 두고 단물을 빠는 편이 공작에게 더 이득이니까. 왕족 직계라서 국익을 우선할 거야."

이사라스 왕국의 식객 마도사인 아도는 유이를 인질로 잡히면 위험한 처지였다.

가뜩이나 【현자】라는 상위 마도사인 그는 군사적 측면에서도 최강의 병력이 될 수 있었다. 그리고 말을 듣게 하려면 인질을 잡는 편이 가장 빨랐다.

리사와 샤크티도 인질이 될 수 있겠지만, 그녀들은 이 세계에서 제법 강한 축에 속해서 쉽게 인질이 될 리 없었다. 살인에 거부감이 있다지만 자기 몸을 지키기 위해서라면 그녀들도 그 정도는 극복할 것이다. 그런 면에서 유이는 인질로 잡기 쉬웠다.

이사라스 왕국에 주전파가 존재하는 한, 유이의 존재를 들키면 위험이 따라붙는다. 그렇다면 믿을 수 있는 사람에게 유이를 맡기면 그만이다.

13

그 믿을 수 있는 사람이 바로 제로스였고, 협력자 후보가 델사시스 공작이었다.

그 공작이라면 인질을 잡는 만행을 저지르지는 않는다. 이용할 생각이라면 그에 걸맞은 보상을 준비하고 상대방에 따라서는 약점을 잡아 협박하리라.

적대하지 않는 한은 누구에게나 공평하다. 위험한 사람이지만, 그 이상으로 신사이기도 하다.

그런 의미로는 신뢰할 수 있는 인물이었다.

"인생에 미학을 가진 인물이야. 멍청한 생각에 빠지는 인간들과는 격이 달라. 그리고 말이 통하는 사람이기도 해. 뭐, 그것도 교섭하기 나름이지만."

"그 교섭이 무서우니까 이러죠. 제로스 씨는 왜 아무렇지 않아요? 나는 생각만 해도 위궤양에 걸릴 것 같은데……."

"핫핫핫, 『혹시 차 만들 생각 없습니까?』라고 물어볼 뿐인데 뭘 그리 긴장해. 이미 각오를 다진 거 아니었어?"

"각오는 했지만 귀족, 그것도 왕족 직계 공작이잖아요? 보통은 긴장하죠……."

아도의 감각으로는 일반인이 국회의사당에 가서 정치가와 대면해 국정을 논하는 꼴이었다. 긴장하는 게 당연했다.

비유하면 델사시스 공작은 사람을 구워삶는 의원. 대학을 중퇴한 알바생이 교섭하기에는 문턱이 너무 높았다.

제로스는 사회인으로서 거래나 현장 경험이 많은 덕인지, 아니면 단순히 간이 커서인지 전혀 동요하지 않았다. 그 당당함이 못

내 부러웠다.

"그보다 밥이나 빨리 먹어. 너 때문에 못 치우잖아. 카레도 세 사람이 다 먹어 치울 판이고……."

"……앗."

제로스와 대화하는 옆에서 유이, 리사, 샤크티가 무시무시한 속도로 카레를 비우고 있었다. 넉넉하게 만들었는데 이미 절반 이상 사라졌다.

그녀들은 일본의 음식에 굶주려있었다. 말 한마디 없이 환희의 눈물을 흘리며 카레를 쉬지 않고 입에 욱여넣는 모습은 흡사 시체에 달려드는 하이에나 같았다.

거기에 식사 예절이라거나 품위, 거리낌이라는 개념은 존재하지 않았다.

"이사라스 왕국은 음식이 맛없었어……. 이 나라 요리는 맛있지만, 매일 먹으면 질려. 애초에 일본인 입맛에 안 맞아. 매일 먹고 싶다는 생각이 안 들어."

"그렇게 일본의 음식이 그리웠나. 정신적으로 많이 힘들었나 보네."

그녀들의 위장은 블랙홀이었다. 무념무상으로 카레를 먹어 치우는 모습이 어찌나 짠한지 아저씨는 저도 모르게 눈물지었다.

고향의 식문화를 그리워하는 마음이 그녀들을 푸드 파이터로 바꿔놓은 것이다.

그것을 폭식이라고 어찌 나무랄 수 있으랴. 젊은 시절 해외 출장을 자주 간 아저씨도 그 마음은 슬플 만큼 잘 알았다.

외국 요리에 익숙해지지 못해 일식집을 찾아가도 그곳의 메뉴는 외국인 요리사의 손을 거쳐 완전히 현지화된 경우가 대부분이라서 제대로 된 일본 음식은 3성급 고급 요리점에서나 찾을 수 있었다. 그래서 평소에는 인스턴트 된장국이나 쌀밥을 이용하는 편이 나았다.

게다가 이번에 제로스가 만든 카레는 일본인의 취향에 맞춰서 더욱 일반 가정의 그리운 맛에 가까웠다.

그런 사정으로 아녀자들의 걸신들린 식사를 방해할 수는 없었다. 세 사람의 숟가락을 그 누가 멈출 수 있겠는가.

외모만 보면 하나같이 미인들인데 밥을 먹는 모습은 게걸스럽기 짝이 없었다.

"그보다 식사가 끝나면 부품을 만들 거니까 도와줘. 집에 도착할 때까지 어느 정도 갖춰 놓고 며칠 내에 완성품을 가져가서 교섭하고 싶어. 아도 군의 미래가 걸린 일이니까 열심히 해야지~?"

"……알았어요. 여전히 사람을 막 부려 먹네. 나는 생산직이 아니거든요?"

"이미 자동차를 만들었으면서 뭐래. 【마도 연성】을 쓸 줄 알면 부품 제작은 맡길게. 나사 정도는 양산할 수 있겠지."

"마도 모터는 누가 만들어요? 구조는 단순해도 재료 확보부터 이런저런 문제가 있을 텐데."

"그건 이 나라 사람들한테 맡겨야지. 연금술사가 많으니까 그 정도는 자력으로 해결해야 하지 않겠어?"

제로스와 아도가 제작하려는 자동차(편의상 【마도식 모터 캐리지】라고 이름 붙였다)는 심장부인 마도 모터 제작도 수작업으로 해야 했다.

자력을 만드는 마법식은 스크롤로 옮기면 얼마든지 만들 수 있지만, 그밖에 여러 세세한 부품을 제작하려면 고도의 기술이 요구됐다.

지구의 생산 공장처럼 기계가 있을 리 없으니 부품 대부분을 대장장이가 손수 만들게 될 것이다.

그 외에도 사람이 앉을 좌석이나 야간 주행용 라이트 등 많은 부품이 필요했다.

모터와 라이트, 마력 탱크는 마도구라서 그것을 담당할 연금술사들은 스스로 기술을 연마해야만 했다.

생산 라인이 갖춰질 때까지 경제적 영향은 미미하겠지만, 기준치에 맞는 기술만 습득한다면 향후 연금술사와 기술자 고용이 늘어날 것이다.

"작은 것부터 차근차근 쌓아 가야지. 처음부터 우리처럼 잘할 수는 없어. 기술을 갈고닦을 시간이 필요할 거야."

"이사라스 왕국은 마도사가 적으니까 마도 부품 생산이 따라가지 못하려나. 생산 능력을 완전히 갖추려면 적어도 20년은 걸리지 않을까요?"

"글쎄, 이 세계 마도사는 레벨도, 수준도 낮잖아? 마도 부품에 부여하는 마법식은 스크롤을 쓰면 되지만, 그러면 발전이 없어. 결국 스스로 기술 수준을 높일 수밖에 없지. 노력에 노력을 거듭해야 해."

"문명 발달까지는 갈 길이 먼가……. 점점 더 우리가 중요해지는 기분인데요?"

"그러니까 교섭을 해야지. 솔리스테어는 마법에 관해서는 세계 최고야. 우리가 아무리 고도의 기술을 가졌어도 어차피 개인에 불과해. 결국은 주요 부품을 생산할 연금술사를 늘려야지. 그러니까 표본을 보여주고 그 뒤에는 독자적으로 성장하기를 바라면 돼."

"그거 거의 떠넘긴다는 말이잖아요? 그래도 괜찮을까……."

"그럼 제자라도 육성해 볼래? 장담하는데 좋은 꼴은 못 볼걸?"

현자와 대현자는 마도사의 정점이었다. 많은 마도사가 동경하고, 목표로 하며, 끝내 도달하지 못해 좌절하는 전설 속의 존재다.

그런 존재에게 가르침을 받을 수 있다면 제자 희망자는 옆 나라까지 줄을 설 것이다.

그러면 타국에서도 주시할 것이고, 가는 곳마다 주목을 받을 테니 자유로운 삶은 물 건너간다.

최악의 경우 자국으로 끌어들이려고 더러운 수단을 쓰는 나라도 나오리라.

"기술이란 건 천천히 발전하면 충분해. 마도 연성은 배우기 힘들지만, 작은 부품을 만드는 연금술사는 꼭 필요해. 기술을 얻으려고 지식을 배우려는 유학생도 많이 오겠지. 이사라스 왕국 입장에서는 반드시 동맹국과의 관계를 강화할 필요가―."

"저기……."

리사가 말을 걸면서 두 남자의 대화는 끊겼다.

리사는 부끄러워하면서도 조심스럽게 접시를 내밀었다.

그런 리사를 따라서 유이와 샤크티도 접시를 내밀었다.

""" 더 만들어주시면 안 돼요?"""

"" 얼마나 더 먹으려고!""

분명 넉넉하게 만들었을 텐데, 냄비는 이미 바닥을 드러냈다.

한 사람당 세 그릇은 넘게 먹었는데도 그녀들은 숟가락을 입에 대고 창피해서 볼을 붉히면서도 재촉하듯 접시를 바라봤다.

아저씨는 어쩔 수 없이 두 번째 카레를 만들어줬다.

그리운 고향의 맛은 그녀들의 배를 빵빵하게 불렸다.

비만이 걱정이었다.

 ## 제1화 탐색 결과, 지상은 위험지대였다

"헥, 헥, 후······."

"허억허억······."

에로무라와 안즈를 쫓아서 이더 란테 기둥 내부에 잠입한 세레스티나와 캐럴스티.

하지만 그들 앞에 펼쳐진 길은 가혹했다.

통로는 복잡하게 꼬여 미로를 방불케 했고, 계단이 한곳에 있지 않아서 각층마다 계단을 찾아 헤매야 했다.

이상하리만큼 불친절한 구조 때문에 미행하는 두 사람은 몇 번이나 에로무라와 안즈를 놓칠 뻔했고, 되돌아오는 두 사람에게 들키지 않게 도망치느라 점점 체력만 빠졌다.

그냥 말을 걸어서 동행하면 될 것을, 왠지 이 두 소녀는 미행에

19

집착하고 있었다.

"저 남성분은 몰라도…… 안즈 씨는 왜 안 지치죠? ……하아, 아무리 봐도…… 체력이 있어 보이지 않는데 말이에요…….."

"안즈 씨는…… 엔트로피 씨보다 강하대요. 헥, 후…… 호흡이…….."

새로운 층에 도착하면 이번에는 반대쪽 계단으로 가야 하는 등 괜히 체력을 소비시키는 구조라서 이곳에 처음 온 세레스티나와 캐럴스티는 두 사람을 놓치지 않는 것만으로도 힘에 부쳤다.

"저 두 사람은…… 왜 헤매지 않을까요?"

"혹시 구조를 아나? 그럴 리가…… 이 유적은 불과 얼마 전에 발견됐는데…….."

"하지만 그러지 않고서는 설명이 안 돼요. 두 분은 출구로 가는 모양인데, 길이 잔해로 막혀 있을 때는 무척 실망하셨어요."

"어쩌면 비슷한 구조의 유적을 아는 게 아닐까요? 마치 기억을 확인하는 듯한 행동이었어요."

에로무라와 안즈는 헤매지 않았다.

가는 방향에는 반드시 계단이 있어서 막힘없이 위층으로 올라갔다.

길이 잔해로 막혀 있을 때는 두 사람이 상담해서 의견이 맞으면 잔해를 없애면서 나아갔다.

두 사람에게는 일절의 망설임이 없었다.

『으아, 또 잔해에 파묻혔어. 태울까?』

『천장 자재가 떨어졌을 뿐이야. 화기 엄금.』

『하긴, 불이라도 나면 대책 없지. 근데 상층과 이더 란테는 동력을 따로 쓰나? 위로 올라오자마자 어두컴컴하네.』

『중추 제어 장치가 먼저 망가졌나? ……그래서 전부 생매장당한 거야. 아사자가 속출하는 기아 지옥에서 멸망했대.』

『마도사와 마도구가 많았을 텐데? 출구를 찾으려고 했으면 얼마든지 탈출이 가능했던 거 아냐?』

『집단 패닉으로 폭도가 생겼어……. 냉정한 판단을 하는 사람부터 구타당하고 상황이 악화됐을 거야.』

『그렇구만.』

『이더 란테가 시스템 다운, 혼란으로 주민이 폭도화. 시장을 포함한 관계자가 마녀사냥을 당하는 와중에 구조를 잘 아는 사람들은 말려들기 싫어서 냉큼 도망쳤어.』

『……남은 건 집단 패닉에 빠진 자들뿐이고, 시스템을 정비하던 인원은 공사 관계자용 통로로 탈출했나. 그래서 말려들지 않게 안쪽에서 문을 걸어 잠갔다?』

『정비용 통로는 ID나 비밀번호가 필요해. 동력은 비상용 배터리니까 일정 시간 작동하고, 남겨진 사람들은 출구를 열지 못하고 아멘.』

『혼란에 빠지지 않았다면 살았을지도 모른다는 거군. 오, 이 앞에 조명이 살아 있잖아?』

『아마 먼저 도망친 사람들이 이 아래층까지 차단기를 내렸겠지. 만약 발견됐으면 맞아 죽었을지도 몰라…….』

세레스티나와 캐럴스티는 에로무라와 안즈의 대화에 귀를 기울여도 무슨 얘기인지 감을 잡지 못했다. 하지만 이 지하 도시가 멸망한 이유를 추측하고 있다는 것만은 이해했다.

도시를 정비하는 관계자만 이곳을 탈출했고, 누가 추적해올까두려워 전원을 내렸다. 그러지 않으면 격분한 자들에게 무슨 짓을당할지 모르니까.

집단 심리란 소수에서 시작해 주위로 퍼져 냉정한 판단력을 앗아간다.

가령 가족을 지키기 위해서 도망쳤다고 해도 폭도로 변한 자들에게는 배신자의 변명으로밖에 들리지 않으리라.

힘으로 논리를 꺾으며 걷잡을 수 없는 악감정에 지배된 자. 이보다 무서운 사람도 없다.

남의 의견을 듣지 않고 날뛴다면 어떤 의미로는 테러나 마찬가지다.

"어떻게 저런 사실까지 알죠? 저 사람들은 대체……."

"우리가 모르는 사실까지 아는 말투네요. 마치 선생님 같아요……."

세레스티나는 에로무라와 안즈에게서 스승과 똑같은 느낌을 받았다.

그 감은 옳았다. 전생자들의 지식은 【소드 앤 소서리스】의 설정에 기반했다. 그리고 그들은 게임 이벤트로 이곳에 몇 번 온 적이있었다.

기억과 완벽하게 일치하지는 않아도 대략적인 구조는 머리 한쪽구석에 남아 있었다.

물론 세레스티나가 그런 사정을 알 리 없지만, 그들의 지식과 상황 판단이 제로스와 유사하다고 느껴도 이상할 게 없었다.

두 사람이 풍기는 분위기는 어딘지 모르게 스승과 닮았다.

세레스티나는 그들과 제로스 사이에 알 수 없는 연관성이 있다는 느낌을 지울 수 없었다.

◇   ◇   ◇   ◇   ◇   ◇   ◇

에로무라와 안즈는 형광등 같은 조명이 비추는 통로를 걷고 있었다.

두 사람의 지식이 맞다면 이더 란테의 천장 암반을 지탱하는 기둥은 외부로 공기를 환기하는 통풍구이자 마력을 전달하는 거대한 회로였다.

당연히 작업원이 오가는 정비용 통로가 있고, 거대한 시스템의 일부답게 이런 기둥은 각지에 존재했다.

"이 층부터 빛이……. 조명이 살아 있으니 훨씬 낫네. 이 앞도 캄캄하면 어쩌나 했어."

"그래도…… 엘리베이터가 안 움직여. 귀찮아."

"정확하게는 엘리베이터를 잇는 와이어가 끊어진 거지. 오래 방치했으니까 당연해."

작업원이 일하기 쉽도록 계단과 엘리베이터가 설치됐었나 보지만, 오랜 세월 방치한 탓에 망가지기 쉬운 곳부터 노후화됐다.

세월에 거스를 수는 없다지만, 엘리베이터가 고장나서 위층으로 갈 때마다 계단을 찾아야 한다고 생각하니 절로 푸념이 나왔다.

이런 구조는 적의 침입이나 테러를 막기 위한 조치지만, 탐색하는 입장에서는 귀찮을 따름이었다. 게임처럼 몬스터라도 나오면 덜 지겹겠지만, 어디를 가나 비슷한 광경이 이어질 뿐이었다.

참고로 환기 시스템은 아직 살아 있는지 천장에 가까워질수록 기계음이 커졌다.

"안즈, 지금 어디까지 온 거 같아?"

"……이미 암반은 지났어. 이제는 땅 위로 올라갈 뿐……. 남은 건, 앞으로 3층 정도?"

"아마 위쪽은 분지였지? 코볼트가 사는 동굴이 있었던 거로 기억하는데."

"응…… 초반에 애용한 곳. 츠베이트 훈련용으로도 안성맞춤이야."

두 사람이 공유하는 정보는 【소드 앤 소서리스】의 이야기지만, 그 정보가 얼마나 맞을지는 미지수였다.

그래도 실제로 여기까지 오는 길이 맞았으니까 현실과 거의 차이가 없을 듯했다.

차이가 있다면 지금 피난 경로 외에 【파프란 대산림 지대】로 이어지는 지하도가 없다는 것이었다.

"동쪽 대도시인 【메이저 시 루바】는 없었지?"

"억측은 금물…… 먼저 멸망했을 가능성도 커."

"그것도 말은 돼. 지하로 이어지기 전에 멸망했으면 지금 상황도 이해는 가."

"응……. 그보다 눈치챘어?"

"그래. 미행 말이지? 아마 학생이겠지."

꽤 오래전부터 뒤에서 엿보는 기척을 알아챘지만, 일단 마물은 아니라고 판단해서 무시했다. 하지만 이곳부터는 미지의 영역이었다.

자칫 거리가 벌어져서 마물에게 공격당하면 자신들의 책임이 될지도 모른다.

가뜩이나 에로무라는 한 번 노예로 전락한 몸이었다. 이번에 또 범죄 노예가 되면 은사는 꿈도 못 꾼다.

"부를까? 어쩌면 우리 감독 부실로 몰릴지도 몰라."

"응…… 그게 타당해. 닌자는 불필요한 희생을 내지 않아. 닌닌."

"……안즈는 아무리 봐도 어린애 같지 않아."

"그런 말 자주 들어……. 나답게 긍지를 가지고 살아갈 뿐."

"현실에서 어떤 삶을 살았는지 원….."

"궁금해? 역시 페도? 로리콤? 아동 전문 성범죄자?"

"아직도 그 소리냐……. 좀 그만하면 안 돼? 아무튼 불러 볼까…… 어이, 거기~! 언제까지 우리 뒤를 졸졸 따라올 셈이야? 진작 들켰어!"

어린애에게 말싸움을 져서 눈물을 삼키며 추적자들에게 말을 걸었다.

대답이 들리지 않았지만, 아마 당황해서 그럴 것이다.

이상한 곳으로 도망쳐서 길을 잃으면 곤란하니까 이쪽으로 오도록 설득해야 했다.

"안 그래도 사람의 발길이 닿지 않은 곳이야. 만에 하나 마물한테 공격받으면 위험하잖아? 그만 나와주면 안 될까?"

뒤에 있을 누군가에게 말해도 여전히 대답은 없었다.

"……대답이 없어. 수상한 인간?"

"그럴지도. 시험 삼아 【익스플로드】라도 쏴볼까? 죽어도 헷갈리게 한 사람이 잘못이지. 자업자득이야."

"경고는 했어. 대답하지 않은 쪽이 잘못이야. ……해치워."

로리 닌자는 과격했다.

에로무라가 마법을 쏠 자세를 취하자 통로 안쪽에서 다급한 목소리가 들렸다.

"기다려주세요! 지금 나갈게요!"

"이런 곳에서 【익스플로드】는 위험하다고요! 그만두세요!"

정말로 마법을 쏠 거라고는 생각하지 않았겠지.

사실 에로무라도 처음부터 이런 곳에서 마법을 쓸 생각은 없었다.

어디까지나 추적자를 끌어내기 위한 허풍이었다.

"……티나, 캐로캐로, 스토커야?"

"티나?!"

"캐로캐로?!"

안즈가 두 사람에게 괴상한 별명을 붙였다.

"남의 일에 참견하기는 싫지만, 단순한 호기심으로 미행하는 건 좋게 못 봐주겠어. 혹시라도 무슨 일이 생기면 어쩌려고?"

"무장도 하지 않고 유적 탐사…… 무모해. 둘 다 반성해."

"으…… 어린아이에게 꾸중 들었어요."

"그래도 맞는 말이라서 반박을 못 하겠네요."

두 사람은 교복에 최소한의 장비만 갖췄다. 위험한 곳에 들어올 복장이 아니었다.

앞에 무엇이 있는지도 모르면서 방어 효과가 낮은 장비로 오는 것은 자살 행위였다.

"그래도 미발견 지역인걸요. 탐구자로서 그냥 지나칠 수는……."

"그러다 죽으면 우리 책임이야."

"……미발견 지역을 찾으면 보고할 의무가 있을 텐데요?"

"그럼 보고하러 갔으면 돼. ……따라온 시점에서 목숨은 보장하지 못해."

""윽…….""

세레스티나와 캐럴스티는 조사단 일원으로서 이곳에 왔다.

미발견 지역을 찾으면 나라에서 파견된 조사단에 보고할 의무가 있었다.

반면, 에로무라와 안즈는 용병이고 어디까지나 호위병으로 따라왔기에 보고 의무가 없었다.

양측의 입장은 전혀 달랐다.

"하지만 여기까지 왔는데 돌려보낼 수도 없단 말이지. 길을 헤매면 우리만 곤란해."

"응…… 귀찮아. 에로무라, 호위해."

"내가?! 하필이면…… 쫄래쫄래 붙어 다니면 성가신데."

"잠깐만요, 우리를 너무 무시하는 거 아닌가요? 사람을 무슨 걸림돌처럼……."

"실제로 걸림돌이야. 안즈 정도의 실력이 있으면 문제없지만."

"내가 보기에는 에로무라도 걸림돌. 약해……."

"너무하잖아?!"

안즈는 어디 사는 【대현자】만큼은 아니라도 상당히 레벨 높은 닌자였다.

닌자 상위직은 【닌자 마스터】며, 이벤트 공략에 따라서 【카신코지】나 【지라이야】, 【토비카토】#2 같은 별명이 직업이 되는 경우가 있다. 참고로 안즈는 【사루토비 사스케】였다.

여담으로 그 외에도 【닌자 거북이】나 【레드 섀도】 따위의 이름도 있지만, 이상한 마스크나 거북이 등딱지 착용이 강제된다.

"여기까지 왔으면 별수 없지. 안즈, 남는 장비 없어?"

"……마법 직업이 아니라서 없어. 소모성 아이템은 있지만."

"나는 지팡이는 있는데…… 마도사 장비는 없군. 그나마 가진 것도 남자용이라 사이즈도 안 맞겠어."

지금부터 지상으로 올라가려고 해도 세레스티나와 캐럴스티의 장비로는 불안했다.

현재 지상의 상황을 모르기 때문에 장비를 준비해 둘 필요가 있었다.

하지만 안즈는 닌자고 에로무라는 【블레이드 나이트】, 마도사 장비를 가지고 다닐 리 없었다.

"쩝, 【섬멸자】 아저씨라면 뭐라도 장비가 있을 텐데……."

"없는 사람 찾아도 소용없어……. 인생은 긍정적으로."

"그 아저씨, 위험한 장비만 가졌잖아? 병기 수준으로 위험한 것들만……."

"생산직이라서 재미 삼아 마개조하고는 했어. 그 사람도 꽤나

#2 【카신코지】나 【지라이야】, 【토비카토】 요술을 부렸다는 닌자로 유명한 인물들.

하드한 마니아지만, 다른 멤버에 비하면 양반이야."

안즈와 에로무라는 아저씨에 관해 투덜대면서도 두 사람에게 도자기 인형 모양 빈사 회복용 아이템【대역 인형】을 건넸다. 주술 아이템 아니랄까봐 묘하게 현실적이고 불쾌감을 주는 인형이었다.

두 사람이 교복을 입고 이 인형을 끌어안은 모습을 보자 이곳이 판타지보다 공포 영화 속 세계 같았다. 정말로 안 어울렸다.

"저…… 이러고 있으면 더 못 싸우는데요?"

"제 몸은 스스로 지킬 수 있어요!"

"……여기를 라마흐 숲 정도로 생각하다가는 큰코다쳐."

"맞아. 장소에 따라서는 고레벨 마물도 출현해. 방심하면 위험하다?"

"으으…… 평소에는 믿음이 안 가는데 이럴 때만 바른 말을 하시네요."

"혹시 의외로 실력이 있으신가요?"

"둘 다 너무하지 않아?!"

에로무라는 평소 행실부터 머리가 나빠 보여서 아무도 실력자로 봐주지 않았다.

자업자득이지만 미소녀 두 명이 면전에 대고 그러니 유리 멘탈에 상당히 타격이 왔다.

"그래, 뭐…… 나는 어차피 노예 하렘을 만들려다가 실패한 놈이지. 반대로 노예로 전락해서 이용당하고 버려질 뻔하기도 했고……. 은사도 사실상 불쌍해서 봐준 거였어…… 젠장."

"응…… 뿌린 대로 거뒀어. 아니, 뿌리기 전에 갇혔지. 아빠가 너 때문에 얼굴도 못 들고 다녀, 욘석아. 반성해."

"위로가 안 돼! 오히려 상처에 소금만 뿌리잖아?!"

"위로한 적도 없어……. 반성하라는 말이야. 여자애를 물건 취급 해도 되는 건 성인 만화랑 성인 게임 속뿐……. 인권은 지켜야 해."

"그런 건 어디서 알았어?! 너 정말로 몇 살이야?!"

"얼간이 오빠가 야한 게임을 추천했어……. 수위 높은 에로&고어 NTR물…… 로리도 나왔고. 오빠는 뭔가 목적이 있어 보였어……."

"경찰 아저씨, 얘네 오빠 변태예요오!"

아무리 에로무라라도 어린아이에게 야한 성인 게임을 추천하 는 않는다.

그 짓을 실제로 저지른 안즈의 오빠는 무시무시한 흉계를 꾸몄 을 가능성이 컸다. 아무리 생각해도 위험인물이었다.

"머저리 오빠에게…… 『이게 오빠 취향? 현실에는 이딴 거 없어. 그 나이 먹고 아직도 구분이 안 돼? 엄마가 울잖아. 제발 일자리 나 구해, 밥버러지야』라고 말했더니 울었어."

"안즈, 너무 신랄해애애애! 오빠는 멘탈이 너무 약하고!"

"그리고 오빠가 준 게임을 아빠한테 넘겼더니 사흘 후에 집에서 쫓겨났어. ……꼴좋다."

"응, 당연하지. 그딴 오빠면 경찰에 잡혀가도 싸."

"적반하장으로 덤벼들어서 혼쭐을 내줬어……. 부모님도 완전히 포기했을 거야."

"혼쭐을 내? 그 오빠라는 인간은 얼마나 약한 거야!"

"뚱뚱하고 둔해서 별거 아니었어……."

흔히 말하는 자택 경비원이었나 보다.

가정환경에 살짝 문제가 있어 보였지만, 남의 집안 사정에 더 깊이 파고들지 않기로 했다.

"참고로…… 에로무라는 오빠랑 닮았어. 바보 같은 짓을 하는 점이 특히……."

"헉, 그래서 나한테 모질게 굴었구나? 그래도 나는 어린애한테는 아무것도 하지 않아!"

"……홋, 범죄자가 무슨 말을 못 해. 노예 하렘을 만들려고 한 주제에……."

"엄마, 이 애가 내 상처를 후벼파아아아! 난 정말로 어린애는 취향이 아닌데!"

"……헛소리. 『어린애는 정말 최고야!』라고 했으면서……."

"그건 그냥 해 본 소리야! 농담도 못 하겠네!"

설령 지나간 일이라 해도 한 번 뱉은 말은 주워 담을 수 없다.

그 자리에서 웃자고 위험한 소리를 한 대가를 지금 치르고 있었다.

입은 모든 재앙의 근원이었다.

"에로모에조아 씨…… 대체 당신이란 사람은……."

"어, 어린아이에게 샛된 마음을?! 벼, 변태예요!"

"이놈의 입방정! 과거로 돌아가서 나를 패고 싶어!"

여자 두 명의 눈총이 매서웠다.

과거는 바꿀 수 없다. 아무리 장난으로 꺼낸 실없는 발언이라 해도 그 일을 기억하는 사람에게는 변치 않는 현실이다.

농담이든 진담이든, 적어도 『이 녀석, 인간이 덜됐다』라고 인식한 시점에서 결과는 정해진다.

지금 놓인 상황은 에로무라의 평소 행실의 결과였다.

"……행동에는 책임이 따라."

"응…… 잘 알았어. 뼈저리게 깨달았어……. 나, 앞으로는 엘프만 바라보며 살래. 몸매 잘 빠진 엘프……."

"……역겨워요."

"……변태네요."

변태라는 낙인에서 벗어나기에는 너무 늦었다.

에로무라의 미래는 어두웠다.

"……장난 그만 치고 빨리 일어나. 시간은 계속 흘러."

"이게 나 때문이야?!"

"……에로무라, 변명하면 더 없어 보여."

"……제기랄."

실컷 놀림받은 에로무라는 등 뒤로 냉랭한 시선을 받으면서 눈물을 삼키고 걸었다.

애수가 감도는 그에게 과연 아름다운 미래와 밝은 내일이 올지는 아무도 알지 못한다.

몇 번이나 우회하고 점검용 통로를 지난 끝에, 네 사람은 겨우 땅 위로 올라왔다.

가끔 통로를 막는 잔해를 치우며 도달한 그곳은 거대한 원형 건물이었다.

아마 환기용 덕트일 것이다.

"……드디어 지상으로 나왔군. 그나저나……."

"응…… 어디를 봐도 폐허뿐……. 지상에 있던 도시가 모조리 대자연 속에 묻혔어."

"유적이 지상에도……. 하지만 심하게 황폐해졌네요."

"눈이 쌓였어요. 역시 장비를 갖추고 올 걸 그랬네요."

지상에는 이더 란테에 있던 건물과 비슷한 건축물이 있었지만, 지금은 대부분 숲의 식물로 뒤덮여 있었다.

더구나 산악 특유의 기후 때문에 눈이 적어도 3미터는 쌓였다.

밖으로 나가면 틀림없이 눈 속에 파묻힌다.

"그나마 다행인 건 이 대형 환기구의 바깥 부분은 시멘트로 만들었어. 유리도 강화 유리인지 한 장도 안 깨졌어. 문제는…… 밖으로 나갈 수 있느냐, 인데."

"문제없어. 안쪽으로 열리는 문이야. 열면 눈이 벽처럼 막고 있겠지만……."

"그러면 못 나가는 거 아닌가요?"

"설마 마법으로 날려 버릴 생각인가요?"

안즈는 무모한 성격이었다.

"잠깐만, 잠깐만. 지상이 안전하다는 보장이 없잖아?! 문을 열었다가 마물이 침입하면 어쩌려고?"

"응…… 문제없어. 에로무라가 희생하면 돼."

"안즈, 너무해! 내가 대체 뭘 했다고!"

"……성희롱."

안즈는 의외로 뒤끝이 오래 가는 성격이었다.

"저…… 지금 숲 안쪽에 움직이는 그림자가 보이던걸요?"

"네? 캐럴스티 양, 어디요?"

"저 건물에 자란 나무 뒤예요. 고블린일까요?"

모두 창으로 밖을 관찰했다. 분명히 뭔가 움직이는 그림자가 있었다.

그것은 돼지나 멧돼지가 연상되는 머리에 둔중하리만큼 살찐 몸인데도 그 이미지에 반하는 속도로 건물 사이사이로 이동했다.

"야…… 저거 【하이 오크 나이트】 아니냐? 적어도 상위종 진화 레벨은 300이었을 거야. 나와 같은 레벨인 녀석이 있을지도 모르는데…… 괜찮겠어?"

"레벨이 격을 말하는 거죠? 그렇다는 건…… 어떡해, 우리 힘으로는 한 마리도 못 해치워요!"

"보세요! 저쪽에 더 있는 거 같아요."

숲 속에는 상당수의 【하이 오크】와 【하이 오크 나이트】가 있었고, 저마다 무기를 가지고 체계적으로 움직이고 있었다. 마치 전투에 나서는 전사들 같았다.

적어도 【하이 오크 로드】나 【하이 오크 제너럴】이라도 없으면 이런 움직임을 보일 리 없었다.

"응…… 저쪽에도 뭐가 있어."

"저쪽? 세상에, 저건…….."

그것은 개머리를 한 인간형 마물.

온몸이 털로 뒤덮인 그것들은 검과 창을 들고 【하이 오크】에게 덤벼들었다.

"저게 뭐야. 【그레이트 코볼트】잖아? 심지어 대형이 몇 마리나 있어."

"응…… 별거 아니야."

"안즈 너한테나 그렇지! 우리한테는 부담된다고!"

어디까지나 【소드 앤 소서리스】의 지식이지만, 【그레이트 코볼트】는 기본종인 【하이 코볼트】가 레벨 300에 진화하면서 드물게 발생하는 마물이었다. 개중에는 레벨 600을 넘는 경우도 있어서 아무리 에로무라라도 집단으로 공격하면 질 확률이 높았다.

【극한 돌파】한 안즈라면 쉽게 이길지 모르지만, 레벨이 낮은 자들이 들어와도 될 장소는 아니었다.

세레스티나와 캐럴스티는 죽으러 가는 것이나 다름없었다.

"에로넘조아 씨…… 정말로 여자애보다 약해요?"

"생각보다 한심하네요. 이런 어린 여자아이에게 싸움을 맡길 셈인가요?"

"레벨이 다르거든?! 적어도 안즈가 나보다 두 배는 강해!"

"그 말을 어떻게 믿어요!"

"맞아요! 남자의 변명은 볼썽사나워요!"

"안즈의 레벨— 격은 1000을 넘어. 나는 겨우 안즈의 절반을 넘는 수준이야!"

""네에?!""

"응…… 그건 언니들 얘기. 지금 내 레벨은 913. 배고파서 【세계수의 열매]를 일곱 개 먹었더니 올랐어."

에로무라의 필사적인 항변을 듣고 두 사람이 화들짝 놀라며 돌아보니 닌자 소녀가 의기양양하게 가슴을 쭉 내밀고 있었다. 그말대로 이 중에서 가장 강한 사람은 안즈였다.

【소드 앤 소서리스】에서는 먹기만 해도 레벨이 20~30 오르는 아이템이 있었다. 그것은 신화급 레어 아이템 【세계수의 열매】였다. 【엘릭서】의 재료 중 하나며, 이 세계에 존재하는지는 아직 불분명했다.

그런 정보를 태연히 말하는 안즈에게 에로무라는 굉장한 불안을 느꼈다.

만약 이 정보가 일반 사회에 퍼지기라도 한다면 있는지 없는지도 모를 열매를 찾아서 수많은 용병이 모험에 나설 수도 있다. 어느 세계에나 일확천금을 노리는 자가 많기 때문이다.

그게 대모험 시대의 도화선이 되어 국가 단위로 용병들을 후원하며 전 세계로 파견할지도 모른다.

"【섬멸자】 아저씨들 다음가는 최상위 파티 중 하나, 그게 【그림자 6인】이야. 안즈는 그 파티의 멤버고……. 나보다 훨씬 강해! 싸우면 한 방에 죽고, 장비 차이도…… 응? 언니?!"

"파티 중 두 명이 친언니……. 그러지 않고서 내 나이에 고레벨은 못 찍어. 그럴 시간이 없어."

"고레벨 몬스터를 사냥할 때 옆에서 파티 경험치를 받아먹었나……. 잘못하면 한 방에 죽잖아? 애한테 무슨 짓을 시키는 거야. 그건 그렇고 언니들 소개시켜주라."

"에로무라…… 엘프 일편단심 선언은 어디 갔어?"

안즈의 두 언니는 나이 차이가 큰 새침데기 막내를 눈에 넣어도 아프지 않을 만큼 예뻐했다.

프리랜서 프로그래머와 음악가이면서, 둘 다 게이머였다.

자작 음악에 CG를 넣은 영상을 만들어 인터넷 방송으로 광고 및 판매하여 주로 오타쿠에게 갓곡이라며 인기를 끌어 그럭저럭 돈도 벌었다.

다만, 고졸 쌍둥이 남동생 중 방구석 폐인 한 명에게는 엄했다. 더 나아가서 한없이 매정했다.

그리고 다른 남동생, 안즈의 또 다른 오빠는 애초에 게임 자체에 관심이 없는, 스포츠에 열을 올리는 상쾌한 축구 청년이었다. 회사 축구 모임에 들어가서 그라운드를 누비고 다녔다.

그 아래로 고등학생 오빠와 중학생 언니가 있는데, 소년 소설가와 동인계의 혁명이라는 개성 넘치는 7남매였다.

그중 안즈는 현실에서 운동 능력 뛰어난 오타쿠 게이머 소녀.

가족의 애정과 개성을 스펀지처럼 흡수하며 자랐다. 안타깝게도 말이다.

"……서, 선생님 다음가는 실력자?! 농담이죠? 이렇게 어린데…….."

"사실이야. 레벨 621인 나와는 비교도 안되게 강해. 솔직히 말해서 괴물…… 【대현자】에 필적하는 【닌자 마스터】지."

"후우~, 【사루토비 사스케】라는 이름은 장식이 아니야. 그래도 지금은 【섬멸자】가 압도적으로 셀 거야. 얼마 전까지 재료 모은다고 재해급 몬스터를 잡고 다녔어……."

"안즈, 설마…… 그 무모한 사냥을 돕지는 않았겠지?"

"응, 보수가 좋아서 조금만. 다른 파티까지 끌어들여서 다 같이 개판 치고 다녔어."

"잠깐, 【대현자】에 필적해요? 세레스티나 양…… 방금 【섬멸자】라는 말을 듣고 선생님이라고 하셨죠? 그 말인즉…… 당신에게 마법을 가르친 사람은……."

"앗……."

부지불식간에 흘린 말에는 캐럴스티가 결코 흘려들을 수 없는 정보가 포함되어 있었다.

"치사해요! 제가 【현자】를 동경하는 줄 알면서 자기만 위대한 마도사에게 가르침을 받다니……."

"아뇨, 그건…… 말하지 않은 게 아니라, 말하지 못한 피치 못할 사정이……."

"무슨 말씀이에요! 【대현자】라면 나라 차원에서 환대해야 할 위대한 마도사잖아요! 그런 분을 재야에 묻어 두다니, 믿을 수가 없네요!"

"응, 【섬멸자】는 권력 같은 귀찮은 거 필요 없어. 자기 마음대로 살고, 취미에 미쳐 폭주해. 괜히 건드렸다가 나라가 멸망하는 수가 있어."

"안즈 양…… 【대현자】를 잘 아시는 것 같네요?"

"응…… 자주 무기 제작을 부탁했어. 등에 멘 칼도 【섬멸자】 특제 【86식 무라마사 스페셜】. 【마비】, 【독】, 【혼란】, 【저주】, 【즉사】 효과가 붙었어."

"너무 덕지덕지 붙였잖아……. 그 아저씨는 대체 무슨 생각이야?"

효과가 무지막지했다.

닌자에게는【상태 이상 효과 업】이라는 직업 스킬이 있다. 이 스킬의 효과로 무시무시하게 높은 확률로 상태 이상을 부여한다.

게다가 안즈는 이벤트로【닌자 마스터】에서【사루토비 사스케】로 직업이 변화했다.

이 직업의 특성은 일본도의 공격력이 높아질 뿐만 아니라 크리티컬 확률도 상승한다.

【속도】와【기량】이 대폭 오르며 순식간에 함정을 설치할 수도 있다. 적이 되면 성가신 필살 닌자가 완성된다.

"【섬멸자】는 전투 스킬도 높아. 웬만한 전사 직업으로는 절대로 못 이겨……."

"와…… 누님을 배신하기를 잘했지. 예상보다 훨씬 더 괴물이잖아……."

"……마도사 아니었나요?【대현자】라고 하셨잖아요?"

""**마도사야.** 상식에서 벗어난…….""

캐럴스티가 말하는【현자】는 이야기 속에서 용사와 영웅을 인도하며 지혜와 신념을 두루 갖춘 거룩한 존재였다. 어디 사는 아저씨는 그 이미지와는 거리가 멀었다.

오히려 정반대라서 고상한 이념을 기대해봤자 소용없었다.

"선생님은 캐럴스티 양이 말하는【현자】와는 많이 달라요. 오히려 재미있어 보인다는 이유로 마왕 편에 붙어서 사고를 치는 사악한 마도사가 어울리지 않을지……."

““응, 딱 그런 사람이야!””

"왜 그런 분이【대현자】죠?! 이해할 수 없어요!"

"응…… 【현자】가 되는 것과 인격은 무관해. 악당이라도 수련하면【현자】가 될 수 있는 것이 현실…… 꿈을 꾸는 건 좋지만, 세상은 옛날이야기처럼 권선징악이 아니야."

"안즈 양, 신랄하네요. 그래도 올바른 의견이에요. 선생님은 각지에서 큰 폐를 끼치고 다니셨다고 들었어요……."

"이, 인정하고 싶지 않네요……."

【섬멸자】멤버는 게임을 시작할 때는 각자 다른 직업이었지만, 생산직에 손을 댄 후로 모두 대현자에 도달했다.【대현자】는 어디까지나 결과적으로 얻은 직업에 불과했다.

그리고【소드 앤 소서리스】세계에서 그들 다섯 명은 모두 재미로 사고를 치고 다니는 악명 높은 유저였다.

온갖 말썽을 일으키고, 때때로는 말려들면서도 손님과 친구에게는 제법 양심적인 면도 있었다.

그래도 초보 유저를 상대로 인체 실험을 하려고 자원봉사라는 명목으로 회복 아이템을 값싸게 팔 정도였다. 그 사건으로 일부 유저들이 험한 꼴을 당했다.

은혜보다 피해가 훨씬 컸고, 특히 레이드에서는 반드시 희생자가 발생했다.

하는 짓은 테러리스트나 다를 바 없었다.

"선생님은 느긋하게 살기를 바라셔서 국가적으로 환대하면 당장 도망치실 거예요. 권력자를 좋아하지 않는 눈치였어요."

"으으…… 그래도【대현자】죠? 아무리 성격이 나쁜 마도사라도 한 번쯤 가르침을 받고 싶네요."

"개인적인 만남이라면 괜찮겠지만, 많은 사람이 몰려가면 피할 거예요. 본인은 속세와 등졌다고 못을 박았으니까요."

"그 아저씨, 은둔자처럼은 안 보였는데. 자기 내키는 대로 놀고 있지 않았나……."

"응……【섬멸자】는 얽매이기 싫어해. 기본적으로 자유로운 영혼이야."

썩어도 준치, 전설상의 대현자였다. 그런 인재를 어떻게 보고도 못 본 척할 수 있겠는가. 마법 연구를 최우선하는 파벌에 속한 캐럴스티는 간과할 수 없었다. 지금 당장에라도 거국적으로 환영하러 가고 싶을 정도였다.

하지만 이야기를 듣고 나니 성격이 상당히 모난 인물 같아서 국가라는 틀에 맞춰질 것 같지 않았다.

잘못 대응하면 적대하면 위험성을 헤아릴 수 없으므로 캐럴스티도 포기할 수밖에 없었다.

전설 속의 현자를 동경하는 그녀의 심경은 복잡했다.

"그보다 여기 계속 있어 봤자 뾰족한 수가 없어. 춥기도 하고……."

"지상으로 빠져나오자…… 설국이었다."

"이 건물에서 나가는 건 좋은 생각이 아니에요. 일단 돌아가는 편이 좋겠네요."

"세레스티나 양 말이 맞아요. 만약 마물이 이곳으로 침입하면…… 응?"

캐럴스티는 통로 앞쪽에서 움직이는 그림자를 발견했다.

"여러분…… 안쪽에, 누가 있나 본데요?"

"뭐, 뭐라고?!"

"……! 저건…….."

안쪽에서 나타난 것은 키가 2미터 가까이 되는 회색 코볼트 두 마리였다.

"어이가 없네…… 말 꺼내기가 무섭게 튀어나왔어. 게다가 저건, 【하이 코볼트】잖아! 설마 이미 여기는 놈들의 영역이었나…….."

"위험해……. 걸림돌이 세 명이나 있어. 도망치는 게 상책인가?"

네 사람은 지금 있는 시설이 이미 마물이 드나들 정도로 폐허였음을 깨달았다.

어딘가 벽에 구멍이 뚫려 들어왔을 가능성이 컸다.

에로무라는 허리에 찬 검을 뽑고 정면으로 맞설 준비에 들어갔다.

 ## 제2화 안즈와 에로무라의 방어전?

코볼트의 특징은 집단으로 행동한다는 점이다.

이 마물은 지능이 높아 대장을 중심으로 조직적으로 움직여서 상대하기 까다롭다.

본디 개가 무리 지어 사냥하는 동물이듯, 이 개를 닮은 인간형 마물도 같은 습성을 지녔다. 요컨대 군단 규모로 싸우는 것에 특화한 마물이다.

또한, 진화 과정에서 【워리어】나 【제너럴】 같은 상위종은 인간에 가까운 지능을 습득한다.

무리에 이런 상위종이 있으면 집단 전투 능력이 비약적으로 올라서 퇴치하기도 어려워진다.

이건 코볼트뿐 아니라 고블린과 오크처럼 무리로 행동하는 마물에서 자주 보이는 특징이었다.

상위종이 있는 것만으로 조직적으로 행동하게 되고, 효율을 중시해 함정이나 전략을 이용해 확실하게 적을 해치우고자 한다.

그러면서도 오감과 신체 능력은 인간 이상이어서 그런 마물이 무리를 이끌면 평범한 무리와는 비교가 되지 않게 위험하다.

그래서 이런 마물 무리나 부락을 발견하면 최우선으로 제거 대상이 된다.

"정말 어디로 들어왔지……? 설마 어디에 큰 구멍이라도 났나?"

"응…… 아직 우리를 못 봤어. 【하울링】으로 동료를 부르면 귀찮아져. 바로 처리할래."

"일단 감정도 써 볼까……(이 세계에 오고 나서는 감정이 제대로 안 되지만, 없는 것보다는 낫겠지. 정보는 조금이라도 많은 편이 좋으니까)."

에로무라는 게임으로 익숙해진 행동을 즉시 실행했다.

============================

종족: 하이 코볼트(시프)

레벨: 457

스킬:【단검술『귀(鬼)』】
【독약사】,【덫 사냥꾼『귀』】
【색적】,【신체 강화】
―ERROR―

종족: 코볼트(레인저)
레벨: 58
스킬:【투척】,【검기】
【오감 강화】,【궁술】
【암시(暗視)】,【매의 눈】
―ERROR―

==============================

"코볼트가 레벨 58?! 에러는 또 뭐야?! 레벨만 보면 약할 텐데
도저히 그런 느낌이 안 들어. 게다가…….."

에로무라는 감정 레벨이 낮아도 이런 식으로 표기된 적은 없었다.

적어도【소드 앤 소서리스】에서는 정상적으로 발동했는데 이 세
계에 온 이후로 감정을 믿을 수 없게 됐다. 하물며 에러는 생각지
도 못한 사태였다.

"안즈…… 이 세계, 좀 이상하지 않아?【감정】을 쓰니까 에러가
나오는데?"

"현실은 게임이 아니야. 기술적인 부분 말고 게임적 허용은 바
라지 않는 게 나아…….."

"그렇지만 작전을 짤 단서는 되잖아."

"과신하면 위험해. 그보다 빨리 해치워. 동료를 부르면 귀찮아……."

에로무라와 안즈가 달려갔다.

그러자 하이 코볼트와 코볼트는 위험을 알아차렸는지 즉시 돌아서서 부리나케 도망쳤다.

코볼트의 【하울링】은 동료에게 적이 있다고 알려주는 신호이기도 했다.

도망치면서도 울부짖을 수는 있기 때문에 세레스티나와 캐럴스티가 있는 상황에서 동료를 불러들이면 위험했다.

"【질풍신뢰】!"

"……【신풍】."

전사 직업 기술, 【기술(스킬)】이라고 불리는 【질풍신뢰】와 【신풍】은 【축지】와 【참격】을 합친 기술이었다. 순간적으로 가속해 적에게 치명적인 공격을 가하는 기술인데, 적어도 【질풍신뢰】는 좁은 통로에서 사용할 기술이 아니었다.

"키악!"

하이 코볼트는 안즈의 검에 맞고 즉사했다.

안즈는 벽을 차며 날아다니다가 속도를 늦추고 화려하게 착지했다.

한편, 에로무라는 코볼트를 베고 그대로 벽에 충돌했다.

검에 베인 코볼트는 아직 살아 있었지만, 공격하려고 돌아본 순간 몸 안쪽에서 전기가 퍼지며 감전사했다. 【질풍신뢰】의 지연 공격 효과였다.

에로무라가 쓴 기술은 고속 검기, 안즈는 암살 기술이다.

원하는 대로 속도의 완급 조절을 조절할 수 있는 【신풍】과는 달리 【질풍신뢰】는 가속 능력이 특히 강하다. 좁은 곳에서 쓸 기술이 아니라고 한 이유가 여기에 있다.

안즈는 생각보다 빨라진 속도를 줄이려고 벽을 차면서 완벽히 제어했지만, 직접 공격하는 【질풍신뢰】를 사용한 에로무라는 감속하지 못하고 벽에 충돌한 것이다.

과속은 자동차나 사람이나 똑같이 위험한 법이다.

"아야야야……."

"……바보. 기술을 골라서 써야지."

"급해서 고르고 자시고 할 여유가 없었다고!"

"처음부터 큰 기술을 노리는 건 초보나 하는 짓……. 기초 기술을 완벽하게 다루어야 진정한 무사라오."

"안즈…… 너 닌자지? 전사가 아니라 도적이잖아? 왜 무사도를 논해?"

꼬마아이가 할 말이 아니었다.

마치 역전의 용사처럼 허리를 곧게 펴고 팔짱을 끼며 쿨하게 등을 보이더니—.

"한 번 칼을 뽑으면 지옥이 펼쳐지지……. 무사도란 곧 각오의 증명이오."

—라고 말했다.

끽해야 10년 정도밖에 살지 않은 소녀가 늙은 달인 같은 분위기를 풍기며 인생철학을 논했다. 은근히 가려진 입은 해탈이라도 한

양 피식 웃고 있었다.

어린 여자애인데 몹시 남자다웠다.

"어린애가 할 말이 아냐. 그런 그렇고 왜 그렇게 멋있게 말해?! 왜 돌아서서 얘기하냐고!"

에로무라는 안즈보다 남자다움에서 밀렸다.

◇   ◇   ◇   ◇   ◇   ◇   ◇

하이 코볼트와 코볼트를 해체하고 마석을 꺼낸 뒤, 에로무라는 마법으로 시체를 태웠다.

살이 타들어 가는 냄새가 좁은 통로를 메우니 마치 화장터에 있는 듯 기묘한 기분이 들었다.

하지만 돈이 되는 부위는 챙기고 싶었다.

"왠지는 모르겠는데…… 마물을 해체해도 비위가 안 상하더라? 나, 징그러운 거에 약한데…….."

"……예상가는 이유는 있어. 그래도 지금은 침입 경로를 막고 도망가는 게 우선이야."

"너…… 어린 나이에 필요 이상으로 냉정하지 않아?"

"닌자의 세계에 나이는 관계없어. ……방심을 유도하는 것이 닌자의 수법."

"제대로 몰입했군……. 그런데 너, 닌자라면서 평소에도 숨어 다니지는 않잖아?"

지구에서는 생물을 해체하는 모습을 보기만 해도 구역질이 났는데, 지금은 아무런 정신적 부담 없이 마물을 해체하고 있다. 에로무라는 그런 자신을 이상하게 여겼다.

현대 사회에서 살던 사람이라면 생물을 죽이고 해체하는 행위에 적잖은 혐오감을 가지기 마련이다. 피에 약한 사람이라면 그 냄새를 맡기만 해도 구역질이 날 것이다.

하지만 이 세계에 온 뒤로 마물을 죽이고 부산물을 얻는 데 거부감을 느끼지 않았다.

지금까지 이런 행위를 여러 번 반복 했으나, 같은 전생자가 곁에 있는 지금에야 이상하다는 사실을 깨달았다. 그러고 보면 안즈도 태연히 생물을 죽이고 있었다.

'라이트 노벨에서나 보던【인식 수정】인가? 아니면 이세계에 전이한 영향으로 이 세계에 적응했나? 모종의 힘이 작용한 건 분명해. 보통이라면 절대 못 버텼을 거야.'

에로무라는 원인 모를 변화에 의구심을 품었다.

애초에 이 상황이 이상하다는 생각이 처음 싹텄다.

식육 가공 기사가 된 사람도 고기 해체에 익숙해질 때까지는 무척 고생한다.

하물며 경험이 없는 사람이라면 아무래도 거부감이 앞선다. 많은 사람이 그런 인식을 가졌고, 당연히 에로무라와 안즈도 그런 사회에서 살았다.

그런데도 본래 『거부감』을 가져야 할 행동을 망설임 없이 하는 자신이 이상하게 느껴져 견딜 수 없었다.

이상하다고 느끼지 못한 것이 이상했다.

"읍……."

"캐럴스티 양, 괜찮아요……?"

"피 냄새가…… 이렇게 심한 줄은 모…… 몰랐어요."

'이게 정상적인 반응이겠지? 역시 인식이 수정된 것 같아. 지구에 있던 나라면 틀림없이 토했어……. 왜 지금까지 깨닫지 못했지?'

"……도련님이니까."

"안즈, 남의 마음을 들여다보지 말아 줄래?!"

에로무라는 얼굴에 감정이 드러나는 사람이라서 표정을 보면 무슨 생각을 하는지 대충 티가 났다.

게다가 안즈는 그 이상으로 통찰력이 뛰어났다.

"모피, 마석, 이빨에 발톱…… 얻을 건 이 정도겠지. 생물의 일부가 무기나 방어구 재료로 쓰인다는 게 참 신기해."

"응…… 지금은 필요 없지만, 팔면 용돈벌이는 될 거야."

"안즈, 너는 토할 것 같거나 그러지 않아? 보통은 토해도 이상하지 않을 상황인데."

"괜찮아…… 오빠를 걸레짝이 되도록 팼을 때도 토는 안 했어. 거뜬해."

"안즈…… 정말로 패기만 했어? 더 심한 짓은 안 했어?"

"……비밀."

안즈의 가정사는 조금 들었지만, 분명히 더한 짓을 저질렀으리라는 의심이 가시지 않았다.

방구석 폐인인 오빠에게 신랄함을 넘어 격렬한 혐오감을 가진 것 같았다.

왜냐면 평소에 무표정한 안즈에게서 살기 비슷한 것이 스멀스멀 흘러나왔기 때문이었다. 실수로 가정사를 캐묻다가 안즈에게 가벼운 『꿀밤』이라도 맞았다가는 그것만으로 에로무라에게는 치명상이 된다. 둘 사이에는 그 정도의 힘 차이가 있었다.

안 그래도 【닌자】와 【암살자】는 크리티컬이 잘 나오는 직업 특성이 있었다. 괜한 말을 해서 맞았는데 크리티컬이 뜨면 웃어넘기지 못할 대참사가 벌어진다. 에로무라는 도망치다시피 이 대화 주제를 넘겼다.

"웃자고 한 소리지? 농담은 이쯤하고—."

"⋯⋯웃긴 건 에로무라 얼굴뿐."

"내 얼굴에 보태준 거 있냐아아아! 그보다 마물이 들어오는데 어떡할 거야?! 티나랑 캐로캐로를 데리고 탐색하게?!"

""그 별명으로 부르지 마세요⋯⋯.""

"에로무라⋯⋯ 진정해. 아마 마물 수는 적어. 그럼 출입구를 막는 게 우선이야. 잔챙이는 내가 소탕하고. 응⋯⋯ 이러면 전부 해결."

"나는?"

"두 사람을 호위⋯⋯ 고기 방패라도 해. 무조건 사수해. 실수하면 죽어."

에로무라는 기어코 소녀에게 부려 먹혔다.

심지어 두 학생을 지키는 방패 역할이며 실패하면 목숨이 위험하다.

"이거 은근슬쩍 위기 아니야? 내 취급이 이래도 돼? 인권을 무시하고 있지 않아?"

"응…… 남자는 말없이~, 방패가 되어라#3? 문제없어."

"아니, 내 목숨이 문제가 있거든?!"

안즈는 남자에게 가혹했다.

특히 껄렁거리는 남자와 흉측한 돼지 방구석 폐인을 죽도록 싫어했다. 게다가 스파르타식이기도 했다.

미묘하게 껄렁남인 에로무라는 안즈에게 심심풀이용 장난감에 불과했다.

한없이 자신에게 솔직한 사고방식은 【섬멸자】와 통하는 부분이 있었다.

"응…… 그럼, 먼저 갈게."

"네? 잠깐만요, 우리도 가요?!"

"둘이서, 돌아갈 수 있어?"

"모, 못 가죠……. 왔던 길도 다 외우지 못했어요."

"그러니까 에로무라가 희생— 아니, 방패가 돼. 전투는 내가 하고."

"지금 말했지, 희생이라고 말했지?! 상황을 보고 버릴 생각이잖아! 으아아아아아앙!"

안즈가 기어코 에로무라를 울렸다.

위풍당당하게 앞장서서 걸어가는 안즈의 뒤에는 한심하게 훌쩍대는 【브레이브 나이트】가 있었다.

에로무라는 살아남을 수 있을까?

그 진실은 아직 아무도 모른다.

#3 남자는 말없이~, 방패가 되어라 일본 엔카 「성─남자는 말없이 성이 되어라」의 가사 패러디.

◇　◇　◇　◇　◇　◇　◇

　지하 도시의 천장에 마력을 보내는 기둥.

　그것은 거대한 환기구인 동시에 지상과 지하의 물자가 이동하는 통로이기도 했다.

　지하 도시의 주민을 먹여 살릴 식량도 이곳의 엘리베이터로 옮기기 때문에 기둥은 말 그대로 도시의 생명선이었다.

　그곳에 도착한 네 사람은 셔터와 차단벽으로 막힌 곳을 우회해 지상 3층까지 올라갔다. 그리고 조용히 아래 상황을 살폈고, 할 말을 잃었다.

　하이 코볼트가 어디로 침입했는지는 바로 판명됐다.

　반입구 셔터가 파손되어 생긴 조그만 틈새를 코볼트들이 억지로 넓혀서 들어와 있었다. 본래대로라면 방어용 차단벽이 통로 앞을 좌우에서 막았겠지만, 시설 관리자가 없어서 코볼트가 자기 집인 양 내부를 활보했다.

　우회하던 중에 지상 2층에서 문이 부서진 곳을 발견했는데, 아마도 강력한 도약력으로 반입구에 있는 2층 외벽 사다리까지 뛰어올라 문을 부수고 침입한 것으로 예상됐다.

　만약을 위해서 그곳은 방화문을 닫아 막아 버리고 왔다.

　"저것들…… 셔터를 비틀어 열었잖아? 아까 문을 막은 정도로는 어림도 없겠어."

　"응…… 코볼트는 전부 소탕하는 게 좋겠어. 【그레이트 코볼트】는 못 들어올지도 모르지만, 잔챙이는 쉽게 들어와."

"위험하군……. 차단벽이 작동하지 않았어. 이것들이 안쪽까지 들어오면 위험해. 차단벽을 닫으려면 아래층에 있는 레버를 당겨야 했지? 하지만 우리는 네 명밖에 없는데 놈들이 동료를 부르면 포위당해."

차단벽을 닫으려면 아래로 내려가서 벽에 설치된 긴급용 레버를 내려야 하는데, 코볼트의 수가 워낙 많아서 섣불리 공격할 수도 없었다.

"어쩌지…… 우리가 침입한 기둥 입구는 내부에서 문을 열 수 있어. 저것들은 제법 머리도 좋으니까 그냥 두면 이더 란테까지 밀고 들어올 거야."

"으음…… 코볼트는 밖에서 오크와 전쟁 중이야. 여기는 농성하기 유리하지만, 난전이 벌어지면 셔터가 망가질 수도."

"이 틈에 차단벽을 닫을 수밖에 없나. 그런데 차단벽을 가동하는 레버가 정확히 뭐였지?"

"그 레버는…… 음, 왼쪽 벽 박스 안에 있을 거야. 슬립 마법은 쓸 수 있어?"

"쓸 수는 있지만, 마도사만큼의 효과는 없어. 들키면 단체로 덤벼들걸?"

"……괜찮아. 별거 아니야."

안즈는 자신만만했다.

하지만 세레스티나와 캐럴스티는 안색이 새파랬다.

이더 란테에 마물이 침입하면 틀림없이 방어전이 벌어질 텐데, 마물의 레벨을 고려하면 희생자는 상당수에 이를 것이다.

지금은 조용히 숨죽이고 있어도 만약 위치가 발각되면 코볼트들은 당장 달려들 것이다. 심지어 지금 자신들로서는 전혀 승산이 없었다.

 도망칠 수 있을지도 의심스러운 상황이었다.

 "숨죽이고 조용히 기다려. 그림자처럼 숨어서 전광석화 같이 해치운다."

 "저 녀석들 후각이면 들키지 않을까? 청각도 좋잖아?"

 "【소취봉음(消臭封音) 결계】를 쳤어……. 당분간 눈치 못 채."

 "어느새……. 나는 그런 결계 기술은 처음 듣는데?"

 "닌자의 비밀 기술……. 아무에게도 안 알려줘."

 【소드 앤 소서리스】에서는 몬스터에게도 현실적인 능력이 부여되어 있었다. 특히 시각, 청각, 후각이 예민한 마물은 먼저 플레이어를 공격하는 경향이 강했다.

 그런 몬스터를 상대하다 보면 간혹 기능 스킬을 얻을 때가 있다. 【잠복】이나 【기척 탐지(미약)】, 【구타】나 【초보 검술】 따위가 그것이다.

 그런 스킬이 특정 조건을 만족했을 때 드물게 비기라는 이름의 레어 스킬을 낳는다.

 【소취봉음 결계】는 저주 계열 기술 【결계】와 마법 【사일런스】, 생산 아이템 【무취 구슬】을 합친 복합 기술이다.

 자신이 얻은 힘과 기술을 구사해 연구를 거듭하다가 얻은 지식은 어느 파티와 길드에서나 숨기려고 했다. 안즈의 기술 또한 닌자 파티의 비기였다.

"저…… 계단을 올라오면 어떻게 하죠?"

세레스티나가 위쪽 외벽 사다리로 이어진 계단을 가리키며 의문을 표했다.

"아무리 후각과 청각을 속여도 시각은 어쩔 수 없지 않나요?"

"그때는…… 죽여."

"저기는 관리실과 이어진 곳이야. 관리실 안쪽은 방화문을 닫았으니까 괜찮지 않을까?"

게임과 달리 이 세계에서는 목만 부러져도 사람은 죽는다. 이는 물리법칙이 작용한다는 의미다.

예를 들어 【감정】으로 고블린의 스테이터스를 보면 분명히 HP가 존재한다.

하지만 급소 공격으로 머리에 치명상을 입으면 한 방에 죽기도 해서 그다지 믿을 만한 지표는 아니다.

뇌가 망가지면 사지가 멀쩡해도 살 수 없다. 오히려 현실에 레벨이라는 개념이 존재하는 세계가 비정상이다.

"뭔가 이상하지?"

"응…… HP는 생명력의 강약으로 생각하는 편이 나아. 머리가 으깨지면 즉사야."

"【감정】으로 HP가 나오는 경우는 거의 없지만, 나와도 너무 믿지 않는 편이 낫나……. 현실적으로 급소를 노려서 처치할 수밖에 없겠어."

"……응? 움직임이…… 변했어?"

밖에서 울부짖는 소리가 울려 퍼지더니, 코볼트들이 일치된 움직임을 보였다.

하지만 침입한 구멍이 좁아 한 마리가 지나가는 것이 고작이었다. 침입로는 이내 코볼트들로 정체현상을 빚었다.

"동료를 부를 만큼 고전하나? 오크도 그렇게 강한가…… 미치겠네."

"코볼트들이 억지로 구멍을 비집고 나가요. 다치더라도 급하게 가야 할 상황인 걸까요?"

"이건 기회예요! 코볼트가 사라진 틈에 차단벽을 닫아 버리죠."

"그건 조금 안이한 생각……. 여기도 적지 않은 병력이 남을 거야."

안즈의 말대로 코볼트는 부대를 남겨 두고 갔다.

수는 열일곱 마리. 한 자릿수라면 편하겠지만, 이만큼 많으면 수면 마법을 써도 몇 마리는 빠져나갈 것이다.

"……에로무라."

"알았어, 알았어. 하면 되잖아. 【슬립 미스트】!"

"……대답은 한 번만."

"네가 선생님이냐!"

자재 반입구에 흰 안개가 깔렸고, 그 안개를 들이쉰 코볼트는 급격한 잠기운이 몰려들어 쓰러졌다.

하지만 역시 잠들지 않은 코볼트도 몇 마리 있었다.

"……간다."

그렇게 중얼거린 순간, 안즈는 3층 빌딩에 준하는 높이에서 단숨에 뛰어내렸다.

낙하하면서 던진 쿠나이[#4]는 정확하게 코볼트의 머리에 명중했다.

#4 쿠나이 닌자가 사용했다는 단검 형태의 수리검.

'이상해…… 이렇게 강할 리 없어. 레벨 차이? 그것도 아니야…….
뭔가 근본적인 부분부터 달라……. 게다가 코볼트에게서 피어오르
는 검은 안개 같은 저건…… 뭐지?'

안즈도 코볼트들에게서 기이한 느낌을 받았다.

안즈에게는 코볼트가 그다지 강하지 않지만, 에로무라에게는 버
거울 듯했다.

그녀는 【감정】 스킬이 없지만, 상대방의 힘을 감지하는 직감이
뛰어났다. 그 감각이 코볼트의 강력함이 이상하다고 전했다.

그래도 지금은 해야 할 일이 있어서 그 의문을 머리 한쪽으로 밀
어 넣었다.

"대, 대단해요, 안즈 양."

"일격필살, 백발백중이에요!"

"저것도 힘을 다한 게 아니니까 괴물이지. 적이 되면 일격에 목
이 날아갈걸."

"선생님과 같다는 뜻을 알겠어요. 안즈 양, 믿어지지 않도록 강
해요."

"저렇게 어린데 어떻게 저렇게 강해질 수 있지요? 말이 안 돼요!"

안즈는 잠들지 않은 코볼트를 전부 처리하고 왼쪽 벽에 붙은 박
스로 손을 뻗었다.

하지만—.

"……안 닿아."

—박스 뚜껑은 열려 있었지만, 위로 올라간 레버에 손이 닿지 않
았다.

위에서 볼 때는 박스가 별로 높이 있어 보이지 않았다.

그러나 실제로 이 박스는 안즈의 키보다 높은 위치에 있었다. 박스 바닥만 해도 높이가 170센티미터는 되었다.

키가 약 140센티미터밖에 되지 않는 안즈는 박스는 열 수 있어도 레버를 내릴 수 없었다. 고대인의 명백한 실수였다.

"귀, 귀여워……."

"어쩐지 보호 본능을 자극하네요. 이것이 심쿵……."

"지금이 심쿵 타령할 때야?"

하지만 그 모습은 분명히 가슴을 흔들었다.

안즈는 잠시 까치발을 들고 어떻게든 레버를 당기려고 하다가 점프하면 된다는 사실을 깨닫고는 뛰어올라 체중을 실어 단번에 내렸다.

─삐이익! 삐이익! 삐이익!

『경고, 긴급, 방어용 차단벽이, 이이…… 작동합, 니다. 차단벽 폐쇄까지 앞으로 15분. 직원들은 바로 지정된 구역까지 대피해주십시오. 다, 다시 한 번 알려, 드립니다……』

일정한 간격으로 경고음이 울리며 피난 권고 음성이 흘러나왔다. 좌우 벽에서는 육중한 차단벽이 서서히 밀려 나왔다.

이제 이더 란테로 침입하는 사태는 막았다며 일행은 안도의 한숨을 내쉬었다.

차단벽이 닫히는 동안, 안즈는 쿠나이를 회수하고 다녔다.

무기를 사고 싶어도 닌자 장비는 솔리스테어 마법 왕국에서 살 수 있는 물건이 아니었다. 단순한 쿠나이조차 대장장이에게 특별 제작을 의뢰해야 해서 의외로 귀중품이었다.

마름쇠처럼 많은 수가 필요한 소모품은 쓴 만큼 보충하기도 힘들었다. 동방의 무기는 이런 점에서 불편했다.

"아……."

안즈는 자신의 실수를 알아차렸다.

요란하게 울리는 경고음에 잠들었던 코볼트들이 깨어난 것이었다.

게다가 밖으로 나갔던 코볼트도 이상을 눈치챘는지 소수가 돌아와 셔터 구멍을 빠져나오려고 낑낑대고 있었다.

"큰일 났다! 안즈, 도망쳐!"

"바보……."

에로무라의 목소리를 들은 코볼트들은 일제히 위를 보고 적이 있음을 알아챘다.

그리고 믿어지지 않게 벽에 발톱을 박아 빠르게 기어 올라왔다. 콘크리트 벽이 마치 두부처럼 파였다.

"끄아, 벽을 탄다고?!"

코볼트는 에로무라가 있는 통로 앞으로 뛰어올라 난간을 잡고 기어올랐다.

이미 코볼트 세 마리가 눈앞에서 이빨을 드러내고 으르렁거리고 있었다.

"덤빌 테면 덤비든가…… 젠장!"

에로무라가 욕을 뱉으면서도 칼을 뽑는 한편, 안즈는 위로 올라가는 코볼트를 하나하나 정확하게 처치했다.

하지만 서서히 수가 불어나고 있었다.

셔터에 난 구멍은 코볼트들이 억지로 몸을 구겨 넣은 탓에 이미 두 마리가 지나다닐 만큼 커졌다.

차단벽은 아직 완전히 닫히지 않고 느리게 움직여서 적을 막아 줄 것 같지 않았다.

"……속전속결. 【그림자 분신】."

마력으로 분신을 만드는 기술, 그림자 분신. 등에 찬 칼로 1층에 있는 코볼트 세 마리를 일순간에 처치했으나, 새로 나타난 코볼트에게 방해받아 위층으로 가지 못했다.

위에서는 에로무라가 전투에 돌입해 있었다.

"……잔챙이, 거슬려. 귀찮게."

결코 강하지는 않지만, 쓰러뜨려도 계속해서 나타나는 조무래기들이 성가셨다.

◇　◇　◇　◇　◇　◇　◇

"힘을 다오, 나의 성검 【칼리번】!"

【브레이브 나이트】인 에로무라는 손에 쥔 검에 키워드를 외면 봉인된 힘을 발동할 수 있다.

【성검】은 특수한 재료로 만들며, 그 제조 방법은 대장질이 아니라 연금술에 가깝다.

그래서 대장장이와 연금술사 스킬을 함께 가진 생산직밖에 만들 수 없고, 【칼리번】은 비교적 초기에 등장한 성검이다. 용사 플레이를 하던 에로무라가 처음 얻은 성검이며, 그 힘은 일시적으로 신체 능력을 1.5배로 높이는 효과가 있다.

"【피지컬 부스트】, 【라이트닝 부스트】, 인챈트 【플라즈마 블레이즈】!"

거기에 신체 강화와 속성 강화 마법, 검에 번개 속성 부여 마법을 추가했다.

코볼트는 번개 속성에 약하니까 이렇게 위력을 배로 높이는 작전이었다. 아울러 성검의 효과가 추가되어 전투력은 대폭 향상됐다.

"단숨에 끝낸다, 【뇌광일섬】!"

번개를 두르고 정면의 코볼트에게 경이로운 속도로 돌진해 횡베기로 코볼트의 몸통을 두 쪽 냈다.

거기서 멈추지 않고 후방에 있는 코볼트에게 접근하여 무시무시한 속도로 왼쪽 올려 베기를 감행해 두 번째 코볼트를 피바다에 빠뜨렸다.

"한 마리 더, 【뇌첨열인(雷尖烈刃)】!"

세 번째 코볼트에게 섬전 같은 찌르기를 꽂고 칼을 힘껏 치켜 올려 코볼트의 오른팔을 절단했다.

"구아아아아아아악!"

"앗, 망했다?!"

숨통을 끊지 못한 코볼트가 도망쳤다. 그 앞에 세레스티나와 캐럴스티가 있었다.

지금 그녀들의 상태로는 코볼트를 상대할 수 없고, 잘못하면 일격에 죽을 수도 있었다.

"둘 다 도망쳐!"

에로무라가 초조해서 소리치지만, 두 사람은 함께 손을 앞으로 내밀고는 【라이트닝 랜스】와 【플라즈마 볼】 공격 주문을 동시에 썼다.

두 사람의 공격은 하이 코볼트에게 직격했고, 잠깐이나마 경직시켰다.

세레스티나는 주문 없이 마법을 쓸 줄 아니까 그렇다 쳐도, 캐럴스티는 미리 주문을 외워 둔 것 같았다.

"기회다! 【참철검】!"

순간의 틈을 놓치지 않고 거리를 좁혀 【칼리번】으로 단칼에 적을 양단했다.

신속한 상황 판단이었다.

평소 태도가 아무리 꼴사나워도 중견 플레이어의 실력이 어디 가지는 않는가 보다.

『차단벽 폐, 쇄까지, 지직…… 10분, 직원들은 즉시, 대, 대피하십시오. 다시 한 번, 안내……』

"안즈는?!"

자신보다 많은 마물을 상대하는 안즈를 걱정해 에로무라가 서둘러 아래를 확인하자—.

"응…… 느려."

"키엑!"

"푸헉!"

닌자 소녀는 혼자 학살을 펼치고 있었다.

주변 일대는 시체가 산처럼 쌓이고 피가 바다 같았다.

하지만 안즈에게는 피 한 방울 묻지 않았고, 명백한 격의 차이를 보여줬다.

그곳은 지옥이었다.

"헐, 강한 줄은 알았지만 완전 무적이잖아? 나, 여기 있을 필요 있어? 강하다. 너무 강해……. 그런 안즈를 누님이라고 부르고 싶다."

레벨 차이 앞에서 남자의 긍지는 무의미했다.

"앗, 왠지 격이 오른 느낌이 들어요."

"그러네요……. 몸이 살짝 나른해요."

잠깐의 지원 공격으로 짐덩이 두 명은 레벨이 올랐다.

"이제 곧 차단벽이 닫혀……. 안즈는 걱정 없어 보이니까 지원할 필요도……."

—콰아아아아아아아아아아아아아아아아앙!

이번에는 에로무라의 말이 씨가 됐다.

갑자기 대형 마물이 셔터를 찢어 버리며 난입했다.

그 마물은 머리가 멧돼지고 몸이 거대한 곰, 등에는 나비 날개가 나 있었다.

흔히 키메라 종족이라고 불리는 마물이었다.

"뭐, 뭔가요, 저 징그러운 마물은?!"

"마물 도감에서도 본 적 없어요. 설마 신종?!"

"저건…… 【돼지곰나비】?! 뭐야, 왜 저게 여기 있어?!"

【돼지곰나비】. 정식 명칭은 【보어헤드 버터플 베어】.

이름 그대로 생긴 외모 덕분에 【소드 앤 소서리스】에서는 제법 인기 있는 마물이었다.

다만, 강하다.

분류상 키메라 종에 해당하며 지칠 줄 모르는 체력과 맷집이 특징이지만, 그보다도 유저가 가장 두려워한 공포의 능력이 있었다.

그 능력이란—.

"저 마물은 일단 악취가 지독하단 말이지. 방귀만 뀌어도 상위 파티가 전멸할 정도로……."

바로 그『방귀』였다.

코앞에서 당하면【악취】,【독】,【마비】,【혼란】,【기절】,【즉사(미약)】상태 이상을 걸고, 지속 시간도 무시무시하게 길다.

초보 유저가 초반에 만나면【즉사(미약)】으로 수도 없이 죽고는 했다.

심지어【악취】는【고급 탈취제】아이템을 사용하지 않으면 빠지지도 않았다. 더불어 주변의 마물을 끌어들이는 탓에 방귀 한 방으로 전멸하는 파티를 양산하는 악마였다.

그런데 이 마물이 주는 재료 아이템은 고가로 거래되기도 했다.

악질 마물로 유명하고 끔찍한 공격을 하는 마물 중에서【자이언트 로드리게스 그레이트 푸하 판다】다음 가는 경계 대상이었다.

『차단벽, 폐쇄까, 지 앞으로 9분, 지직…… 직원들은 즉시 대피하십시오. 다시 한 번……』

"으음…… 차단벽은 절반 닫혔어. 시간 벌기가 최우선……."

코볼트를 날카로운 손톱으로 찢는【보어헤드 버터플 베어】에게서 거리를 두며 차단벽이 닫힐 때까지 시간 벌기를 우선하기로 했다.

벽을 기어오르는 코볼트를 공격 대상으로 삼아 위층으로 가지 못하게 쿠나이로 추락시켰다.

안즈는 이제 쿠나이의 개수를 신경 쓸 상황이 아니라고 판단한 것이었다.

 ## 제3화 그리고 도시 전설로
~에로무라, 벌받다~

【보어헤드 버터플 베어】는 움직이는 것이 눈에 들어오면 집요하게 쫓는 습성이 있다.

머리가 멧돼지 아니랄까봐 눈앞에 움직이는 생물이 있으면 저돌적으로 달려들어 잡아먹으려고 하는 사나운 생물이다. 종족은 키메라와 같으나, 앞뒤 생각 없이 무작정 움직이는 힘센 바보이기도 하다.

또 짧은 시간이라면 비행이 가능하고 곰의 몸통답게 순발력이 뛰어나다.

물론 비행 능력이 있다고는 하나 속도는 뛰어다니는 어린아이보다 느리다. 그래서 비행 중에 도망치면 살아남을 가능성이 높다. 날개가 왜 있는지 모르겠다.

위협적인 것은 완력과 내구력이다. 일격에 거목을 꺾는 힘은 방패로 절대로 막을 수 없다. 방어력도 높아서 검으로 공격해봤자 상처조차 내지 못한다.

이 마물을 해치우려면 상당한 훈련과 레벨이 필요하다.

'설마 코볼트를 쫓아왔나? 코볼트는 밖에서 오크와 영역 다툼 중이잖아! 왜 여기에 난입하냐고, 저 방해꾼이!'

에로무라가 투덜댈만했다.

그는 【소드 앤 소서리스】에서 【보어헤드 버터플 베어】와 싸운 적이 있지만, 적어도 두 파티를 모아서 싸웠다. 그때도 절반은 죽어서 이탈할 만큼 강력한 마물이었다.

덧붙이자면 에로무라가 싸웠던 개체는 고유 스킬 【광란】을 가지고 있었다.

【광란】은 피 냄새를 맡으면 흥분에 빠져서 대책 없이 날뛰게 되는 스킬이다. 지금 나타난 【보어헤드 버터플 베어】가 【광란】 스킬을 가졌는지는 알 수 없으나, 만약 가졌다면 전투 난이도가 크게 변한다.

이곳이 현실임을 알기 때문에 승리를 장담할 수 없는 상황에 다리가 떨렸다.

그것은 생물이 원시 시대부터 가졌던 죽음에 대한 공포였다.

『차단벽, 치직…… 폐쇄까지 앞으로 8분…….』

"둘 다 안쪽 통로로 도망쳐! 저 녀석 덩치로는 통로로 못 들어와. 저거랑 싸우는 건 자살행위야!"

상황을 냉정하게 바라볼 여유가 있는 것만으로도 대단했다.

에로무라는 필사적인 표정으로 세레스티나와 캐럴스티에게 지시했다. 그녀들은 붙잡히면 죽을 것이 불 보듯 뻔했으니까.

에로무라는 인벤토리에서 카이트 실드를 꺼내 들고 두 사람 앞에 섰다.

"아, 안즈 씨는 어떡하나요?!"

"저 아이를 두고 가시려고요?!"

"안즈라면 혼자서 싸워도 될 만큼 강하니까 얼마든지 도망칠 수 있어. 하지만 너희 두 명이 있으면 방해만 돼. 오히려 우리 때문에 다칠 수도 있어!"

두 사람은 받아들이기 힘든 표정을 지었지만, 애초에 안즈와 자신들은 레벨이 달랐다.

안즈 혼자 싸운다면 【보어헤드 버터플 베어】는 쉽게 처치하리라.

하지만 곁에 지켜야 할 대상이 있으면 그것만으로 행동이 제한된다.

하물며 두 사람은 【보어헤드 버터플 베어】가 얼마나 강력한지 모르고 단 한 방에 죽어 버릴 만큼 약했다. 미련하게 도덕관념을 고집하며 이곳에 남는 것 자체가 위험했다.

"저 녀석은 움직이는 생물이라면 다짜고짜 달려들 만큼 사납단 말이야. 코볼트가 미끼가 된 사이에 안쪽으로 도망쳐! 우리가 이곳에 있어도 안즈에게는 방해밖에 안 돼."

"받아들일 수 없어요! 아무리 우리가 약해도 뭔가 할 수 있는 일이……."

"그딴 거 없어! 안즈가 혼자서는 이길 실력이 있어도 너희가 있으면 행동이 제한돼. 약한 인간을 지키면서 싸울 수 있을 만큼 저 마물은 만만하지 않다고! 구시렁대지 말고 빨리 대피나 해!"

"……?!"

69

정의감 때문일까, 아니면 귀족의 의무감일까. 캐럴스티는 안즈를 도우려고 고집을 피웠으나, 에로무라는 자신들이 방해만 된다는 사실을 누구보다 잘 알았다. 이대로 있으면 모두 무사하지 못하다고 판단해서 강경한 어조로 쏘아붙였다.

그리고 평소 볼 수 없는 태도로 힘든 현실을 들이대서 설득했다.

"캐럴스티 양…… 안으로 들어가요. 우리로는 두 분의 엄호조차 어려워요."

"레벨이 달라도 너무 달라. 도망간다고 창피하게 생각할 것 없어……. 좁은 통로를 이용하면 우리라도 싸울 수 있어!"

차단벽이 완전히 닫힐 때까지 버티면 승리다.

봉쇄가 완료되면 코볼트나 다른 마물이 침입할 수 없다. 통로가 좁으니 【보어헤드 버터플 베어】도 들어오지 못한다.

안전을 생각한다면 도망이 가장 유효한 수단이었다.

"안즈가 놈을 이용해서 코볼트의 침입을 저지하고 있어. 하지만 그것도 언제까지 가능할지 몰라. 상황이 변해서 여기로 도망치는 코볼트도 있을 수 있어."

"……다른 수가 없네요. 우리 때문에 안즈 양이 다치면 안되겠지요."

"안즈 양, 정말로 괜찮을까요?"

"걱정하지 마. 그 아저씨랑 같은 부류라니까? 뭐든 가능한 괴물이야. 진짜 【그림자 6인】의 힘은 저 정도가 아니거든. 빨리 대피하자."

아래에서는 허겁지겁 도망치는 코볼트와 그것을 쫓는 보어헤드로 한창 아수라장이 펼쳐지고 있었다.

안즈는 허를 노리고 벽을 기어오르는 코볼트를 집중적으로 노려서 보어헤드의 주의를 코볼트에게로 돌렸다.

하지만 차츰 쿠나이를 던지는 횟수가 줄었다.

수리검도 사용했지만, 원래 수가 적었는지 자주 쓰지는 않았다.

에로무라가 두 사람에게 그 사실을 전하고 통로로 달려갔다.

'응…… 이제야 도망쳤어. 쿠나이도 부족하던 참이야. 지출이 크겠어. 에로무라, 나중에 **뜯어주겠어……**.'

무엇을 뜯을지는 정확하지 않지만, 안즈는 위에서 꾸물대던 세 사람에게 조금 화가 나있었다. 쿠나이와 수리검은 공짜가 아니었다.

보충하려면 특수 제작을 해야 해서 의뢰비가 상당했다.

수리검만 해도 수가 많아지면 지갑에 큰 타격이 온다. 세월아 네월아 시간을 낭비한 에로무라에게 물리적인 벌을 내리기로 결심한 순간이었다.

"그럼…… 조금만 진지하게. 【신기루 환영참】."

안즈의 몸이 마치 신기루처럼 흐려지더니, 무수한 안즈가 나타났다. 격분해 달려오던 코볼트가 실체 없는 안즈를 통과한 순간, 코볼트의 목이 날아갔다.

완급을 준 움직임으로 시각에 혼란을 주어 환영을 만들고, 그 환영들로 상대의 인식을 어지럽히는 특수한 기술. 이 기술에는 【연무】라고 불리는 기술까지 조합되어 참격으로 적을 공격할 수도 있었다. 이렇듯 【소드 앤 소서리스】에서는 현실에서 불가능한 동작도 레벨에 따라서 가능해지고, 만화에서나 나오던 비상식적인 기술마저 연마하면 익힐 수 있었다.

안즈는 그 기술로 코볼트의 수를 차근차근 줄여 나갔고, 반입구에 몰리는 마물은 보어헤드를 유도해서 모조리 처리했다.

지금까지는 계산대로 흘러가고 있었다.

'으응…… 두 마리 놓쳤어. 에로무라한테 맡겨야지. 힘내…….
쥐어뜯는 건 다 끝난 다음에…….'

쥐어뜯는 것은 확정이었다.

『차단벽 폐쇄까지 앞으로 6분…… 지지직…… 신속하게…….』

차단벽은 상당히 좁아져 침입하는 코볼트의 수는 부쩍 줄어들었다.

이제 마지막 문제는 거물급 마물과의 싸움이었다.

두 팔을 휘둘러 코볼트를 도륙하던 보어헤드는 화려한 기술을 펼친 안즈를 다음 표적으로 삼았다.

그러나 아직 코볼트 십수 마리가 남아 있었고, 완전히 닫히지 않은 차단벽을 억지로 비집고 들어오는 코볼트도 있었다. 방심할 수 없는 상황에서 사방을 계속 주의하는 것도 제법 피곤한 일이었다.

그러던 그때, 보어헤드가 갑자기 두 팔을 벌리더니 아랫배에 힘을 줬다.

"……긴급 대피."

기억에 있는 동작을 보고 안즈는 냉큼 반입구 구석으로 이동해 벽을 차며 단숨에 위층으로 올라갔다.

—뿌와아아아아아아아아아아아아아아앙! 뿌웅!

그와 동시에 【보어헤드 버터플 베어】의 방귀 공격이 살포됐다.

아래층이 누런 가스로 뒤덮였다.

""""키갸아아아아아아아아아아아아아아아악!""""

그리고 코볼트들의 절규가 울려 퍼졌다.

코볼트는 후각이 뛰어난 탓에 방귀 공격은 치명적인 효과를 발휘했다.

코볼트들은 괴로움에 몸부림치다가 눈을 까뒤집고 거품을 물며 쓰러졌다. 개중에는 즉사한 코볼트도 있을지 모른다.

이 방귀는 악취 가스뿐 아니라 대변이 날아들 때도 있었다. 참으로 지독한 공격이었다.

"……【염화】."

안즈는 충만한 가스를 향해서 손바닥 위에 떠오른 불을 던졌다.

―콰과아아아아아아아아아아아아아아아아아앙!

방귀 가스는 악취가 심각하고, 가연성이었다.

메탄가스뿐만 아니라 취샘에서 나온 기화성 악취 성분도 인화하기 쉽기 때문에 폐쇄된 장소에서는 발화로 인한 폭발력이 엄청났다.

당연하지만 이 폭발은 보어헤드에게도 피해를 줬다.

자신이 방출한 가스가 적에게 이용될 수 있으니, 이 기술도 양날의 검이라고 할 수 있었다.

―우워어어어어어어어어어어어어어!

온몸에 불이 붙은 보어헤드가 바닥을 뒹굴었다.

불 내성이 낮아서 이런 불 공격이 특효약이었다. 이미 불길이 보어헤드를 완전히 집어삼켰다.

털이 타는 냄새가 퍼지자 안즈는 불쾌함에 인상을 찌푸렸다.

'……모피, 못 팔겠어. 실수했네.'

모피를 팔아서 쿠나이와 수리검 비용을 충당하려고 했는데 이렇게 된 이상 포기할 수밖에 없었다. 비싼 값에 팔리는 모피라도 불타 버리면 반값도 쳐주지 않았다.

자기 실수인지라 안즈는 살짝 풀이 죽었다.

【소드 앤 소서리스】에서는 이것이 정석 공략법이었지만, 이곳은 게임이 아니었다. 불 공격은 재료가 상하기 때문에 돈을 벌려면 다른 수단을 강구해야 했다.

귀찮아도 이 세계와 【소드 앤 소서리스】의 법칙이 다르다는 사실을 확인했으니 그나마 다행이었다. 안즈는 칼로 보어헤드를 마무리하기로 했다.

"생각보다 약해……. 벌써 끝?"

새까맣게 타서도 일어선 보어헤드가 안즈를 위협하지만, 안즈에게는 별 위협이 되지 않았다.

싸워 본 결과, 레벨은 약 500 정도로 보였다. 900레벨을 넘는 안즈에게는 대수롭지 않은 상대지만, 이 세계는 게임이 아닌 현실이었다. 아직 어떤 능력을 감췄을지도 몰랐다.

시각 정보와 경험을 통한 정보를 참고해 신중하게 사냥을 이어갔다.

─구이히히히!

보어헤드가 날개를 펼치고 천천히 공중으로 떠올랐다.

하지만 그 모습은 자기 몸이 너무 무거워서 악을 쓰는 것처럼 보였다.

그와 동시에 날개 가루가 날리며 마치 봄철 꽃가루처럼 공중에 퍼졌다. 이 가루에는 환각 작용과 마비 효과가 있고 독성도 상당히 강해서 보통은 비행 중에도 다가갈 수 없었다.

내성 스킬을 가졌다면 모를까, 스킬이 없으면 중거리에서 마법 공격을 해야만 했다.

그러나 안즈의 내성 스킬은 최대 레벨. 이런 상태 이상은 아무 효과도 없었다.

『차단벽 폐, 쇄까지, 앞으로 3분…… 직, 지지지, 은 바로 대피……』

"쓸데없는 발버둥…… 【자전일섬】."

벽을 차서 높이 뛰어오른 안즈는 순간 벼락과 같은 한 줄기 빛이 되어 날아가 【보어헤드 버터플 베어】의 쇄골부터 가슴을 칼로 찢었다.

공중에서 공격을 감행한 것이었다.

뒤늦게 피가 분출하고 작은 핏방울이 쏟아졌다.

'조금…… 빗겨 나갔어.'

원래 보어헤드는 제 무게 때문에 오래 날지 못한다. 하물며 칼에 베이면 비행을 유지하기는 더욱 어려웠다.

어떻게든 공중에 머무르려고 날개를 힘껏 퍼덕이지만, 본디 땅에서 사는 마물인지라 새 마물이나 드래곤과 달리 공격당하고도 공중에 머물 재간은 없었다.

보어헤드는 고통에 정신이 팔려 서서히 아래로 내려왔다. 그리고 땅에 발을 붙이는 타이밍을 노려 안즈는 단숨에 결판을 내고자 달렸다.

그 모습이 흡사 하늘에서 떨어지는 분홍색 혜성 같았다.

"오의【영장(影葬) 연격 3형— 참영열섬(斬影烈閃)】…… 멸하라."

안즈가 속삭이듯 무표정으로 중얼거렸다.

잠깐 시간을 두고【보어헤드 버터플 베어】는 어마어마한 피를 뿜으며 숨이 끊어졌다.

'에로무라…… 해체 끝날 때까지 코볼트를 정리하지 못하면, 세 번 뜰 거야.'

숨기는커녕 적을 모조리 쓸어버린 닌자는 피 한 방울 묻지 않았다.

어디를 세 번 뜰지는 궁금하나, 일단 시체를 해체하기 위해 나이프를 뽑았다.

에로무라의 위기는 아직 계속된다.

"오, 오옥?!"

에로무라는 갑자기 가랑이가 저리는 오한이 들어 무심결에 몸서리쳤다.

'뭐야?! 지금 가랑이 사이에 엄청난 오한이 들었는데?! 불길한

예감이 들어…….'

자기도 모르게 가랑이를 부여잡고 전기라도 통한 듯한 오한의 정체를 알아내려고 주변을 살펴봤다.

하지만 그 정체를 알아내기 전에 다른 위협이 다가왔다.

"에로에로 씨, 저건…… 설마?!"

"에로는 고정이야……? 【하이 코볼트】군. 그것도 두 마리냐. 아무리 안즈라도 전부 처리하지는 못했나."

"이미 주문은 외워뒀어요. 이제 발동하기만 하면 돼요."

통로로 들어오는 두 그림자는 하필 그냥 코볼트가 아니라 상위종 코볼트였다.

에로무라도 바보는 아니었다. 이래봬도 중급 공략파 플레이어답게 안즈가 돌아올 때까지 시간을 벌려고 함정을 마련해뒀다.

물론 세레스티나와 캐럴스티도 함정 설치를 도왔다.

문제는 레벨 차이였다.

에로무라와 하이 코볼트의 레벨이 같으면 동레벨 대의 마물 두 마리를 동시에 상대해야 했다. 지킬 사람이 있는 에로무라에게는 불리한 상황이었다.

그 상황을 뒤집으려면 선제공격으로 힘 차이를 뒤집어야 했다.

'제발 걸려라…….'

설치형 마법에도 제한 시간이 있다.

게다가 시간 내에 작동하지 않은 마법은 마력으로 환원되지 않고 사라져 버린다.

효과가 있을 때 빨리 걸리기만 기도했다.

'와라, 와라, 와라, 와라…… 왔다, 왔다, 왔다왔다아아아!'

이미 에로무라 일행을 확인한 하이 코볼트는 송곳니를 드러내고 침을 흘리면서 급격히 속도를 높여 접근해 왔다.

실패는 용납되지 않는다. 이곳에서 두 마리를 동시에 해치우지 않으면 미래가 없다.

한 마리라도 놓치면 세레스티나와 캐럴스티는 상대가 되지 못해 금방 죽을 것이다.

레벨 차이는 그만큼 절대적이었다.

"지금이에요!"

"지연 술식 해방!"

"마력 해방, 【아이기스】 전개! 직업 스킬 【브레이브 하트】 발동!"

에로무라의 방패 【아이기스 레플리카】는 봉인된 마력을 해방하여 통로를 막을 크기의 장벽을 칠 수 있다. 그 보이지 않는 벽에 막힌 코볼트는 후방으로 튕겨 날아갔다.

동시에 여러 설치형 지연 술식이 작동해 【스턴 라이트닝】, 【섀도 바인드】, 【플라즈마 체인】 등 속박이나 상태 이상 마법이 마루와 천장에서 하이 코볼트를 덮쳤다.

하이 코볼트가 구속되고 마비를 비롯한 온갖 상태 이상이 유발됐다.

모 아니면 도인 배수의 진이었다.

"우오오오오아아아아아아아! 【뇌명검】!"

속성 효과와 참격 강화로 위력을 높인 【칼리번】으로 한 코볼트의 두개골을 깨서 치명상을 입혔다. 직감으로 더 강하다고 판단한 코볼트였다.

'이 감촉…… 동레벨인가?! 하지만 확실하게 끝장냈어! 다음!'

공격한 감각으로 상대의 역량과 레벨을 짐작할 수 있었다.

상대의 레벨이 낮으면 둘로 쪼개 버릴 수도 있지만, 동급이라면 당연히 줄 수 있는 피해가 줄어든다.

하지만 그것도 절대적 기준은 아니었다.

예를 들어 강한 상대라도 맹독을 바른 무기로 눈 같은 약점을 공격하면 해치울 수 있었다.

게임과 달리 현실은 급소 공격이 유효했다.

'속박 효과가 끊기려고 해……. 이놈도 한 방에!'

응용이 용이한 설치형 지연 술식 마법에도 약점이 있었다.

마법을 설치하고 시간이 지날수록 효과도 짧아진다는 점이었다.

마법진은 설치한 순간부터 마력으로 돌아가려는 성질이 있어서 시간에 따라서 효과가 약해지기 때문이었다. 마법에 담은 마력과 시전자의 레벨에 따라서 효과 시간은 크게 변하지만, 한번 발현한 마법식이 분해되는 것은 이 세계의 절대 법칙이었다.

에로무라의 마법은 그나마 낫지만, 세레스티나와 캐럴스티의 마법은 지속시간이 짧았다. 레벨이 비슷한 마물은 한 방에 해치우기 어렵고, 비장의 수인 직업 고유 기술 【브레이브 하트】에 마력을 할애해야 해서 마법 사용을 자제하고 있었다.

【브레이브 하트】는 보유한 모든 마력을 신체 강화로 돌려 공격력을 대폭 높이는 기술이었다. 한번 발동하면 마력을 전부 써버리기 때문에 그야말로 비장의 수단이라고 부를 만했다.

지속 시간은 약 10분. 사용하는 마력이 많을수록 위력이 높아지며, 그 효과는 어마어마하다.

비슷한 레벨의 마물, 심지어 지켜야 할 대상이 있는 시점에서 에로무라는 비장의 수를 쓰지 않으면 상황을 타개할 수 없다고 판단했다.

일격에 해치우지 못하면 세레스티나와 캐럴스티에게 피해가 미칠지도 모르니까.

"【십자연화(十字煉華)】!"

"지연 술식, 해방! 【플라즈마 랜서】×3!"

"지연 술식, 해방! 【아이스 랜서】×3!"

에로무라의 날카로운 공격이 하이 코볼트에게 명중하고 치명상을 준 순간, 뒤에 있던 두 사람이 마무리를 지었다. 이렇게 하이 코볼트 저지에 성공했다.

"헉헉…… 끝났어. 마나 포션 마셔야지……."

"이런 모험은 이제 지긋지긋해요……. 착실하게 수행해야겠어요……."

"돌아가면 반성의 자리를 가져요. 이기기는 했지만, 최선의 방식은 아니었다고 봐요."

세레스티나는 별개로 쳐도 에로무라와 캐럴스티는 자신과 동급이거나 압도적으로 강한 마물과 싸운 경험이 없었다. 특히 에로무라는 항상 동료가 함께 있었다. 그러나 이번에는 혼자서 동급 마물 두 마리를 상대하느라 쓸데없이 긴장했었다.

파프란 대산림 지대에서 전투한 경험이 있는 세레스티나는 지금

싸움에서 최선을 다하지 못했다고 생각하고 더 효율적으로 싸울 수 없었을지 고민하고 있었다.

"흐냐아?!"

"후오옥?!"

그리고 여느 때처럼 격 상승으로 인한 부담이 찾아왔다.

이 권태감은 아무런 전조도 없이 밀려든다. 미리 대비해도 현기증과 서있기도 힘든 피로감에는 대처할 방법이 없었다.

두 사람은 몸에서 힘이 빠져 그 자리에 풀썩 주저앉았다.

"……겨, 격이…… 108로 올랐어요."

"저는…… 172예요. 얼마나 차이가 났던 걸까요?"

에로무라와 동급이라면 500은 넘었을 것이다.

몇 번의 공격과 마법을 병용해서 두 사람에게 제법 경험치가 들어갔다. 하지만 레벨이 낮은 둘에게는 그마저도 큰 부담이었다.

만약 혼자서 해치울 수 있었다면 반동으로 즉사했을 가능성도 충분히 있었다. 에로무라가 앞에 나서서 싸웠기 때문에 이 정도로 그친 것이다.

"야, 너희 괜찮아?"

"괜찮……지 않네요. 못 움직이겠어요."

"이 권태감…… 오랜만이에요. 역시…… 우리에게는 버거운 적이었어요."

"이걸 어쩐다냐. 내가 둘 다 어깨에 둘러업고 갈까?"

""그건…… 사양할게요.""

두 여자는 에로무라의 성희롱이 두려웠다.

본인은 순전히 친절한 마음으로 제안했어도 평소 태도로 변태라는 인식이 박혀서 믿음이 없었다. 에로무라는 살짝 서글퍼졌다.

"……에로무라. 벌주기 확정."

"워우?! 안즈, 언제 왔어? 그보다…… 벌주기? 왜?!"

"지금 왔어. 두 사람을 위험에 빠뜨렸어……. 벌을 받아야 해."

"나, 열심히 했잖아?! 그런데 벌을 받는다고?!"

"응…… 냉정하게 대처하면 여유롭게 이겼어. 레벨 차이가 나는 적과 두 사람을 싸우게 한 게 감점 사유야."

무표정한 닌자 소녀에게서 어마어마한 기가 발산됐다.

세레스티나와 캐럴스티는 약해도 선방했다고 볼 수 있으나, 에로무라는 둘보다 훨씬 강했다. 그런데도 마력을 거의 다 소진해서 헐떡거리고 있었다.

보나 마나 생각 없이 힘으로 찍어 누른 것이 뻔했다.

"아니, 그 정도는 봐주라……. 나도 잘했잖아? 적이 동레벨이었다니까? 같은 레벨이라도 게임처럼 약하지 않으니까 보통은 긴장하잖아?!"

"그것도 감안해서 벌줄게……. 너그럽게, 한 번만 뜯을래."

"어디를?! 어디를 뜯겠다는 거야?!"

"내일부터…… 에로무라는 마담이 돼. 이건 확정이야."

"자, 장난……이지?"

안즈의 표정은 변하지 않았다.

하지만 그녀는 걸음을 멈추지 않고 에로무라에게 접근했다. 그것이 대답이었다.

안즈는 진심이었다.

"괜찮아…… 오빠 때문에 익숙해. 내일부터는 어엿한 숙녀야……."

"전혀 안 괜찮아! 너, 오빠한테 대체 무슨 짓을 한 거야?! 그리고 이거 내 착각이야? 왜 기뻐 보여?!"

"응…… 착각이야. 그리고 부모님에게 성적 취향을 일러바쳤을 때는…… 이미 마담이 된 뒤였다고만 말해 둘게. 괜찮아…… 안 아프게, 할 테니까?"

"거짓마아아아아아아아아아아아아아아아알! 의문형이잖아, 정말로 거세할 생각이지?! 이 애, 겉보기랑 다르게 무자비한 사디스트야!"

맹수에게 잡아먹힌다. 에로무라는 진심으로 그렇게 생각했다.

남자라는 정체성이…… 그리고 남자의 상징이 이중적인 의미로 위기였다.

"검표원#5은 힘든 일이야……. 비가 오나 눈이 오나 뜯고, 뜯고, 또 뜯어……. 그리고 집계가 안 맞으면 혼나."

"누구한테?! 그리고 지금 검표원 이야기 아니지?! 너는 다른 걸 뜯으려고 하지 않았어?!"

"……변태에게는, 포상?"

"변태 아니야! 나는 아주 평범한 일반인이거든?!"

"……어디가?"

"부정했어?!"

위기를 느끼고 도주를 꾀했다.

#5 **검표원** 일본에서 검표원은 티켓을 확인하고 뜯는다고 하여 「뜯는 사람(もぎり/모기리)」이라고 불린다.

도망가는 에로무라와 뒤쫓는 안즈. 잡히면 뜯기는 죽음의 레이스가 시작됐다.

　달려 나간 두 사람은 통로 안쪽으로 펼쳐진 어둠 속으로 사라졌고, 얼마 지나지 않아 비통한 절규가 울려 퍼졌다.

◇　◇　◇　◇　◇　◇　◇

　"후…… 세레스티나 양이 어제부터 안 돌아와. 무슨 일이 생겼나? ……설마 나쁜 남자들에게 잡혀가기라도?!"

　"야, 걔가 너보다 강해. 어쭙잖은 녀석들한테 잡혀갈 만큼 약하지는 않아."

　"츠베이트, 동생이 걱정되지도 않아?! 아무리 강해도 여자애야!"

　츠베이트는 근심에 찬 디오를 안심시키려고 세레스티나가 얼마나 강한지 설명했다.

　하지만 사랑에 빠진 남자는 추했다. 츠베이트의 변론이 역효과를 내고 말았다.

　디오가 눈물을 머금고 성큼성큼 다가오는 모습은 솔직히 무서웠다.

　"진정해. 에로무라랑 안즈도 어제부터 돌아오지 않으니까 아마 함께 있지 않을까?"

　"그 경박해 보이는 사람과 함께?! 안 좋아…… 지금쯤 그렇고 그런 짓을…… 큭, 지금 당장 찾아내서 처리해야 해!"

　"너, 세레스티나를 걱정하면서 머릿속으로 야한 생각만 하고 있지 않냐? 그래도 소란이 나기는 했지."

세레스티나와 캐럴스티가 돌아오지 않아서 조사단에서 한바탕 소란이 있었다. 후작 가문과 공작 가문의 딸들이 행방불명이니까 그럴 만도 했다.

당연하지만 사람들이 총동원되어 수색팀을 짤 만큼 사태가 커지고 말았다.

게다가 이곳은 고대 도시가 아닌가. 알려지지 않은 미지의 구역이 있을 가능성도 부정할 수 없고, 그곳에 위험이 도사리지 않으리라는 보장도 없다.

"일단 그 기둥 위로 간다고는 말했는데……. 흠, 조사하러 가 볼까?"

"……그래. 만약 세레스티나 양이 봉변을 당했다면 나는 그 녀석을 죽일지도 몰라."

"……너, 아직 고백도 안 했잖아? 남자친구 행세하기는 이르지 않냐?"

"그러면 나랑 그 애를 더 붙여줘! 왠지 안중에도 없는 기분이 들어서 불안하단 말이야!"

"나는 할아버지한테 죽고 싶지 않아! 그랬다가는 지옥행 확정이야!"

우정을 선택해 디오를 편드느냐, 가족으로서 손녀에 미친 노인네를 편드느냐, 그것이 문제였다.

중립은 믿음을 사지 못한다고 하더니, 의리와 혈연의 틈바구니에 끼니 이렇게 입장이 난처할 수 없었다.

"그 이야기는 일단 접어 두고…… 에로무라와 안즈가 간 기둥으로 가자."

"나에게는 절실한 문제지만, 별수 없지. 지금은 그녀들이 무사한지 확인해야겠어."

복잡한 심경을 잠시 잊고 츠베이트 일행은 지하 도시에 우뚝 솟은 기둥으로 걸어갔다.

이더 란테에는 이미 상인이 멀쩡한 건물에 터를 잡고 소소하게나마 장사를 시작했다.

빠르게 정보를 입수해 누구보다 먼저 장사에 뛰어든 상인들의 억척스러움에 놀라면서도, 두 사람은 5분 정도 걸어 목적지에 도착했다.

그러나 기둥 아래를 돌아봐도 입구로 보이는 곳이 없었다.

"위로 갈 수 있는 건 틀림없지? 그렇다면 두 사람이 어디로 들어갔느냐가 문제군."

"거대한 장치로 움직이는 반입구가 발견됐지만, 위로 가고 싶어도 문이 안 열린다고 해. 어디에 비밀 문이 있는지도 모르지. 눈에 띄지 않게 위장했을거야."

"음…… 눈으로만 봐서는 모르겠어. 건축 기술도 우리의 상상을 초월하나?"

"가까이 가서 기둥을 자세히 조사하…… 오?"

조사하려고 한 기둥의 벽이 안쪽으로 들어가며 사람이 다닐 수 있는 동굴처럼 변했다.

그곳에서 나타난 것은 츠베이트 일행이 찾아 나선 세레스티나와 캐럴스티, 그리고 안즈였다. 다친 곳도 없이 무사한 모습을 보고 두 사람은 안도의 숨을 뱉었다.

"너희 지금까지 어디서 뭘…… 잠깐, 에로무라가 안 보이는데?

그 녀석 어디 갔어?"

"응…… 곧 나와. 무시해도 돼."

"세레스티나 양, 무사했군요! 다들 걱정했어요."

"죄송해요. 조금 위험한 일이 있어서……."

""위험한 일이라고?!""

대략적인 사정을 듣고 지상에 무엇이 있는지 안 츠베이트와 디오의 표정이 험악하게 구겨졌다.

지상과 지하를 잇는 반입구에서 마물이 침입하려고 했다. 자신들이 모르는 사이에 이더 란테가 위기에 빠져 있었던 것이다.

그리고 그 위기를 해결한 것이 여기 있는 안즈 일행이었다.

"붕괴한 도시 유적에서 마물들이 영역 다툼 중이라고?! 잠깐만……실전 훈련을 할 기회 아니야?"

"농담하지 마세요! 위쪽 마물은 무시무시하게 강해요. 훈련이나 할 요량으로 갔다가는 사망자가 나올 거예요!"

"그런 곳에서 용케 무사히 돌아왔네요? 행운의 여신이 도왔다고밖에 생각할 수 없어요."

"안즈 양이 있었으니까요. 여신은 안즈 양이라고 할 수 있겠네요. 그리고 마조무라 씨도 목숨을 걸고 지켜줬고요……."

"그러면 에로무라는 어디 있어? 안 보이는데."

"응…… 저기."

안즈가 가리킨 곳에는 정비공 전용 출입구가 있었다.

그 안쪽에 펼쳐진 어둠에서 새하얗게 질린 에로무라가 휘청거리는 발걸음으로 걸어 나왔다. 그런데…….

"왜…… 가랑이를 붙잡고 있지?"

에로무라는 눈물을 글썽이며 가랑이를 붙잡고 겁먹은 새끼 동물처럼 쭈뼛거리며 돌아왔다.

무슨 일이 있었는지 모르겠지만, 그에게서 어떤 비장감이 떠돌았다.

"……저 녀석, 무슨 일이 있었던 거야? 몸도 몸이지만, 정신이 반쯤 나갔잖아……."

"실수해서 벌줬어. ……뜯지 못한 게 아쉬워. 의외로 질겼어."

"뜨, 뜯다니 뭘…… 설마?!"

츠베이트와 디오는 신체의 어느 한 부위가 쪼그라드는 기분이었다.

안즈가 노리면 틀림없이 소중한 무언가를 잃을 것이다. 남자에게 이보다 무서운 일이 또 있을까.

피해자인 에로무라의 정신 상태가 걱정이었다.

안즈는 그런 두 사람 뒤에서 슛 연습을 하는 축구 선수처럼 허공을 뻥뻥 차고 있었다.

"도, 동지…… 괜찮아?"

"헤헤헤…… 쫄았어. 하마터면 소중한 것을 잃고 마담이 될 뻔했지. 안즈 저 녀석은 극도의 사디스트야……. 냉혹하게 나의…… 그걸 뜯어 버리려고 했어. 도중부터는 으깨려고 하더라. ……혜성 3배 슛으로."

"그, 그랬냐……."

"어린애인데 무표정으로 내 분신을 집중적으로 공격하지 뭐야……. 아팠어. 몇 번이나 터지는 줄 알았지……. 마담이 된 내 모

습이 수도 없이 머리를 스쳤어……. 엄마, 튼튼하게 길러줘서 고마
워…… 히헤헤헤."

제정신이 아니었다.

남자의 소중한 부위를 무자비하게 뜯길 뻔한 에로무라뿐 아니라
이렇게 정신이 나갈 때까지 사람을 몰아붙인 소녀가 제정신이 아
니었다.

에로무라는 제자리에서 무릎을 꿇고는 절망의 구렁텅이에서 살아
돌아왔다는 환희와 그보다 심하게 새겨진 공포로 흐느껴 울었다.

"……마담 에로무라, 보고 싶었어. 아쉽네."

""헉……?!""

무표정한데 진심으로 아쉬워하는 안즈를 보고 츠베이트와 디오
는 이해했다.

이 소녀에게는 절대로 거역해서는 안 된다. 저 소녀를 자극하는
것은 신에게 침을 뱉는 대죄에 버금간다고…….

두 사람은 가엾고 딱한 희생자를 바라보면서 마음속으로 굳게
맹세했다.

그 후, 네 사람은 사건의 경위를 설명하러 경비병 대기소에 출두
하여 호되게 야단을 맞았지만, 안즈는 어느샌가 사라지고 없었다
고 한다.

남은 세 명이 풀려난 것은 그로부터 세 시간 뒤였다.

여담으로 이날부터 한 달여 간 이더 란테에서 소란을 일으킨 용
병은 모두 마담으로 강제 성전환당하는 사건이 빈발했다.

경비대의 조사에 따르면 그들 대부분은 평소 태도가 불량한 예

비 범죄자(주로 성적인 방면) 같은 자들이었다. 개중에는 전과자도 있었다고 한다.

상인 중에는 여성을 동행하는 사람도 많아서 이런 용병들의 악행이 문제시되고 있었다. 결과적으로 보면 경비대의 일이 줄었으니까 잘된 일이었다.

하지만 그들을 마담으로 만든 범인은 잡히지 않아 여전히 정체는 베일에 휩싸여 있었다.

경비대가 조사하려고 하면 왠지 상인들이 말려서 단서조차 잡지 못한 채 조사는 난항을 겪었다.

그리고 이 미스터리한 용병 습격범은 많은 사람의 지지를 얻고 있었다.

피해를 본 용병들은 사건 후 새로운 세계에 눈떴다.

아니, 강제로 뜨였다.

자업자득이라고는 하나, 불쌍할 따름이었다.

이 이야기는 곧 일부 지역의 도시 전설로 발전한다.

작은 악마 【마담 메이커】라는 이름으로―.

 ## 제4화 아저씨, 아도 파티와 산토르에 도착하다

다음 날 아침, 보초를 서는 짬짬이 마도 연성으로 부품을 제작한 제로스와 아도는 수면 부족으로 비몽사몽이었다.

밤새도록 쭉 부품을 만들다가 아침 해가 얼굴을 내밀 즈음에야 잠들었다. 묵묵히 작업으로 날을 지새웠으니 피곤할 만도 했다.

수면 시간은 약 세 시간. 이 세계에 오고 깊이 잠들지 않고 쉬는 법을 체득해 짐승의 기척만 느껴도 곧장 싸울 준비를 할 수 있게 됐다. ……하지만 그것도 어느 정도지, 잠을 너무 못 자서 바이크 나 자동차를 몰 상태가 아니었다. 이대로 출발했다가는 사고가 나 도 할 말이 없었다.

그래서 안전을 위해 출발은 점심 전으로 미루고 긴 휴식을 가졌다.

어차피 산토르까지는 반나절이면 충분하다고 판단했기 때문이 었다.

'후아아…… 졸려…….'

【할리 선더스 13세】를 운전하는 제로스는 잠기운과 싸우며 하염 없이 가도를 달렸다.

녹음 속을 달리는 새까만 바이크는 경관에 녹아들지 못했고, 판 타지 세계와는 전혀 어울리지 않았다.

그러고 보니 아침에 유이가 싱긋 웃으며 『어젯밤은 즐거우셨나 요?』라는 의미심장한 말을 남겼다. 질투가 여과 없이 전해져 굉장 히 억울했다.

어렵게 재회한 연인끼리 함께 쉬고 싶었겠지만, 경계가 허술하 면 마물에게 습격당할 위험이 있었다. 그 점은 이해하겠지만, 말 투에 문제가 있었다.

왠지 리사와 샤크티가 초롱초롱한 눈망울로 이쪽을 봐서 아도와 함께 잠시 눈치를 살폈다.

'나는 남정네한테 관심 없어, 이 사람들아. 그게 그렇게 좋은가?'

아저씨는 BL에 끌리는 여자의 마음을 알지 못했다.

무엇이 그토록 그녀들을 흥분케 하는지 도저히 이해할 수 없었다.

오히려 이해하는 순간 끝이라는 기분도 들었다…….

이론적으로 따지면 남자들이 백합에 끌리는 것과 똑같은 이유겠지.

거기에 매력을 느끼느냐는 개인의 가치관에 달렸다.

하지만 그런 가치관과 기대감을 남에게 들이밀지 말았으면 좋겠다.

그럴 마음도 없는데 뜨거운 시선으로 바라보면 거북하기만 하다.

'……뒤에서 어떤 말을 수군대는지 원. 알고 싶지 않으면서도 은근히 신경이 쓰여……. 이 복잡 미묘한 기분은 뭘까.'

경승합차를 보니 운전하는 아도는 어딘지 모르게 진이 빠진 눈치였다.

여자 셋이 모이면 접시가 깨진다는 말이 있다. 아저씨는 제 발로 그런 곳에 들어가고 싶지 않았다.

틀림없이 머리 아픈 대화가 오가고 있을 것이다.

'나는 그곳에 갈 생각 없다…….. 힘내라, 아도 군.'

아저씨는 아도의 건투를 빌었다.

경승합차 내부에서 어떤 이야기를 하는지 몰라도, 아도의 상태만 봐도 정신적으로 괴로워 보였다. 지금만은 바이크라서 다행이라고 안도했다.

여자들 모임에 남자 한 명이 덜렁 끼면 지금 아도와 같은 처지가 된다. 장난치고, 놀림받고, 듣고 싶지 않은 이야기를 한사코 들려줄 것이다.

아저씨는 아도의 고생을 못 본 척하고 길 안내에 집중했다.

내키지 않고 귀찮은 일에는 머리를 내밀지 않는다.

아저씨는 자기 스타일을 고수하기로 했다.

◇　◇　◇　◇　◇　◇　◇

"지쳤어……. 제로스 씨, 왜 안 구해줘요? 다 봤으면서."

"무슨 소리인지 모르겠는걸? 나는 사고가 안나게 운전에 집중했을 뿐이라서~."

"아니, 서로 수면 부족인 건 알지만, 오면서 우리 쪽을 봤잖아요. 나는 눈치 있게 휴식이라도 해줄 거라고 기대했는데……."

"미안하구만. 나는 가급적 빨리 산토르에 도착하려고 그랬지. 해가 지는 것만은 피하고 싶었어."

"으으…… 그 녀석들, 우리 관계를 제멋대로 추측할 뿐 아니라 동성애 의혹까지 제기했어. 내가 그쪽 취향이었으면 애초에 유이랑 아이를 가졌겠냐고……."

"수고했어~."

역시 머리 아픈 대화를 하고 있었다.

아도도 얼굴은 미남에 속하지만, 동성애 의혹을 제기할 줄은 몰랐겠지.

여성들은 모 여성 월간지에 연재되는 만화처럼 미남들이 수상한 관계로 발전하는 이야기에 가슴이 설레는 모양이었다.

그 늪에 빠지면 주화입마까지 직행해 동인녀의 길을 걷게 된다.

아저씨는 괜히 끼어들지 않기를 잘했다고 진심으로 안심했다.

"유이도 의심의 눈길을 보내요. 그놈의 식칼을 들고……. 제로스 씨, 어떻게 좀 해줘요~."

"……훗, 쇤네는 모르는 일입니다요."

"날 버릴 거야?! 진짜 너무하네, 제로스 씨! 우리 관계는 그냥 장난이었어?!"

"얘가 무슨 소리를 하는 거지? 너랑 내 관계는 기브 앤 테이크. 지금도 그렇게 핫한 관계는 아니지 않았나?"

"냉정하게 피해 가다니……. 그렇게까지 관여할 생각은 없다는 말이야? 내가 유이한테 칼 맞으면 어쩌려고요?"

"하하하, 그런 소리를 할 때인가 몰라. 지금도 너한테 뜨거운 시선을 보내는 아가씨가 있다는 걸 잊지 않았어? 나는 오해 때문에 너랑 같이 죽기는 싫거든."

"……엥?"

아도가 뒤를 돌아보자 리사와 샤크티가…….

"아도 씨…… 역시……."

"아도 씨 쪽이었구나. 그것도 일방통행……."

그렇게 확신에 찬 눈빛을 보내고 있었다. 크나큰 오해였다.

"토시…… 설마 양성애자였다니…… 나, 몰랐어."

"왜 전율하는 거야?! 나는 남자한테 관심 없어!"

"그치만…… 나를 버렸냐고, 우리 관계는 장난이었냐고 했잖아……. 마치 사귄다고 생각한 사람에게 『사실 아무렇게 생각하지도 않는다』라는 얘기를 듣고 충격받은 사람으로밖에 안 보이는걸."

"왜 그런 말만 골라서 들어?! 애당초 나한테 그렇게 남색 의혹을 뒤집어씌우고 싶어? 그렇게 나를 동성애자로 만들고 싶냐고?!"

"난 토시를 믿어…….'"

"식칼 꺼내면서 말하지 말아 줄래? 전혀 안 믿고 있잖아! 그리고 뒤쪽에 두 사람! 공이니 수니 숙덕대지마!"

""어, 아니야?""

거의 철야로 부품을 만들었는데, 이런 취급을 받으니 기분이 안 좋았다.

하지만 재미있어하는 여성 둘을 열심히 설득해 봤자 의미가 없었다.

남자는 여자에게 입으로 이길 수 없는 생물이다.

"운전 안하고 앉아만 있는 인간들은 좋겠어~. 누구는 사고가 나지 않게 집중하느라 정신력이 깎여 나가는데. 게다가 미래에 대한 계획도 안 세우고 말이야. 다들 일은 나한테만 떠맡기고 마음대로 떠들기 바쁘지. 이참에 공작님과의 교섭은 너희한테 맡길까? 여성에게 우호적이라고 하니까 조금은 좋게 봐줄지도 모르잖아. 좋아, 그러자! 이번 일은 리사랑 샤크티한테 맡기고 나는 자동차 제작에 전념할게. 열심히 해."

""죄송합니다, 주제넘게 까불었습니다! 용서해주세요!""

'아도 군, 삐쳤군. 차 안에서 대체 무슨 일이 있었는지……. 알고 싶지는 않지만.'

아마도 리사와 샤크티는 장난으로 어젯밤 일을 왜곡해 아도를 놀렸을 것이다. 문제는 그 후에 유이가 끼면서 질투에 미쳐 상황이 꼬였겠지.

그래서 수면 부족과 피로 속에서 안전 운전에 신경을 곤두세우던 아도에게 고문 같은 상황이 됐으리라.

옆에서 정신 사납게 깍깍거렸으니 아도는 스트레스가 상당히 쌓였을 것이다.

어떻게 보면 지옥이었다.

"알았어, 알았어. 여기서부터는 유이 씨 말고는 걸어서 산토르까지 가자. 리어카는 나와 아도 군이 끌겠지만, 필요하면 두 사람도 도와줘야 해."

"제로스 씨, 왜 리어카를 가지고 다녀요? 유이 씨를 옮기기는 편하지만, 보통은 이런 물건을 가지고 다니지 않잖아요?"

"후후후…… 리사 양의 의문에 답하지. 그건 바로, 농사일에 쓰기 때문이야. 볏단을 옮기려면 리어카가 있어야 편하겠지? 한 단씩 옮기려면 한세월이니까."

"……제로스 씨, 벼도 키웠죠? 그런데 밭은 누가 봐요? 제로스 씨는 혼자 산다고 들었는데."

"꼬꼬들과 교회에 사는 고아들이 보죠. 나눠주기도 하고, 필요하다고 하면 채소를 공짜로 주기도 합니다. 그러고 보면 최근에는 집에 거의 있지 못해서 밭을 통 돌보지 못했구만. 정글이 되어 있으면 어쩌지?"

이 세계의 식물은 성장이 이상하리만치 빨랐다.

지구와 똑같이 생각하고 며칠 방치하면 밭이 순식간에 자연에 침식당해 버렸다.

참고로 어느샌가 꼬꼬들이 사라졌지만, 아도 일행은 그 점을 깨닫지 못했다.

"밭도 걱정이지만, 지금은 산토르에 도착하는게 급선무예요. 쿠션도 준비했으니까 유이 씨는 리어카에 타시죠."

"나랑 제로스 씨가 앞에서 끌고 리사와 샤크티는 뒤에서 밀어. 돌에 걸리면 뒤에서 들어야 한다?"

"죄송해요. 저만 편하게 가고……."

혼자 리어카에 탄 유이가 미안해서 머리를 숙였다.

"움직이기도 힘드실 텐데, 미안해하실 것 없습니다. 지금은 자기 몸을 챙기셔야죠."

"그런데 왜 리어카에 서스펜션이 붙어 있죠? 임신부를 옮기기에는 좋지만……."

두 바퀴는 독립되어 있고, 판스프링과 스프링 서스펜션으로 충격을 흡수한다.

임신부가 타도 될 만큼 안전한 것은 좋지만, 밭일에 쓰는 리어카를 이렇게까지 개조할 필요가 있었는지 의문이었다.

제로스는 『없어도 되지만 있으면 편하잖아?』라는 가벼운 생각으로 만들었는지도 모르지만.

"그럼 갈까요? 차나 바이크를 들키면 권력자들이 눈독을 들일지도 모르니까 빨리 여기서 벗어나죠."

"상인 마차를 고속으로 추월하고 다녔는데 이제 와서 숨긴다고 의미가 있나 몰라. 아무튼 저녁 전에는 도착할 테니까 어서 가자. 도착하면 어디서 저녁이라도 먹지."

"그거, 이미 망했다는 뜻 아니에요? 특히 내가……."

산토르까지 수 킬로미터가 남은 지점에서 이동 수단을 바꾼 네 사람은 리어카를 끌며 파프란 가도를 걸었다.

여기서부터는 북쪽 구 드워프 가도로 이어지는 새로운 교역로로 사용되어 상인들의 눈을 조심해야 했다.

앞쪽 갈림길에서 동쪽 가도로 꺾어 도시 동문으로 들어갈 계획이었다.

두 시간 후, 일행은 무사히 산토르에 당도했다.

 ## 제5화 아저씨, 아도 일행과 함께 귀가하다 ~사신의 이름이 정해지다~

해질녘, 산토르는 귀로에 오르는 노동자와 상인들로 북적였다.

오늘 하루를 부지런히 일한 그들은 식당에서 저녁을 먹거나 동료와 친구끼리 술을 마시며 시끌벅적한 활기를 만들어 냈다. 곳곳에는 아직 장사를 계속하는 사람과 끝나지 않는 일에 종사하는 사람도 있었다.

그러한 풍경 하나하나가 산토르의 번영을 증명하는 확실한 증거였다.

"가만히 좀 있어, 또 감옥에서 하룻밤 썩고 싶냐?!"

"네가 뭔데 참견이야, 짜샤! 딸꾹! 내가 뭘 하든 내 맘이지~."

"또 이 녀석이야……? 이번 주만 몇 번째야?"

"마누라가 도망가고 홧술만 퍼먹는다지? 술버릇이 이렇게 고약하면 도망갈 만하네."

"마누라 얘기는 꺼내지도 마아아아아! 으아아아아아아아아아앙!"

─그리고 사람이 많으면 이런 사람도 있기 마련이다.

번영한 도시라도 안전하고 평화롭기만 하지는 않다.

사람 사는 곳이 다 그렇듯 크고 작은 범죄는 어디에나 적지않게 존재한다.

"와우…… 『경비대 25시 ~산토르는 잠들지 않는다. 2시간 스페셜~』찍고 있네."

"다큐멘터리가 아니라고요. 발전한 도시에도 역시 성가신 일이 있나 봐."

"당연하지. 사람이 사는 곳에는 반드시 범죄가 있어. 사소한 싸움부터 범죄 조직의 밀수와 영역 다툼까지……. 물론 살인도 있고."

"세계가 변해도 사람은 변하지 않는구나. 경비대도 힘들겠어."

이세계라 해도 인간의 본질은 어디나 마찬가지였다.

어디선가 한 번은 본 광경이 도시 곳곳에서 보이고 치안을 지키는 경비대가 바쁘게 돌아다녔다.

취객들의 싸움이 빈발하는 시간대이기 때문이었다.

문명의 차이가 있어도 치안 유지가 조직적으로 이루어지는 것은 나라나 영지를 다스리는 사람의 정치 수완이 뛰어나다는 증거였다.

그런 관점에서도 솔리스테어 공작령은 다른 곳보다 우수했다.

이는 꾸준한 행정 활동의 산물이라고 할 수 있었다.

"그보다 식당이나 가자. 어디 빈 가게 없으려나~? 이 시간대는 어딜 가나 붐비니까."

"제로스 씨는 이 도시에 살잖아요. 어디 좋은 가게 몰라요?"

"용병 길드는 어때? 작은 레스토랑만큼 넓고, 맛도 보장할게."

"이 도시의 용병 길드에는 불량한 패거리 없어요? 웬만하면 다른 가게로 가죠. 주정뱅이 용병이 시비를 걸 것 같아서 좀……."

저녁에는 어느 식당이나 복잡하다.

그에 비해 용병 길드는 일반 손님도 이용 가능하지만 실제로는 용병이 주로 사용해서 이 시간이라면 의외로 한산한 숨은 명당이었다.

하지만 아도는 유이가 걱정되는지 내키지 않아 했다.

"보통 이 시간대의 식당은 제법 복잡할걸? 게다가 아도 군의 걱정도 다 옛날이야기야. 요즘은 계약 내용이 변해서 용병 길드 안에서도 소란을 일으키면 용병 자격을 잃을 만큼 엄격하거든. 여성 의뢰인이나 일반 손님도 안심하고 들어올 수 있도록 배려한 거겠지. 대신 경비대 순찰이 늘어났지만. 그런 이유로 용병 길드 식당이 정말 괜찮아."

"조직 구조 개혁이라. 건달들도 예절을 배우지 않으면 일거리조차 받지 못하는 세상이 됐나. 그 사람들도 살기 참 팍팍하겠어."

"아도 씨는 여자에게 시비 거는 용병에게 의뢰를 맡기고 싶어? 사회에서는 신뢰가 제일이야."

"느긋하게 식사할 수 있어서 나도 단골이 됐지."

"제로스 씨는 유유자적하게 사시나 보네요. 그런데 어떻게 토시랑 합류했어요?"

"우연이지, 뭐……. 그나저나 저녁은 그렇다 쳐도 리어카는 어떡해요?"

"……앗."

유이를 태운 리어카.

길에 무단으로 댈 수도 없고, 많은 사람이 왕래하는 곳에서 인벤 토리를 사용할 수도 없었다.

아주 드물게 유적이나 던전에서 발견되는 【수납 가방】이라고 변 명할까도 생각해 봤지만, 이런 아이템을 가진 사람은 지위 높은 왕족이나 귀족 정도밖에 없었다.

쉽게 말해서 눈에 띈다.

"식사 중에만 길에 세워 둘 수는…… 없겠지? 통행을 방해하니까."

"생각 안 해봤어요……? 이거 어쩌냐…….."

"……어쩔 수 없지. 노점에서 음식을 사서 집에서 먹자. 집에서 도 빵 정도는 구울 수 있어."

"그럴 수밖에 없나……. 어디 맛있는 가게 알아요?"

"꼬치구이랑 튀김을 파는 노점이 있어. 교회 아이들한테 자주 뜯어먹혀서 단골이 됐지."

"정말로 팔자 좋게 살았구만. 부러워."

리어카 때문에 식당에 들어가는 것은 포기했다.

결국 제로스는 자주 가는 노점에서 꼬치구이와 채소를 사서 적 당히 저녁을 만들어 먹기로 했다.

사실상 그것밖에 방법이 없기 때문이지만.

예정이란 소소한 일로 변경되고는 하는 법이다.

◇　◇　◇　◇　◇　◇　◇

　종이봉투에서 감도는 향신료 냄새 고문을 버티며 집으로 돌아가던 중, 제로스는 평소처럼 노점에서 산 선물을 나눠주려고 교회에 들렀다.

　"저 왔습니다, 루세리스 씨."

　"앗, 제로스 씨. 어서 오세요."

　"선물로 꼬치구이를 샀으니 저녁을 안 드셨다면 반찬으로 쓰시죠."

　"매번 도움만 받고 죄송해요…… 앗, 카이?!"

　"쳇, 들켰나……."

　늘 그렇듯 고기를 좋아하는 카이가 봉투에 손을 대다가 루세리스에게 혼나고 도망가지만, 그 손에는 이미 꼬치구이 하나를 들고 있었다. 무시무시한 고기에 대한 집념이었다.

　"정말로 죄송해요. 여러 번 주의했는데도 고기 이야기만 나오면 사람이 바뀐 것처럼 야성적으로 변해서……."

　"저건 주의를 줘도 안 나아요. 포기하시는 게 마음 편합니다."

　제로스는 이미 카이의 습성에 관해 포기했다.

　고기에 대한 집착만 빼면 어디에나 있는 평범한 소년이니까.

　"앞으로 사회에 나가서 저 버릇을 고치지 않으면 무슨 사고를 칠지 몰라요. 만약 출세해서 귀족 저택에서 저런다고 생각해 보세요. 실례를 넘어서 무례예요."

　"거의 충동적인 행동이니까 말로 주의해도 고쳐지지 않을거에요. 나무에 묶고 눈앞에서 고기를 굽는 극약처방밖에 효과가 없지 않을까요?"

"그건 역효과가 나지 않을까요?"

"그럴 확률이 높나…….."

아저씨는 교회 아이 중에서도 가장 헝그리한 카이가 고기에 대한 집착을 버릴 것 같지 않았다. 저건 인간의 근원적인 무언가에게 떠밀렸다고밖에 생각할 수 없었다.

"그나저나 그쪽 분들은…….."

"앗, 소개한다는 걸 깜빡했네요. 제 친구인 아도 군과 그 부인인 유이 씨입니다. 다른 두 명은 하렘 멤버인 리사 양과 샤크티 양이고요."

"""""엄청 대충 설명했어?! 그것도 허위 신고를?!"""""

"앗, 처음 뵙겠습니다. 이 교회 운영과 아이들 교육을 맡은 루세리스라고 해요. 그런데…… 능력이 대단하시네요. 사모님과 애인들의 살벌한 물밑싸움을 어떻게 극복하는지 무척 궁금해요."

"""""심지어 믿었어?! 전부 오해예요!"""""

아저씨는 자세히 설명할 마음이 없었다.

친구와 아내라는 부분만 맞으면 된다는 안일한 생각으로 그 외 정보는 깔끔하게 생략했다.

처음부터 설명하려면 전생자라는 사실부터 밝혀야 하기 때문이었다.

그 철없는 이리스조차 쟈네와 레나에게 전생자라고 말하지 않았다.

"이제 저녁 드실 시간인데 오래 붙잡고 있기도 미안하네요. 저희는 이만 실례하겠습니다. 앗, 루세리스 씨, 뒷문을 쓰게 해주시죠. 임신부가 있어서 최대한 가까운 길로 가고 싶어요."

"그런 이유라면 얼마든지 사용하세요. 오랜 여행으로 피곤하시기도 할 테니까요."

"그럼 내일 다시 뵙죠. 아도 군, 가자."

교회라고는 해도 남의 사유지를 지름길로 사용하는 아저씨에게 당황한 일행은 『이래도 되나? 허가를 받기는 했지만, 정말로 이래도 돼?』라는 자문자답을 반복했다.

루세리스는 뒷문을 열어주고 그런 다섯 명을 배웅했다.

"후우…… 아이라……."

"왜 그러지, 수녀님. 제로스 공의 아이를 갖고 싶나?"

"쟈네 누나? 랑 세 명이서 꽁냥대고 싶은 거지? 우리가 도와줄까?"

"죠니도 눈치가 없어. 수녀님도 여성이니까 속내를 함부로 파고들면 안 돼."

"안제에게 여성이라는 말이 다 나오네. 철들었어."

"라디, 싸우자는 거야?"

"지금이다! 이 틈에 더 많은 고기를 확보한다!"

"아, 아아아아……."

결혼해서 아이를 가진다. 루세리스도 여성으로서 그런 미래를 꿈꾸기는 했지만, 설마 아이들에게 그 일면을 들킬 줄은 몰랐다.

얼마 지나지 않아 루세리스의 수치심 어린 비명이 교회 전체에 울려 퍼졌다고 한다.

◇　◇　◇　◇　◇　◇　◇

"응? 무슨 소리가 들린 것 같은데……."

교회에서 나와 뒷밭을 지난 제로스 일행은 마침내 집에 도착했다.

"여기가, 제로스 씨의 집……."

"통나무집…… 그것도 2층? 펜션이 따로 없네."

"뭘 하면 이런 집이 생기냐……. 나도 내 집 갖고 싶다."

"제로스 씨는 대단한 사람이었구나, 토시."

아직 거점으로 삼을 집이 없는 아도 일행은 작아도 별장 분위기가 나는 제로스의 집을 보고 입을 다물지 못했다. 같은 전생자인 자신들의 처지와는 너무나도 달랐다.

같은 시기에 이세계 생활을 시작했는데, 이미 집을 마련한 아저씨에게 아도는 질투심마저 느꼈다.

의미 없는 감정이지만, 사람의 마음이란 뜻대로 되지 않는 것이다.

"같은 전생자인데 이렇게 차이가 벌어지나……. 세상은 불공평해."

"사회에서 일한 경험이 없어서 그래. 아르바이트처럼 편한 입장이 아니라 회사의 노예가 되어서 굴러 본 사람은 생활력이 다르겠지."

"경험과 교섭 능력의 차이라는 거야? 으음…… 나라는 다르지만, 문화적으로 그렇게 큰 차이가 날까?"

"아마 공작가에 정보를 조금씩 풀었겠지. 은인이라는 입장을 이용하고, 적이 되지는 않지만 아군도 아니라는 스탠스를 잘 이용한 결과라고 생각해."

"다르게 말하면 관계를 가질 가치는 있어도 부하로는 못 쓴다는

뜻이지? 용케 받아줬네. 이사라스 왕국은 부담스러울 정도로 환대해줬는데."

"그 나라는 인재가 부족하니까. 부담스러울 정도로 우대해서 나라에 오래 잡아두고 싶었을 거야. 운이 좋으면 지식을 전부 뽑아내고, 방해되면 버리면 된다고 생각하지 않았을까?"

"그러고 보면 군사력 강화에 힘을 쏟았지. 위태로워지면 너희 둘을 인질로 삼고? 유이가 없어도 결국 그렇게 했으려나……. 충분히 가능한 이야기야."

서로의 입장을 냉정하게 분석하면 보이지 않던 것이 보일 때가 있다.

물론 이곳에서 하는 이야기는 억측의 영역을 벗어나지 않지만, 그렇다고 틀리지도 않았다.

이사라스 왕국에는 아도 일행을 호의적으로 보는 사람도 있었지만, 노골적으로 적개심 어린 시선을 보내는 사람도 적지 않았다.

왕이 미덥지 못해서 군벌의 장군들이 기세를 떨치던 나라였다. 나라를 생각해서 강경 노선을 달리는 주전파라고 불리는 자들이었다.

그래도 함부로 전쟁을 벌이지 못한 이유는 압도적으로 부족한 병력과 식량 때문이었다.

주변 나라인 메티스 성법 신국과 알톰 황국보다 병사가 적어서 타국을 침공해도 장기전을 수행할 수 없을 만큼 국력이 약했다.

군량을 모으느라 백성을 도탄에 빠뜨릴 수는 없는 노릇이라서 필연적으로 군 내부에 불만과 질투 같은 감정이 쌓여 갔다. 한때는 대국이었던 이사라스 왕국도 지금은 옛날이야기였다.

그래서 과거의 영광을 되찾으려고 열을 올리는 것이다.

아도가 주전파를 도운 이유는 지금도 굶주리고 고통받는 사람들이 있기 때문이었다.

식량 정책을 개혁했어도 완벽하다고는 할 수 없으며, 국내 전체로 식량이 유통되려면 아직 시간이 필요했다. 그 전에 조금이라도 비옥한 땅을 얻어야 한다는 생각에는 아도도 공감했다.

결과론이지만, 백성을 지키기 위한 침략이었다는 명분은 주전파와 온건파의 타협안이기도 했다.

"생각 없는 이상론자가 많지."

"경제가 조금이라도 나아지면 세금 대부분을 군비 확장에 썼을지도 몰라. 민생은 이미 관심 밖이었어."

"으으…… 그 나라로 돌아가기 싫어~."

"토시, 고생했구나……."

"그렇게 심각한 나라였어? 그럼 더욱 타국의 권력자와 관계를 맺을 필요가 있다고 본다만……. 그건 그렇고, 안 들어가?"

"""""실례합니다.""""""

현관 앞에서 수다를 떨던 네 사람은 마침내 집 안으로 들어갔다.

거실 테이블 위에 꼬치구이 봉투를 두고 주방에 접시를 가지러 갔다.

집이 좋아도 결국 독신인지라 집안의 장식은 간소했다.

좋게 말하면 불필요한 장식품이 없고, 나쁘게 말하면 썰렁한 방이었다.

"그럼 빵이라도 구워 볼까. 돌가마로 구우면 금방일 테니까 구워질 동안에 샐러드나 만들까."

"오오…… 제로스 씨, 너무 믿음직해~!"

"솔직히 제로스 씨와 합류한 뒤로 너무 편해졌어. 추억의 요리
도 먹을 수 있고."

"그치? 엽기 요리는 좀 그렇지만……."

"할 일 없으면 도와주시죠. 유이 씨는 빼고. 다 같이 분담해야
빠르잖아요?"

"""넵!"""

아도 일행도 식사 준비에 나섰다.

유이도 돕겠다고 말했지만, 무리하면 안되기에 의자에 가만히
앉아 있도록 했다.

이러니저러니 해서 식사는 완성됐다. 메뉴는 구운 빵과 샐러드,
노점에서 산 꼬치구이와 적당히 남은 재료를 넣어 만든 수프였다.

여자 세 명은 테이블에 앉고, 제로스와 아도는 마루에 찻상을 깔
고 앉아 향후 예정을 이야기하며 식사했다.

솔리스테어 공작가와 거래하면 아도 일행은 배신자로 낙인찍힐
가능성이 크다. 그러니까 정치적인 도움을 받을 수 있도록 교섭해
야 한다.

정확히는 이사라스 왕국에 은혜를 베푸는 형태로 이득을 취하게
하는 것이다.

어떻게 델사시스 공작의 힘을 빌릴 수 있을지가 관건이었다.

빵을 든 아도가 여행길에 있었던 일을 떠올리며 제로스에게 질
문했다.

"사소한 궁금증인데, 왜 빵 반죽을 인벤토리에 넣고 다녀요? 가끔밖에 안 먹으면 그렇게 많이 들고 다닐 필요 없잖아요? 뭐 새로운 발효법이라도 시험해요?"

"하하하. 나는 언제 어디서 여행을 떠날지 모르니까 미리 식량을 준비해 두는 거야. 마법을 쓰면 오븐 대용품을 만드는 건 일도 아니니까. 편리한 힘이 있는데 안 쓰면 손해잖아?"

"누가 마법을 가사에 쓸 생각을 해요? 마력 소비량을 생각하면 실용적이지 않고, 기본적으로 마법은 공격 수단이라고 생각하는데."

"마도구도 【마석】이나 【마정석】, 【마보석】을 이용하지? 크기에 따라 마력을 저장하는 양이 정해진다고 하니까 화로를 만들면 엄청 커지지 않을까?"

"토시는 마도구도 만들었지? 편리한 도구는 안 만들었어?"

"나는 기본적으로 전투 위주로 플레이해서 생산직처럼 손재주가 뛰어나지 않아. 사실 내 자동차도 겉보기만큼 고성능은 아니야. 부품은 제로스 씨 파티랑 어울려 다닐 때 만든 물건을 이용했을 뿐이지. 프레임은 구조를 아니까 어찌어찌 모양은 흉내 낼 수 있었어. 술식을 새기는 작업이 성미에 안 맞더라."

아도는 섬멸자와 같이 다니며 배워서 생산직으로서도 충분한 실력이 있지만, 세밀한 작업을 잘하지 못했다. 특히 마도 술식을 새겨 넣는 작업을 꺼리며 웬만한 일이 아니고서는 하지 않았다. 제로스는 그 점을 못내 아쉬워했다.

【마석】와 【마정석】, 【마보석】은 함유한 마력에 차이는 있어도 술식을 새기지 않으면 마법이 발동하지 않는다. 또, 이런 촉매 결정

은 마력 보유량과 내구력에 따라서 새길 수 있는 술식이 다르다.

효과와 위력은 크기에 비례하고, 마력 충전이 불가능한 일회용 마석.

여러 번 쓸 수 있지만, 제작자의 가공 기술에 따라서 성능 차이가 결정되는 마정석.

내포된 마력량이 적고, 성능이 극단적으로 나뉘는 천연 광물 마보석.

재료에 따라서 마도구로 가공하는 과정이 변하며 다루기 어렵다.

아도도 앞으로 돈 나갈 곳이 많을 텐데 성미에 안 맞는다는 이유로 돈벌이를 차버리다니, 아까운 짓을 한다고 제로스는 생각했다. 간단한 마도구라도 이 세계에서는 충분히 돈이 되기 때문이었다.

가게에 도매로 팔지 않아도 제로스의 마법 스크롤처럼 생산을 남에게 맡긴 채 지분을 받아먹는 방법도 있었다. 가족도 있는데 어쩌려고 저러나 걱정되기도 했지만, 아저씨는 물어볼 때까지 알려줄 생각이 없어서 시치미를 뚝 떼고 대화를 이어갔다.

"비싼 촉매 결정을 어떻게 구해요? 특히 마석은 강력한 마물을 해치워야 하잖아요. 마보석과 마정석은 여러 번 쓸 수 있지만, 품질이 무작위로 결정되고 가공도 어려워요."

"마석과 마정석은 인공적으로 양산할 수 있는데? 제작법은 안 알려줄거야. 스스로 연구하지 않으면 감각적인 미세한 조정법을 익힐 수 없으니까."

마법을 만들려면 마법 문자와 마법식에 통달해야 하듯이, 【마정석】같은 촉매 결정을 만들려면 기술과 조합법이 필요했다.

자연산에 필적하는 고순도의 촉매 결정을 만들려면 재료 엄선부터 시작해 오랜 연구를 거쳐야 했다. 제로스조차 고생하는 【인공 촉매 결정】 생성은 일반 마도사들은 흉내조차 내지 못하는 것이 현실이었다.

　"마석도 만들어요? 완전 치트 캐릭이네……."

　"치트라도 함부로 퍼뜨릴 정보는 아니잖아? 촉매 결정 생성이 가능하다고 알려지면 세상에 위험한 마도구가 퍼질지도 몰라. 저주도 담을 수 있다니까? 그런 위험한 기술이라면 누가 악용하지 않으리라는 법도 없어. 기술은 시간을 들여서 천천히 발전해야 해."

　"그렇군……. 갑자기 기술이 발전해도 소동이 일어난다는 거죠? 경우에 따라서는 실업자도 나올지 모르고."

　"기술이 발전하는 가장 큰 계기가 전쟁이야. 인터넷도 원래 군사적 용도였다가 민간용으로 풀린 기술이라고 해. 인공 마석이라는 기술이 이 마법 문명 세계에 어떤 영향을 미칠지는 미지수야. 나는 너무 큰 파문을 일으킬 생각이 없어."

　마도구에 이용되는 마석은 제로스 일행의 눈에는 전지와 다를 바 없었다.

　모아서 결합하면 방대한 에너지를 비축할 수 있어서 제로스의 바이크나 아도의 자동차에 달린 마력 모터를 움직일 수도 있었다.

　이런 기술이 발전하면 마력을 이용한 기계 문명으로 발전할 것이다. 특히 가공 기술의 발전에 큰 영향을 미치리라.

　언젠가는 개발될 기술이겠지만, 이 세계의 이물질인 전생자가 그 지식을 퍼뜨려도 될지 망설여졌다. 이런 미지의 기술이 발견되면 국가가 처음으로 시도하는 것은 군비 확장일 것이다.

메티스 성법 신국에서는 용사들의 손으로 화승총과 흑색 화약이 개발되었다.

샘플은 이미 알톰 황국 손에도 넘어갔으니 솔리스테어 마법 왕국에서도 조만간 마법을 이용한 강력한 총 생산에 착수할지 모른다. 누가 뭐래도 소수 인원으로 큰 피해를 줄 수 있어서 인건비를 크게 줄일 수 있기 때문이다.

전쟁이 벌어지면 지출이 늘어난다. 왕족과 귀족에게 이만큼 유용한 무기도 없다.

또한, 적대 국가가 코앞에 있어서 방어를 위해 강력한 무기가 필요하다.

지나친 생각일지도 모르지만, 제로스는 그런 이유로 무기와 마도구 개발을 피했다.

"음…… 꼬치구이 맛이 진하네. 조미료를 바꿨나?"

"지금 우리 진지한 이야기 하던 중이죠? 음식 얘기로 넘어가지 말아줄래요?"

"요컨대 무기 생산으로 우리가 유명해지면 위험하다는 거야. 이사라스 왕국에 은혜를 베푸는 건 좋지만, 너도 사망자가 늘어나기를 원하지는 않잖아? 아직 적은 메티스 성법 신국뿐이라도 꼭 전쟁에 공헌할 필요는 없어. 그 나라는 싫으니까 사라져줘야겠지만."

"눈에 띄지 말자면서 나라 하나 없애겠다는 말은 쉽게도 하시네. 그야 국토를 얻으면 불필요하게 전쟁을 벌이지는 않겠지만……. 앗, 진짜 고기 맛이 진하네. 조금 더 연해도 괜찮겠어."

113

"글쎄, 어떨까. 그 나라는 기본적으로 인간 외의 인종은 노예 취급하고, 지금까지도 강경한 태도로 침략해 왔잖아? 알톰 황국과 수인족 군단이 활개 치는 꼴은 죽어도 보기 싫어할걸? 무리해서라도 깽판을 놓을 거야."

"그렇게 되지 않게 소국끼리 동맹을 맺은 거 아니에요? 국제적으로 고립시키면서 회복 마법을 퍼뜨려 그 나라에 경제 압박을 가할 수 있게 됐잖아요. 보통은 그 시점에서 멍청한 짓은 그만둘 텐데?"

"그게 정말로 경제 제재가 된다면 말이지."

제로스는 녹차를 마시며 회의적으로 중얼거렸다. 국가 간 물밑 외교를 일반 시민이 알 리 만무했다.

정보가 흘러나올 때까지 몇 주는 걸리기 때문에 메티스 성법 신국은 그사이에 군대를 정비할 수 있다. 심지어 종교 국가는 대의명분을 내세우기 쉽다는 특성이 있다.

특히 이 시대에는 사법과 행정이 독립하지 않아서 위정자의 의지로 뜬금없이 전쟁이 시작되는 일도 드물지 않다. 신앙이라는 이름의 억지 논리만으로 사람을 쉽게 움직이는 덜 발달된 문명이다.

"【성전】…… 터질까요? 지금 상황에서는 위험이 크다고 생각하는데. 정치, 경제가 모두 혼란하다죠?"

"회복 마법을 독점할 수 없게 된 이상, 더는 【신의 기적】으로 외교 우위를 점할 수 없어. 【재앙】으로 난장판이 된 나라를 복구하느라 정신이 없고, 경제 안정을 도모하려도 해도 시간이 걸려. 그럼 모든 원인을 나라 밖으로 돌리면 돼. 【성전】을 명목으로 국가 수립을 선포한 테러 조직도 있었어. 그 짓을 종교 국가가 하는 거지.

우리는 아는 역사 아니야?"

"제정 시대인가⋯⋯. 자기들 외에는 사람으로 인정하지 않고, 선민사상을 표출하며 노예까지 용인했죠? 메티스 성법 신국도 같은 길을 걷고 있고 적도 많아요. 군 복무로 시민권을 얻을 수 없으니까 어쩌면 이쪽이 더 심하겠네요. 북쪽 수인족도 하나의 국가로 뭉치는 추세고, 확실히 뒤가 없군요. 심지어 시간이 지날수록 불리해져. 정말로 이판사판이라며 사고를 칠지도⋯⋯."

"그 수인들의 나라⋯⋯ 중심에 브로스 군이 있다며? 거기는 거기대로 위험한 나라가 될 것 같구만~."

아저씨 머릿속에 짐승 뼈 투구를 쓴 반라의 거한이 떠올랐다.

실제로는 중학생이라고 하지만, 제로스가 현실 모습을 알 리 없었다.

그렇지만 그는 제로스가 잘 아는 【케모 씨】의 제자였다. 생산직 중에서도 톱 랭크고, 아도의 이야기에 의하면 용혈을 이용한 지옥의 요새를 만들었다고 들었다.

성채 전체가 적을 처단하는 장치로 도배되어 적을 내부로 끌어들여서 일방적으로 섬멸한다. 마력이 무제한이라서 마력 소진으로 기능이 중단되지도 않는다.

말 그대로 난공불락인 흉악한 군사 시설이었다.

"케모 씨 영향인지, 동물 귀를 지키기 위해서라면 마왕도 될 사람이었죠. 브로스도 상당히 세뇌— 아니, 교육을 받은 모양이고."

"지금 똑똑히 세뇌라고 말했지? 그야 적을 악의와 살의로 쓸어버리는 잔악하고 위험한 요새지만⋯⋯."

"아마 이벤트로 얻은 특수 기능 【던전 크리에이트】를 이용했을 거예요. 케모 씨랑 브로스밖에 없는 특수 스킬이요."

"그러고 보니 그런 소리를 했었지……. 응? 【소드 앤 소서리스】 에서 던전을 만드는 사람은 꽤 많지 않았나……."

"그 둘이 【인공 던전 코어】를 몰래 팔아치웠으니까요. 그걸로 던전 마스터가 된 유저가 꽤 많았죠. 이 세계에 【인공 던전 코어】를 가진 유저가 또 있으면 무시무시한 일이 벌어질 거예요."

"그 둘, 무슨 짓을 벌인 거야……. 현실에 던전을 만들면 위험해."

이세계에 흘러든 플레이어는 소지한 아이템이나 스킬에 따라서 이 세계에 상당한 위험을 초래할 수 있다.

특히 【인공 던전 코어】는 임의로 미궁을 설치하고 던전 마스터가 마음대로 미궁을 조종할 수 있다. 도시 안에서도 미궁을 만들 수 있기 때문에 자연 발생한 던전보다 성가시다.

"생각하니까 머리 아프네. 일단 지금은 식사부터 마칠까……."

"그러게요……. 앞날을 생각하면 죽겠어요. 아직 과로사하고 싶 지는 않은데."

기분 탓일까, 제로스는 성격이나 인격이 이상한 인물들만 전생 했다는 의심을 지울 수 없었다. 똥 묻은 개가 겨 묻은 개 나무라는 격이지만, 마니악한 취미나 이상할 정도로 성(性)에 집착하는 인물 등 지금까지 만난 사람 중에 정상인이 드물었다.

에로무라가 그렇고 브로스가 그랬다. 안즈도 요상한 집착증이 있었다.

평범해 보이는 리사와 샤크티도 사실 이상한 취미나 성적 기호가 있지 않을까 의심될 수준이었다. 아저씨는 살짝 인간 불신에 빠졌는지도 모른다.

제로스와 아도가 남자끼리 대화를 나누는 뒤에서 여성들은 테이블에 둘러앉아 식사하며 똑같이 이야기를 나누었다.

"왜 이렇지? 고기는 이세계 맛인데 일본 요리 같은 느낌이 나……. 내 착각인가? 이거 일본 요리 아니지?"

"제로스 씨가 일본풍 가정식만 만들어 줬으니까 그렇겠지. 맛은 달라도 며칠 동안 제로스 씨가 요리를 했으니까 착각하는 거야."

"조금 부럽네요. 하삼 마을 요리는 맛이 이상했는데……. 요리 이름이 『시크미걸죽스텐우』인데 시큼하고 달달했어요."

""그거 무슨 요리야?! 엄청 궁금해…….""

세 사람 모두 이세계 요리가 입맛에 맞지 않아서 고생했지만, 그 중에서도 유이는 괴상한 향토 음식을 먹은 것 같았다.

시큼하고 달달하다는 시점에서 특이한 맛인데, 이름으로도 어떤 요리인지 짐작이 안 됐다.

그래도 학을 떼는 유이의 표정을 보니 맛이 없다는 것만은 확실했다. 적어도 일본인의 입에 굉장히 안 맞는 요리였겠지.

"고기가 들어간 찜 요리예요. 입에 넣은 순간 물컹한 느낌이 들고 엄청 신맛이 밀려와요. 그 뒤에 뭐라고 표현해야 할지 모를 단맛이 나는데 이게 굉장히 불쾌했어요. 그런데 마을 사람들은 그걸 너무 맛있게 먹는 거 있죠."

"……그런 건 요리가 아니야. 아무리 생각해도 제대로 조리하지 않았어."

"응…… 이사라스 왕국의 깡촌에서도 그렇게 심각한 요리는 없었어요. 재료가 없어서 그렇지 평범하게 먹을 만했는데."

지역에 따라서 사람의 입맛은 달라진다.

예를 들어 일본의 경우, 북쪽으로 갈수록 맛이 진해지는 경향이 있다.

향토 요리는 그 지방 특유의 맛이 있어서 다른 지방 출신은 맛있다고 느끼지 못하는 경우가 종종 있다. 생활환경과 풍토도 미각에 큰 영향을 주는 법이다.

지방에 따라서도 미각이 다른데 거리가 먼 외국, 하물며 이세계라면 어떻겠는가. 아도가 모르는 위험천만한 맛의 요리가 각지에 존재해도 이상하지 않다.

아저씨의 【엽기 덮밥】은 평범하게 먹을 수 있으니까 나은 축에 속한다.

"다 먹었으면 오늘은 쉬죠. 아도 군은 내일도 계속해서 일해야 하니까 오늘 밤은 푹 쉬어. 마도 연성은 정신력이 상당히 소모되니까."

"오오?! 오늘 밤도 부품 만들어야 하는 줄 알았어요."

"원한다면 들어주겠지만, 나는 그렇게 악독한 사람이 아니야. 쉴 때는 푹 쉬게 해주지."

""".……거짓말."""

아도 파티 전원이 부정했다.

아저씨는 담배를 입에 물고 도망치다시피 밖으로 나와 담배에 불을 붙였다.

창밖으로 제로스가 먼 곳을 보며 연기 도넛을 뻐끔뻐끔 뱉고 있었다. 아도에게는 그 모습이 애써 시치미를 떼는 것처럼 보였다.

찔리는 부분이 있겠지…… 아니, 너무 많아서 탈이겠지.

플레이어로서 제로스는 전혀 믿음을 사지 못했다.

◇　◇　◇　◇　◇　◇　◇

2층의 빈방 두 개를 여자들과 아도 부부에게 내주고 일찍 쉬도록 권했다.

마도구의 빛이 있어도 이 세계의 주민들은 밤 열 시경에는 잠들었다. 술집도 열두 시에는 닫는 곳이 많을 정도였다.

이것은 이세계의 상식이며, 범죄자나 어지간히 중요한 일이 없는 한 심야 활동을 하는 사람은 없었다.

해가 뜨면 일을 나가고 밤이 되면 잠든다. 아주 규칙적인 생활이라고 할 수 있으나, 오락거리가 너무 적은 것이 그 요인이기도 했다.

지구처럼 심야 영업을 하는 가게도 없고, 술집도 음식 준비와 재료 및 술 반입으로 낮에도 바빴다.

이것이 이 도시의 생활 리듬이었다.

자정을 넘긴 시각, 제로스는 침대에서 일어나 1층 거실에 있는 지하 창고 입구를 열었다. 목적은 안쪽에 있는 사신 배양기였다.

"안녕하신가, 사신 아가씨. 밤늦게 찾아와서 미안해. 이런 시간이 아니면 여기에 들락거리지 못하거든."

『……꽤 오래 집을 비운 모양이군. 솔직히 따분해서 죽는 줄 알았어.』

배양기 창을 들여다보자 사신은 어린 여자아이의 모습으로 배양액 속을 둥둥 떠다녔다.

나름대로 즐거워 보이기도 하지만, 아무 할 일도 없으면 틀림없이 심심할 것이다.

머쓱하게 웃던 아저씨는 문득 사신의 작은 변화를 알아차렸다.

"얼라리? 사신 아가씨…… 날개랑 뿔은 어디 갔어?"

『음? 너무 심심해서 이 몸으로 여러 시험을 하다가 날개와 뿔을 넣을 수 있다는 것을 알게 됐지. 분해와 재구축이 가능해졌다고 말하면 알아듣겠나?』

"그걸 넣는다고 말하지는 않지. 자기 몸을 변화시킨다는 뜻이잖아?"

『사소한 문제잖나. 원래 나에게 육체 따위는 무의미한 것이야. 이 물질계에 형상화하기 위해 필요할 뿐이고, 본래는 에너지 생명체지. 사실 그 정의도 정확하지는 않지만.』

"이 세계에서도 설명할 용어가 없어. 어쩌면 존재 자체를 정의하기 어려운건가? 알기 쉽게 특이 생물이라고 하지, 뭐."

『……어째 희귀 동물처럼 보는 것 같아 꺼림칙하군. 틀린 말이 아니라서 더 열 받아.』

희귀 동물이 맞았다.

아저씨는 대화를 나누며 인벤토리에서 종이봉투를 꺼내서 배양기에 달린 관으로 내용물을 넣었다.

『……응? 뭐하는 게냐?』

"선물. 안쪽에 버튼을 누르면 하나씩 배양기 안으로 떨어지니까 심심할 때 맛봐."

『버튼? 안쪽에 달린 단추 말인가? 맛을 보라면…… 이것이 음식이라는 건가?』

"사탕. 단단한 고형물이 아니면 금방 녹아서 배양액 안에는 요리를 넣을 수 없으니까."

『흠…… 어디 한번 먹어 볼까.』

사신이 배양기 안쪽에 있는 버튼을 누르자 덜컹 소리와 함께 사탕이 안으로 떨어졌다.

사신은 그것을 잡아서 입에 넣었다.

『오? 오오?! 이건…… 이게 맛있다는 감각인가!』

"너…… 사신 전쟁 시기에 생물을 꽤 많이 흡수했다면서? 잡아먹을 때 맛은 못 느꼈나?"

『못 느꼈어. 그때는 그 파렴치한 것들을 흡수하느라 정신이 없었고 애당초 미각이 없었어. 정보를 강제로 수집할 뿐인 존재였지.』

"세계를 관리할 권한이 없으면 신도 성가신 생물일 뿐인가……. 아니, 생물이라는 정의에서 벗어났으니까 민폐만 끼치는 폭식 생명체라고 해야 하나?"

『기분 나쁘게 말하는군. 물질을 흡수해서 정보를 얻었지만, 영혼은 윤회의 수레바퀴로 돌려보냈어. 영혼 하나하나가 우리의 알이나 마찬가지고 영겁의 시간을 거쳐 【신】이 되지. 편의상 신이라고 표현하지만, 인간이 신앙하는 신은 아니니까 착각하지 마. 본질은 기계에 가까워. 감정은 이 세계에 맞춰주느라 존재할 뿐, 본래 우리는 무기질이야.』

　요약하면 세계를 관리하는 【신】은 애초에 감정이 없다.

　하지만 고차원에서 물질계에 형상화할 때 감정— 인격이라는 정
보는 여러 방면에서 도움이 된다.

　상위 고차원 세계에서 3차원에 단말 장치를 강림시켜 관리하는
경우, 무기질의 인격으로는 힘을 조절하기 힘들다. 본래 존재하는
세계와 법칙 자체가 달라서 상위 세계와 같은 기준으로 간섭했다
가는 세상에 너무 큰 영향을 끼친다.

　인격은 저차원 세계를 관리할 때의 리미터 역할을 하며, 선악의
판단 기준과 사상 등 다양한 정보를 바탕으로 세계 관리를 원활하
게 한다.

　그래도 상위 존재가 될수록 힘 조절이 어려워서 그때마다 관리
용 단말기를 만든다.

　관리자가 없는 이 세계가 비정상이며, 사신은 관리 단말기로서
제 역할을 수행하려고 했을 뿐이다.

　그래도 인간의 기준에서는 상식의 틀을 벗어난 존재였고, 자신
이 관리하는 세계를 처음 창조하는 【신】은 실수도 많다고 한다.

　실제로 이 세계를 관리하던 고차원 신은 사신을 실패작으로 취
급했고, 사신도 눈을 뜬 뒤 세계를 멸망 직전까지 몰아넣었다.

　"민폐를 넘어서 엄청나게 성가시고 무책임하잖아……. 이 세계
의 창세신은 일 처리가 너무 엉성해."

　『나는 역할을 수행할 뿐이다. 별 하나가 붕괴하더라고 딱히 개의
치 않아.』

"스케일이 너무 커. 그래도 세계는 망가뜨리지 말았으면 좋겠어. 그나저나 관리신에게도 개인차가 있겠구만."

『있을 테지. 나의 창조주는 능력은 우수하나 세계 관리는 엉망인 듯하다. 너희를 보낸 관리신이 더 세세하게 세계 관리를 하고 있겠지.』

"전생자— 전이자인가? 뭐가 됐든, 그가 이 세계에 돌을 던졌어. 아마 사신 아가씨에게서 눈길을 돌리려는 목적이겠지. 약한 상태에서는 금방 당할 테니까."

『언젠가 그 영역까지 도달하고 싶군. 으음, 사탕 맛있구먼.』

꽤 중요한 이야기일 텐데 사신은 입 안에 사탕을 넣고 데굴데굴 굴리고 있었다.

배양액 속에서 빙빙 돌며 행복하게 사탕을 먹는 모습은 아무리 봐도 평범한 어린아이로밖에 보이지 않았다.

"그러고 보니, 사신 아가씨는 이름 없어?"

『없어. 이름을 받기 전에 봉인됐으니까.』

"그럼 이름을 정하자. 계속 사신 아가씨라고 부르기도 이상하고."

『음, 이름이 있어야 편하겠군. 관리자에게 걸맞은 이름으로 부탁하마.』

기대에 찬 눈으로 바라봐서 아저씨는 당황했다.

솔직히 자신이 이름 짓는 센스가 없다는 사실이 떠올랐다.

지금 쓰는 이름도 나잇값 못 하고 중2병이 도져 붙인 게임 닉네임이었다. 이세계라서 용인되는 면이 있었다.

'신…… 하나이자 전체, 알파이자 오메가…… 알파, 알피아? 알피

아 오메가…… 아니야. 오메가…… 메가…… 메이가…… 메이거스?'

아저씨는 머리를 쥐어짰다.

마치 자기 자식의 이름을 고민하는 아버지처럼 정말로 열심히 머리를 쥐어짰다.

누가 뭐래도 이 세계가 멸망할 때까지 불릴【신】의 이름이었다. 즉석에서 대충 생각나는 대로 붙여도 될 것이 아니었다.

"좋아, 네 이름은 오늘부터【알피아 메이거스】다."

『음…… 어감은 나쁘지 않지만, 뭔가 걸리는구먼.』

역시 무의식적으로 중2병을 앓고 있었다.

『……응?』

"어라, 이름…… 마음에 안 들어?"

『아니, 아무것도 아니다…….(이건…….)』

"그럼 오늘은 여기까지만 할까. 아침에 할 일이 많으니까."

『음, 다음에 올 때도 사탕을 부탁하지.』

【알피아 메이거스】는 사탕을 요구했다. 그새 마음에 들었나 보다.

아저씨는 그런 그녀에게 피식 웃으면서도 또 가져오겠다고 약속하고 지하 창고를 떠났다.

그렇게 혼자 남은 사신은─.

『한정적이지만, 아카식 레코드 열람 권한이 해제됐어? 게다가 신역 접속 권한까지……. 내가 밖으로 나갈 날도 머지않았지만, 4신들이 눈치채면 위험하겠어.』

처음 봉인에서 해방됐을 때는 이렇게 권한이 풀리지 않았다.

그래서 4신을 쫓고 그녀들의 관리 권한을 흡수하려고 했다.

하지만 이번에는 이름을 받았을 뿐인데 일부 관리 권한을 얻는 데 성공했다.

『흠…… 존재 확립인가. 인식될수록 관리 권한과 행사할 수 있는 힘이 변하는 건가. 어떻게 해야 하지…….』

자신에게 내포된 또 다른 봉인.

관리자로서 부활은 했지만, 지금 상태로는 4신을 상대할 수 없다.

【신】으로서 인식되기에는 힘이 너무 약하다.

재생된【신】은 미력한 현재의 자신을 인식하고 미래를 고려해 계획을 짰다.

사탕의 맛을 음미하면서─.

 제6화 치우는 놈 따로 있다

세계 바깥쪽에 있는 영역에서 한 천사가 작업에 쫓기고 있었다.

광대한 정보 영역은 SF로 익숙한 사이버틱한 관리실을 연상케 했다.

투명 모니터에는 방대한 정보가 표시됐고, 손이 빠르게 움직이는 조작 패널은 컴퓨터 키보드보다 키가 많았다. 정보가 출력될 때마다 공간에 무수한 마법진과 기판 같은 빛의 라인이 빛났다.

천사는 열심히 관리 영역 시스템에 접속했지만, 작업은 전혀 진척이 없었다. 다양한 방식을 시도해도 광대하고 방대한 정보량과 차원 영역을 장악하기란 쉽지 않았다.

"안 돼……. 이런 복잡한 시스템 분석은 제 능력 밖이에요…….
신역 물질화만으로도 최선을 다한 거죠."

아름다운 금발을 가진 천사 루시펠은 예상 이상으로 어려운 미션에 앓는 소리를 냈다.

그녀도 세계를 관리하는 시스템으로서 태어났고, 관측자만큼은 아니어도 방대한 정보를 처리하는 능력을 갖췄다. 하지만 그 능력을 모두 사용해도 작업에는 진척이 없었다.

인선이 잘못됐다는 생각만 들었다.

"적어도 저에게 필적하는 처리 능력을 가진 관리자가 수십 명 정도는 더 없으면 장악은 불가능하겠어요. 그 생각 없는 주인…… 돌아가면 가만히 안 둬요!"

이제는 푸념밖에 나오지 않았다.

그만큼 【상위 관측자】가 만든 시스템은 견고했다.

루시펠이 있던 차원 세계가 허술해 보일 정도로 이곳 관리 시스템은 그녀의 접속 시도를 결코 허용하지 않았다. 있을 수 없는 일이었다.

무섭도록 고도의 시스템에 더불어 철통같은 보안. 가히 완벽하다고 말해도 과언이 아니었다.

'긴급 특별 조치마저 거부하면 어쩌자는 거예요! 이 차원 관측자는 왜 이렇게 비밀주의죠? 관리자가 없는 세계에서 이런 고집을…… 아니, 이건 망집이에요!'

차원 관리에서 인접 세계의 이상은 간과할 수 없는 문제였다.

한 차원 세계가 붕괴하면 연쇄적으로 다른 세계가 말려들기도

하는 탓에 동급 관리자에게는 외부세계에 대한 접속 권한이 주어졌다.

그 접속 권한이 거부당하는 사례는 지금까지 듣도 보도 못했다.

심지어 이 세계에는 관측자가 없었다. 거의 시스템이 자동 관리하고 각 지상 세계에서는 저급 신들이 제멋대로 행동하고 있었다.

그 일부 신들이 루시펠을 포함해 여러 차원 세계에 폐를 끼치고 있었지만, 신역 장악이 불가능하다면 울분을 삼킬 수밖에 없었다.

특히 영혼 관리가 중요한데, 고위 혼은 회수할 수 있지만 저위 혼은 이세계에 소환되면 세계의 법칙성이 덧씌워져 윤회전생의 굴레에서 벗어나 비정상적인 버그로 변질할 가능성이 크다. 아니, 사실상 이미 버그다.

최악의 경우 차원 영역을 파괴하고 연쇄 붕괴를 일으킬 폭탄이 될지도 모른다.

법칙성이 다른 혼— 에너지체란 그만큼 위험한 존재다.

이것이 루시펠을 포함한 여러 차원 세계의 사도들이 무슨 수를 써서라도 소환된 혼을 회수해야 하는 이유였다.

'다행히 그 땅의 정보에 따르면 소환진이 파괴되어 피해가 더 커지는 사태는 사라졌어요. 파인 플레이예요! 굿잡이에요!'

시스템 장악은 진행되지 않지만, 아카식 레코드에서 정보를 끌어내는 데는 성공했다.

그 덕분에 현재 세상에서 일어나는 현상을 볼 수 있게 되어 이세계에 파견된 자객들도 확인했다.

'하지만 그들 중 절반은 죽었어요. 어떻게 해서든 혼을 회수해야

겠네요……. 정말 그 네 명은 일을 제대로 처리하는 꼴을 못 봐요!'

그녀의 상사인【관측자】, 통칭『케모 씨』가 보낸 자객들.

핵심 인물은 지금도 활발하게 활동 중이지만, 대다수는 이미 사망했다.

식량 확보가 어려운 사막 지대나 흉악한 마물이 득시글대서 살아남기도 버거운 약육강식의 원시림, 혹은 높은 산맥의 꼭대기…… 4신이 전생자를 그런 곳에만 던져 놓았기 때문이었다. 장난의 정도를 넘어선 지독한 악행이었다.

전생자 중에는 어린아이도 있었다. 조금이지만 조작 가능한【성역】의 감시 시스템을 검색할 때, 4신이 그 비극적인 광경을 깔깔거리며 구경한 기록도 발견됐다.

잔악무도한 행위에 분개를 금치 못했지만, 진짜 자객 제로스가 구시대 병기로 용사 소환 마법진을 파괴한 기록을 봤을 때는 속이 뻥 뚫리는 기분이었다. 무심코「꼴좋다!」라고 소리쳤을 정도로.

진짜 자객을 숨기는 위장 역할이었던 그들의 혼은 루시펠이 가능한 한 회수해 원래 세계로 돌려보냈지만, 탐욕스러운 자나 깊은 원한을 품은 자의 혼은 아직 모두 회수하지 못했다.

예상 이상으로 세계의 뒤틀림이 심각해 원래 관리 세계에서 한 조정이 어긋났기 때문이었다.

"이 개체…… 코드넘버 666, 〈제로스〉라고 했나요. 우수하네요. 신들을 더 괴롭혀주면 좋을 텐데 말이죠."

상사인『케모 씨』가 투입한 최강의 자객 중 한 명. 많은 자객 중에서도 가장 기대가 큰 인물이었다.

불길한 번호가 붙은 이유는 【미숙한 관측자】의 코어를 받았기 때문이었다.

사신 전쟁 시기의 미숙한 관측자— 【후계체】는 이 차원 세계의 관리 권한을 가지지 못했고, 시스템적으로 이상이 있었다. 자아도 발달하지 않은 상태에서 본능대로 관리 권한을 가진 4신을 쫓았고, 정보를 얻으려고 생명체를 포식, 흡수, 진화하는 상태였다.

혼은 윤회의 굴레로 돌려보낸 모양이지만, 지성체의 기억은 내부 정보를 분석하여 아카식 레코드와 병용해 4신을 스토킹 하는 것에 사용했다. 세계가 붕괴할 가능성이 컸음을 고려하면 도저히 관측자로서 할 행동이 아니었다.

내포한 힘이 방대해서 하마터면 관측자 본인이 차원 붕괴를 일으킬 뻔했다.

많은 희생을 치렀으나, 용케 소환된 용사들만으로 봉인했다. 기적이라고 해도 과언이 아니리라.

'이전 관측자가 봉인용 신기를 남긴 건 고맙지만, 내구도가 너무 약했네요. 남아 있으면 회수해서 우리 손으로 최적화했을 텐데……'

관측자의 유물이 남아 있다면 외부 협력자들이 확보해서 정상적으로 고칠 수 있었다. 하지만 이 차원 세계는 완전히 독립되어 다른 관측자의 요청을 받아주지 않았다.

허가가 떨어지지 않으면 외부인들은 손가락만 빨아야 했다.

최악의 사태가 벌어지지 않은 것만으로도 다행으로 여겼다.

그런 생각을 하던 루시펠이 갑자기 조작 패널에 풀썩 엎드렸다.

그녀 앞에 있는 모니터에는 【칠흑유성 기브리온】의 용맹한 모습이 나오고 있었다.

"죽여줘어어어어!"

바란 적 없는 강제 정의 집행 영상에 그녀의 라이프는 0이 되었다.

그것은 과거 기억이자 사라지지 않는 흑역사. 없었던 일로 할 수 있는 자는 현상 조작이 가능한 관측자뿐이었다.

"오오…… 이거 참, 별난 취미군."

"열혈이구나!"

"……."

"누구야?!"

냉큼 돌아보자 틀림없이 자신보다 급이 높은 상위 관리자 셋이 있었다.

한 명은 칠흑의 마신. 겉모습은 무시무시하지만, 신성한 기운을 띤 상위 관리신이었다.

다른 한 명은 중성적이고 아이처럼 보였지만, 다른 둘보다 훨씬 강한 존재감을 뽐냈다. 척 보기에도【관측자】중 하나 같았다.

마지막은 은백색 드래곤. 아마 관측자 직할 가디언일 것이다. 하지만 루시펠보다 훨씬 급이 높아 보였다.

"요청을 받고 도우러 왔다. 나는【벨사시스】. 일단은 1급 차원 관리신이지."

"나는【――】야. 미안, 이쪽에는 없는 언어였지? 편의상【소우라스】라고 불러. 그나마 비슷하니까."

"……【프로토 제로】. 주인의 명에 따라 시스템 장악에 협력한다."

거만한 태도의 마왕 같은 관리자와 어린애 같은 관측자, 그리고 감정이 전혀 느껴지지 않는 기계적인 드래곤.

든든한 원군 같으면서도 왠지 모를 불안을 지울 수 없었다.

"감사해요. 저는 루시펠입니다. 바로 설명해 드리자면 시스템 장악을 도와주셨으면 해요. 저 혼자서는 처리하지 못할 정보량이라서……."

"이건 난해하군. 나도 본 적이 없어……."

"음…… 나는 어느 정도 파악했어. 그래도 조금 문제가 있어 보이는걸? 거듭된 용사 소환으로 이계와 접촉, 귀환하지 못한 이계의 혼…… 이게 원인 같네. 세계가 엇나가고 있어. 왜 레벨 형식 급속 성장 시스템이 현실화한 거야? 이래서야 그냥 게임이잖아. 버그가 된 전생자의 혼에 『끌려갔다』고 봐야 하나? 상황이 묘하게 됐어."

"이 세계 관측자 권한이 필요하다. 후계 개체가 존재하면 시스템 잠금은 풀린다……. 현재로서 프로텍트 해제는 불가능. 중추 시스템의 잠금은 네 개로 분할되어 있다. 현재 확인한 해제 진행도는 3퍼센트."

""""뭐?!""""

"후계 개체는 현재 미성숙한 상태로 각성했다. 아카식 레코드 열람 권한 해제. 현상 간섭 권한은 아직 현 상태를 유지. 각성 개체, 정보 열람을 개시. 차세대 관측자 권한은 개체명【알피아 메이거스】로 고정."

갑작스러운 상황 변화에 세 명은 할 말을 잃었다.

차세대 관측자가 확인되어 개체 식별 이름이 기록되어 시스템 일부가 잠금 해제되었다. 설령 불과 3퍼센트라도 광대한 세계에서 보면 방대한 정보였다.

기쁜 결과지만, 네 명의 관리자에게 들키면 위험했다.

"현재 관리자 권한은【알피아 메이거스】에게 이양되었다. 신역 및 성역 관리의 권한은 현상 유지. 차세대 관측자의 성장을 최우선 사항으로 한다."

"그 말은 미숙한 상태로 깨어나서 시스템 잠금이 완전히 풀리지 않는다는 건가요?"

"그렇겠군. 하지만 이로써 **골칫거리**를 관리자 자리에서 끌어내릴 수 있다."

"그래도 이 세계는 관리 권한이 고정되어 있잖아? 세계가 관측자로 인정해도 관리 권한은 지금도 그 바보 아가씨들이 쥐고 있어. 그녀들을 어떻게 잡아서 관리 권한을 빼앗을지가 관건이야."

"그전에 눈을 뜬 후계 개체를 강하게 키우는 것이 우선이야. 지금 상태로는 그 멍청이들한테도 쉽게 소멸될만큼 약해. 이상 진화종— 마물이라고 했던가? 그 생물이 내포한 힘을 모아 흡수하는 방법을 제안하지. 어차피 이 세계의 현상 균형은 바로잡아야 하니까 이 상황을 이용해서 강화하자고."

"으음…… 그건 좋지만, 용사였나? 우리가 보기에는 항체지만, 현상 시스템에 용사의 혼이 상당히 파고들었어. 영혼이 회수되지 못한 채로 방치됐고, 문제는 케모 씨와 같은 물질계에서 소환된 게 많다는 거야. 그들 세계에는 마력이 없었으니까 미조정 상태로 생각 없이 강력한 힘을 부여해서 변질했어. 이건 버그…… 아니, 바이러스야."

"잠깐, 이건【항체 시스템】이 폭주한 건가? 대체 무슨 상황이야!"

"이상을 이상으로 보지 않는 세계⋯⋯. 예를 들면 레벨이 낮은 개체가 높은 개체를 쉽게 이기거나 비정상적으로 빠르게 성장하는 진화종이 탄생하는 모순이 있는데도 아무도 이상하게 생각하지 않아. 이걸 당연하다고 받아들이고 상식으로 인식해."

"혹은 어마어마한 힘을 가진 상위 개체가 탄생하거나⋯⋯ 귀찮 군.【마왕종】자체는 문제가 아니지만, 너무 수가 불어나면 생태계가 망가질 거다. 잘못하면 별 하나가 소멸해. 심지어 이미 늦었다고 인식하지 못해."

"별 하나로 끝나면 다행이지. 이게 특이점으로 변하면 이 차원은 붕괴해. 빠르게 처리해야겠어⋯⋯."

예상보다도 사태가 심각했다.

이게 4신만의 문제라면 처리가 간단하지만, 세상의 섭리 자체에 이상이 생겼다면 세계는 언젠가 파탄한다.

시스템이 복잡하고 정밀하니 붕괴의 여파는 관리하는 모든 세계에 영향을 미치고, 자칫 잘못하면 자기 붕괴로 소멸할 가능성도 있다.

최악의 경우 허무라는 공간이 다른 차원 세계를 끌어들여 연쇄 붕괴를 일으킨다.

"한 혹성의 섭리만 망가진 게 불행 중 다행인가? 그래도 여기가 기점일 가능성도 부정할 수 없어. 확률이 너무 높아. 가능한 한 빨리 수정하고 싶은데⋯⋯."

"신역을 장악하지 못하는 게 문제네요. 차세대 관측자가 빨리 성장하면 좋겠지만…….”

“어렵겠지. ……응? 그러고 보니 동물 귀를 좋아하는 관측자가 이 세계 데이터를 이용해서 유사 세계를 구축하지 않았나. 【소드 앤 소서리스】라는 게임이었던가……? 그 데이터는 없나?”

“있어요. 다만, 주인님은 놀고 있다고밖에 생각할 수 없어서…….”

“그 데이터, 우리에게 좀 보여줄래? 궁금하기도 한데 굉장히 안 좋은 예감이 들어.”

루시펠의 신핵에는 【소드 앤 소서리스】의 정보도 기록되어 있었다. 그것은 사신 전쟁 전부터 최근까지의 기록이었다.

그녀 본인은 【소드 앤 소서리스】를 주인의 장난으로 여겨 그다지 중요시하지 않았다.

【소드 앤 소서리스】 내부의 현상 정보를 몇 번이나 수정해 무슨 시뮬레이션을 반복한 것은 알지만, 루시펠에게는 주신이 노는 것으로밖에 보이지 않았다.

“모든 생명체의 생태계 붕괴 위험성 높음. 비정상적으로 변질한 개체의 군생을 다수 확인ー. 생물로서 한계치, 허용량 초과. 생태계 붕괴가 시작되는 것도 시간문제로 예상된다.”

“야야, 이거 소환돼서 깽판 친 녀석들의 지식 정보가 개입한 거 아니야? 여러 법칙이 뒤섞였잖아. 원래 레벨 같은 건 없는 세계였는데……. 딱 봐도 대규모 소환의 영향이군. 그렇게 무리한 짓을 반복했으니…….”

용사 소환은 세계에 이상 사태가 발생했을 때 다른 세계 관측자에게 협력을 요청해서 불러온다.

하지만 평범한 사람은 싸움에서 살아남기 힘들다. 소환되는 세계의 섭리와 소환한 세계의 섭리는 비슷하면서도 엄연히 다르며, 소환 직전에 조정하여 전투에 특화한다. 그것이 【항체 시스템】이다.

이상 개체를 해치우면 그들에게서 변질된 힘을 흡수해서 정화한다. 그리고 체내에 비축해 자신을 강력하게 성장시킨다. 그렇게 흡수한 힘은 원래 세계로 돌려보낼 때 회수, 환원하여 세계의 균형을 유지한다— 그것이 올바른 수순이었다.

하지만 이 세계는 용사 소환을 거듭 행했고 각 세계와 조정하지 않은 채 방치했다.

게다가 이 세계를 관리하는 시스템이 용사를 조정했기 때문에 당연히 세계에 부담을 줬다.

더 나쁜 점은 돌려보내지 못한 용사들의 혼은 윤회전생의 굴레에서 벗어나 이질적인 힘이 회수되지 못한 채 잔류한다는 것이었다. 그것이 현상 관리 시스템 영역에 침입해 관리 시스템을 침식하기 시작했다. 마치 컴퓨터 바이러스처럼.

그 여파는 생태계까지 미쳐서 마물이 이상하리만큼 강한 생물로 진화하는 사례가 늘어났다.

골치 아프게도 용사들은 저마다 다른 섭리가 작용하는 세계에서 소환됐다.

본래대로라면 소환하는 쪽과 소환되는 쪽의 관측자가 조정하겠지만, 모두 미조정인 상태로 현행 시스템에 맞춰 소환된 탓에 항체 시스템이 포화됐다.

그런 것조차 확인하지 않고 4신이 용사들을 계속 소환한 결과, 다른 세계의 섭리가 조금씩 파고들면서 이 세계를 적잖게 침식했다.

이제는 차원 자체에 뒤틀림이 생길 정도로 사태가 심각해졌다.

"【한계 돌파】는 그나마 이해해. 하지만 【임계 돌파】와 【극한 돌파】는 뭐야? 생물의 울타리에서 벗어났잖아. 상위자에 도달하는 단계를 전부 건너뛰었지? 조만간 【죽은 자의 소생】까지 튀어나오는 거 아닌가 몰라. 머리 아프네. 이런 사태가 현실에서 발생하는 중인가…….."

"영겁의 시간이 필요한 변화를 단기간에 완료해? 생명체가 버틸 수 있을 리 없지! 원래는 【임계 돌파】 시점에서 육체와 혼이 증발했어야 해. 유사 세계라서 살아남았군."

"보유 능력에도 이상이 발생했어. 모순을 넘어서 그냥 막장이야. 섭리가 완전히 파탄났어. 그런데도 또 새로운 법칙이 만들어지고 있고. 무한 반복이야……. 유사 세계의 시뮬레이션 결과가 이 세계의 현실에 발생했어. 이상 진화종이 대량으로 생길 만해."

섭리 파탄. 그것은 세계의 붕괴로 이어진다.

정상적인 법칙이 비정상적인 법칙으로 대체되어 삼라만상에 커다란 모순을 낳고, 모순은 큰 부담이 되어 자기 붕괴를 일으키고 세계를 무로 되돌린다.

이것이 자연의 섭리에 따른 창세와 파괴라면 문제가 없지만, 비정상적 세계 붕괴는 주변 영역으로 확산되어 또 다른 붕괴를 유발한다. 어떻게 보면 침식이라고 할 수 있었다.

이 이상이 혹성 하나에만 그친 것이 기적이며, 동시에 비극의 도화선이었다.

하지만 이 세계에 서식하는 지적 생명체는 이상 사태를 인식하지 못한 것이 문제였다.

"원래는 생명체는 아무리 강해져 봤자 레벨 500이 한계였어. 그런데 1800을 넘겨?! 심지어 단기간에!"

"약한 생물…… 마물이랬나? 레벨 300으로 레벨 500 이상인 상위 개체를 상대하는데, 이거 이미 늦은 거 아니야? 어딘가에 뒤틀림이 있을 거야……."

"뒤틀림…… 특이점을 찾으실 건가요? 하지만 현시점에서는 어려워요."

"아마 소환된 사람들의 영혼이 체내에 침입한 병원균처럼 시스템을 침식했어. 시스템을 장악하지 않으면 찾을 방도가 없긴 해. 일단 자정 시스템이 작동하는 모양이지만, 지금은 더 이상 구체적인 상황은 알 수 없어. 대략 짐작은 되지만, 어디까지나 억측에 불과해."

"【이레이저】에 접촉할 것을 요청한다. 【임계 돌파】 및 【극한 돌파】 사용을 금지해 부담을 줄일 것을 추천한다. 고유 관측자명 『케모 씨』가 얼마나 개입했는지 불투명하므로 확인이 필요하다."

"주인님이 얼마나 개입했는지는 저도 몰라요. 갑자기 이 세계로 보내기도 했고요. 그보다 지성체를 포함해 상위 개체로 진화한 이상 생물들은 어떻게 하죠? 전부 솎아내기는 불가능하다고 생각하는데……."

"벨사시스가 추천하는 방안은 차세대 관측자 성장에 이용할 수 있다고 판단한다. 혼은 윤회전생의 굴레로 돌아가고 힘은 차세대의 양식이 된다. 그동안 시스템을 장악할 것을 추천한다."

"바보들이 방해할 것 같다만? 이기적인 녀석들이라며?"

"그럴 가능성이 높겠지? 어느 쪽을 먼저 진행해야 할까⋯⋯. 하나 더 수단이 남았지만, 이건 【이레이저】와 접촉하면 부탁해볼래."

자객—【이레이저】는 4신과 대등한 존재였다.

동시에 차세대 관측자를 부활시키고, 지키는 존재이기도 했다. 그의 계획은 지금까지는 성공적이었다.

하지만 차세대 관측자는 미숙한 개체이며 공격은커녕 제 몸을 지키기도 어려웠다.

게다가 【이레이저】에게 접촉하면 【관측자】의 존재를 4신이 알아차릴지도 몰랐다.

현 단계에서 말살당하면 일이 틀어진다.

"그럼 먼저 성역을 장악하는 편이 빠르지 않겠어? 그리고 시스템을 안정화하면 부담이 줄겠지. 놈들이 도망갈 구멍을 막아야 해."

"그 바보 아가씨들이 눌러앉았는데? 그보다도 차세대가 아직 불완전해. 지금 상태로는 밖으로 나가기만 해도 육체가 붕괴할지 몰라. 그래도 비상수단을 쓰면 부활 시기는 앞당길 수 있을지도?"

"성공해도 이미 존재하는 이상 진화종⋯⋯ 흉악한 생물은 방치할 수 없죠? 차세대 관리자가 처리할 능력을 갖출 때까지 얼마나 시간이 걸릴까요?"

"상위자 권한으로 성역 시스템에 개입, 신탁을 사용해 【이레이저】에게 요청. 위장한 후 관측을 속행."

"결국 그 수밖에 없나? 그래, 신역보다는 성역이 편하지. 우리도 일손이 부족하니까 사전에 부탁해 놓자고. 언제쯤 실행할래?"

"차세대가 행동할 수 있게 된 뒤겠지? 걱정하지는 마, 그렇게 오래 걸리지는 않을 거야. 그때까지 녀석들에게 들키지 않게 조심하지."

"너무 여유 부리는 기분도 들어……. 으음, 지금 당장 접촉하는 편이 좋겠어."

관리 시스템 장악은 신들의 규정으로 정해져 있지만, 무력 개입은 절차를 밟지 않으면 불가능했다. 그래서 이런 꼼수로 공략해야 했다. 그것이 몹시 갑갑했다.

지금은 사태가 바라는 대로 진행되고 있지만, 행운이 언제까지고 계속된다는 보장은 없었다.

지금 그들에게는 신중함이 요구됐다. 한 명을 제외하고는—.

"그래서 누가 【이레이저】와 접촉할 거냐?"

"내가 할게. 분체를 쓰면 바보 아가씨들에게 들키지 않을 거야. 말 나온 김에 당장 그에게 다녀올게. 그나저나 신급 자객을 투입하다니, 대담하네~."

"주인님도 계획이 있었던 거네요. 노는 것에 정신이 팔려서 허송세월만 보낸다고 생각했어요."

"정정을 요구. 관측자『케모 씨』는 약 70퍼센트 오락이 목적이었다고 추정. 【이레이저】의 위협도 지수는 지금도 증가 중. 저위 관리신에 준하는 수준으로 추정. 위험도는 4신 이상으로 계산된다."

"……."

"특이점도 찾아야 하나……. 예상보다 훨씬 귀찮은 사태군. 잘못하면 【이레이저】가 특이점이 될지도 몰라."

할 일이 늘어난 신들과 권속은 이렇게 본격적인 행동에 나섰다.

◇　◇　◇　◇　◇　◇　◇

심야, 같은 방에서 자던 제로스와 아도가 문득 눈을 떴다.

감각적으로 누군가의 존재를 알아차렸기 때문이었다.

어떤 소리 같기도 파동 같기도 한, 표현하기 힘든 힘이 자신을 부르고 있었다.

"제로스 씨?! 혹시……."

"아도 군도 느꼈어? 누가 부르고 있어. 목소리는 아니지만, 의지 같은 게 느껴져."

"심지어 집 안에 있죠?"

"누구지? 대충 예상은 되지만, 확증이 없으니……."

그 존재가 무엇인지 일단 추측은 해놓았다.

하지만 도둑이 들었을 가능성도 무시할 수는 없었다.

목소리 같은 파동도 피곤해서 느낀 착각일지 몰랐다. 그만큼 미약한 힘이었다.

바닥에서 자던 두 사람은 일어나서 문을 열고 기운이 느껴지는 곳으로 갔다.

"거실인가?"

"문단속은 확인했죠?"

"뒷문은 안 했지 싶은데……."

경계하면서 신중하게 걷다가 거실 조명이 켜져 있는 것이 보였다.

달그락거리는 소리도 들렸지만, 그곳에 뭐가 있는지는 알 수 없었다. 두 사람은 손에 나이프를 쥐고 문 좌우에 포진했다.

『문을 열면 동시에 뛰어드는 거야…….』

『알았어요!』

수신호를 보내며 돌입 타이밍을 쟀다.

문고리를 천천히 잡고 소리가 나지 않게 신중하게 돌렸다. 그러고는 단숨에 거실로 뛰어들었다.

"홀드 업!"

"로ㅇ 수사대다!"

반사적으로 오타쿠의 버릇이 튀어나오고 말았다.

"안녕, 우걱우걱…… 이 생햄, 맛있네. 더 줄 수 있어?"

""…….""

거기에는 소년인지 소녀인지 모를 신기한 느낌을 내는 꼬마아이가 주인 허락도 없이 냉장고에서 음식을 꺼내서 밥을 먹고 있었다.

제법 뻔뻔한 아이였다.

"너는…….."

"누구야?"

"대충 알지 않아? 그보다 차는 아직 멀었어?"

"너, 이미 에일 맥주를 마시고 있잖아……. 이거 그림이 영 불건전하군."

"애가 술을……. 착한 아이는 보면 안되겠네요."

"건강에 좋은 물건은 아니지. 그래도 나는 괜찮아. 합법이야."

보이는 그대로의 나이는 아닌 모양이었다.

"뭐, 합법이라도 더는 안되겠어. 시간도 없으니까 거두절미하고 부탁할게. 내 이름은 소우라스. 편의상 붙인 이름이지만, 본명은 인간이 발음할 수 없으니까 양해해줘. 그리고 부탁인데, 너희가 차세대 【관측자】와 **계약**해줬으면 해."

"무슨 소리야? 관측자? 그건 또 누구래……."

"……."

제로스는 이해했다. 이 아이가 말하는 관측자란 【알피아 메이거스】라고.

즉, 사신 부활이 이미 발각되었다는 뜻이었다.

정보를 누설한 기억은 없으니까 초월적인 힘으로 알아낸 것 같았다.

그리고 그는 틀림없이 『이쪽 편』이라는 사실을 알았다.

"응, 역시 코드 666이야. 그가 기대하는 이유도 잘 알겠어."

"마음을 읽었어? 아마 아군…… 그것도 4신보다 훨씬 상위의 존재인가?"

"그 말은…… 【신】이에요?!"

"아하하하, 인간은 우리 존재 따위 몰라. 그러니까 너희가 말하는 신과는 달라. 그래도 답은 맞았어. 역시 차세대 관측자를 부활시킬만해. 냉정하고, 신중해."

소우라스는 한바탕 웃고 난 뒤 간단하게 설명했다.

【알피아 메이거스】가 완전체가 되려면 방대한 존재력— 혼을 비축하는 힘이 필요하다. 존재력이란 쉽게 말해 경험치이며, 마물을 해치우면 얻을 수 있다.

· 단, 언제나 위험이 따르기 때문에【알피아 메이거스】와 계약을 하여 경험치를 양도할 파이프를 이어야 한다.

"······제로스 씨. 나, 사신을 부활시켰다는 이야기는 금시초문인데요?"

"적을 속이려면 같은 편부터 속여야지. 그나저나 너무 갑작스럽네요. 문제라도 발생했나요?"

"사실 맞아. 이 세계는 여러 이세계 사람들이 들여온 시스템에 침식당해 비정상적으로 변화해가고 있어. 심지어 그 바보 같은 네 여신들은 막을 능력이 없고, 애초에 눈치채지도 못했어."

"여러 이세계 사람? 그거 용사 소환의 영향이야?"

"응, 정답이야! 이해력이 좋아서 다행이야. 이세계에서 소환된 사람의 혼은 윤회전생의 굴레로 돌아가지 못해. 혼의 성질이 이 세계와 다르니까 당연한 이치지. 게다가 이 세계를 지키려고 급성장하기 위해 레벨 업 시스템을 덮어씌워 버려. 그게 오류를 유발해서 결국 버그를 낳는 거야. 이렇게 말하면 너희가 알아듣기 편할까?"

"아······ 사태는 대충 이해했어."

"원래는 소환된 사람들도 돌려보내야 하지만, 실제로는 이 세계에서 죽은 채 혼만 남았어. 그 결과, 윤회의 굴레에는 들어가지 못하는 대신 세계의 시스템 속에 머무르지. 그리고 이 세계의 섭리가 덧씌워져 시스템의 일부로 바뀌었고, 지금 폭주 중이야."

"얼마나 소환해댄 거야······."

"천 명은 가뿐히 넘어. 여러 번 사고를 쳐서, 용사를 무리하게

500명 정도 소환한 시기가 있거든. 사신 전쟁 말이야. 용케 소환했다고 감탄했어. 보통은 소환진이 날아갔을 텐데. 뭐, 그 대신 대륙 하나가 사막이 됐지만……. 피해를 입은 세계에서 보고하지 않아서 놓치고 있었어. 정말이지, 뭐 하나 제대로 하는 게 없는 녀석들이야. 그 후로도 계속하고 있었다니, 머리가 지끈거려."

사신 전쟁이 종결된 뒤에도 용사 소환은 이어졌다.

피해를 입은 차원 세계에서 보고하지 않으면 얼마나 많은 사람이 소환됐는지 알 수 없었다. 더구나 다른 차원의 관측자에게 무단으로 이루어져 무작위로 소환된 용사의 기억을 참고로 【영웅 시스템】이 조정됐다. 주로 비디오 게임 지식이 바탕이 되었다.

그 결과로 죽은 용사들의 혼에 덧씌워진 정보가 버그가 되어 세계를 침식하기 시작했다.

자연 생태계가 레벨 업 방식으로 바뀌고, 세계의 자정 시스템은 모순을 없애고자 이 기이한 현상이 당연하게 받아들여지도록 세상을 수정했다. 스킬 제도나 각성 스킬도 이때 발생했다.

그래도 4신의 이기적인 이유로 용사 소환은 끊임없이 계속됐다.

그 피해로 용맥이 틀어지고 마력 고갈 지대가 확장되었으며, 소환을 위해 모인 마력에 이끌리듯 마력 농도가 높은 지역이 발생했다.

【파프란 대산림 지대】가 그 예였다.

특히 성장 스킬의 한계를 높이는 【한계 돌파】나 【극한 돌파】는 이미 생태계의 허용 범위를 넘어섰으며, 현상 관리 시스템이 처리하지 못해 폭주하고 있었다.

정상으로 되돌리려면 【관측자】가 있어야 하지만, 【알파아 메이거스}는 미성숙한 개체라서 지금 당장에라도 완전체로 만들어야 했다.

심지어 관리 권한은 4신이 가졌다.

소우라스를 포함한 관측자, 관리자가 거기에 간섭할 수 없다는 것이 문제였다.

"몰라서 묻는 건데, 용사의 혼을 회수할 수는 없어? 그러면 조금은 나아지지 않아?"

"그러고 싶지만, 아쉽게도 덧씌워진 법칙이 변질해서 이 세계의 시스템을 파고들어 전 세계를 떠돌고 있어. 한곳에 모으려면 의도적으로 버그를 일으켜야 해. 그런 위험한 짓을 어떻게 하겠어? 관리자 허가 없이는 간섭할 수도 없고 말이야. 그 바보 아가씨들이 허가해 줄 거 같아?"

"안해주겠죠. 그래서 관측자를 부활시킨다는 건가요……. 그나저나 왜 이 세계를 관리하던 관측자는 관리자를 두지 않고 방치했죠? 아무리 후계자가 마음에 들지 않아도 관리를 담당할 사람은 필요하잖아요? 제정신으로 내린 판단 같지는 않은데……."

"으음…… 원래 관측자는 지금 허무 세계에서 새로운 세계를 구축하는 중이라 물어볼 수 없어. 나보다 상위 존재고 윗사람들에게 물어도 못들은 척해."

"그거, 출세는 했지만 멀리 유배당한 거 아냐? 아무도 관련되고 싶지 않다는 이유로……. 에이, 그럴 리는 없겠지~?"

"맞을지도 모르지? 솔직히 나도 그 사람과 가까이 지내고 싶지 않았거든. 옛날에 고딕 로리타 복장이나 두뇌는 어른인 소년 탐정 옷을 들고 괴상하게 웃으면서 쫓아오고는 했으니까……."

"“바로 이해했어! 쫓겨날 만했네!”"

알고 싶지 않았던 신의 사정. 상위 신들은 상당히 속물이었다.

게다가 여러 의미로 죄가 많았다.

"그런데 그렇게 서두를 필요가 있어? 사신을 부활시킨 이야기는 처음 들었지만, 무리하게 일을 진행하는 이유를 모르겠어."

"이름이 아도였나? 의외로 이해력이 부족하구나? 예를 들어 거기 있는 제로스, HP가 87594503인데…… 이걸 사람이라고 부를 수 있어? 생명력 수치화는 넘어가더라도 웬만하면 안죽지? 이미 우리 영역에 있잖아."

"……엥? 그건 【소드 앤 소서리스】에서는 당연한…… 설마!"

"그래, 그 세계는 이 세계의 정보를 토대로 한 시뮬레이터야. 너희는 거기서 괴물 같은 레벨로 성장했지. 보통은 혼과 함께 육체가 펑! 하고 터져. 주위까지 피해를 주면서 말이지. 그게 이 세계의 현재 상황이야."

"그렇구만……. 원래는 육체가 견딜 수 없나. 그렇다면 우리 같은 전생자에게는 뭔가 조치를 취했다는 말이군요? 고레벨 성장에 견딜 수 있도록……."

"그래. 아마 사도보다 급이 떨어지는 몸을 바탕으로 본래 육체를 융합했어. 10분의 1 정도 신에 가까운 상태니까 이 세계의 법칙이 강제로 덮어씌워지지 않았지만, 본래 육체였으면 폭발로 인한 피해도 상당해서 이 나라는 소멸했을 거야."

자신들을 포함해 이 세계에 사는 자들이 모두 움직이는 시한폭탄임을 새삼스럽게 깨달았다. 계속 싸우다 보면 한계가 찾아오고,

이윽고 주변까지 집어삼키며 화려하게 터진다.

폭발은 예술이라는 말이 있지만, 당사자가 되면 무시무시한 진실이었다.

"뭐, 데이터 수집 역할을 끝낸 그 세계는 우리가 너희 같은 아이들과 노는 장소로 만들었지만. 그 영향으로 너희 기억과 인식도 바뀌었어. 실제로 데이터 수집을 시작했을 때 그 세계는 똥겜이었거든."

""으아…….""

"우리는 시간에 묶여 있지 않으니까 과거로 돌아가서 수정했다고 말하면 이해해? 지금 너희 기억에 있는 즐거웠던 세계는 수정된 후야."

자신들의 기억을 넘어 과거의 시간까지 수정한 신들의 힘에 두 사람은 말을 잇지 못했다.

무엇보다 조작되고도 기억이 없다는 것이 무서웠다.

'역시…… 마법 개조에 이상함을 느끼지 못한 이유가 그거였나. 한없이 현실에 가까운 유사 차원 세계를 구축한 셈인가? 게임기【드림웍스】는 그 세계에 접속하기 위한 매개체야. 원래 신들이 만들었으니까 기억 변경도 가능해. 현실도 다소 개입됐다고 봐야 하나…….'

예상은 했지만, 확실한 증언을 듣자 충격을 금할 수 없었다.

"질문. 우리 기억은 어디까지 수정된 거야? 현실의 기억은?"

"【소드 앤 소서리스】내의 기억은 몇 번이나 수정됐지만, VR 세계 같은 거니까 사생활에 그다지 영향은 없었을걸? 현실 세계에서는 게임기나 서버에 관한 의문 정도야. 소란이 일어나면 곤란하니까 그

147

정도는 어쩔 수 없었어. 게임 세계 외에는 가급적 건드리지 않았지. 아, 참고로 지금은 몸은 죽어도 혼은 돌아가게 설정되어 있어. 이건 사전에 들었을 테니까 알려둘게. 안심하고 괴물이 되어도 좋아."

""싫어!""

지금도 충분히 괴물이었다.

더 진화하면 어떻게 될지 생각하고 싶지도 않았다.

"서두르는 이유는 많지만, 가장 큰 이유는 레벨이 아무리 낮아도 스킬이 높으면 강자를 압도할 수 있기 때문이야. 현실적으로는 말이 안되잖아? 그런 이상 개체가 대량 발생했고 지금도 불어나고 있어. 심지어 섭리 자체가 망가져서 이상 사태를 이상하다고 인식하지 못해. 너희라면 이해하지 않아?"

듣고 보니 저절로 수긍됐다.

【와일드 꼬꼬】― 우케이, 잔케이, 센케이가 그랬다.

꼬꼬는 비교적 약한 마물인데도, 그들은 단기간에 흉악한 수준까지 성장했다.

그리고 인간의 언어를 이해하고, 겉모습 이상으로 강인한 육체와 힘을 얻었다.

이는 생물학적으로 봐도 정상이 아니며 성장 속도가 자연계의 법칙에서 크게 벗어났다.

더군다나 이 세계의 생물은 한계를 넘으면 폭발할 위험을 끌어안는다.

그 한계치는 알 수 없지만, 제로스는 레벨 500이 아슬아슬하게 안전한 라인이라고 생각했다.

"너희에게 할 부탁은 당장에라도 차세대 관측자를 활동할 수 있게 만드는 것. 그러려면 마물들을 과잉 진화시키는 혼의 힘⋯⋯ 편의상 존재력이라고 부를게. 이 힘을 회수해줘. 그리고 가능하면 용사들의 혼도 찾아주면 고맙겠어. 차세대에게 보내면 제대로 보관해 줄 거야."

"그게 계약인가요⋯⋯. 존재력이 경험치인가 보죠? 사신 아가씨 부활은 그렇다 쳐도 용사의 혼은 어떻게 포박하나요? 결계로 포장해서 들고 오나?"

"다른 생물에게 빙의해 육체를 빼앗고, 너희가 말하는 괴물이 되어서 날뛰고 있어. 쓰러뜨리면 차세대에게 보내지도록 연결해 놓을게. 뭐, 이건 별로 기대하지 않지만, 없는 것보다는 나으니까. 조금이라도 우리 일을 줄이고 싶거든."

"어째 파견 업체에서 보내는 일꾼이 된 기분이야⋯⋯."

"실제로 비슷한 입장이야. 열 받지만, 이 신이란 양반들도 똑같은 피해자니까 따져도 소용없지. 전부 이 세계 신 잘못이야."

관계없는 신들도 뒤처리에 동원됐다. 신의 명령으로 움직이는 것은 탐탁지 않지만, 그들도 피해자라서 동정심은 들어도 적개심은 없었다.

"위험하지 않다면 할게. 피해자를 돕고 싶으니까."

"결단이 섰다면 새로운 동포에게 안내해줘. 여자애지? 역시 하늘하늘한 프릴은 기본이라고 봐. 속옷은 대담하게 검정으로⋯⋯."

"이 녀석도 똑같잖아! 신은 역시 못 믿을 놈들이야!"

어차피 인지를 초월한 존재는 인간의 감각으로 이해할 수 없었다.

이 세계를 창조한 관측자를 욕할 처지가 아니었다.

4신도, 협력자인 신들도 어딘가 머리가 이상한 듯했다.

◇   ◇   ◇   ◇   ◇   ◇   ◇

배양액 속에 떠있는 【알피아 메이거스】는 남아도는 시간으로 아카식 레코드에서 정보를 꺼내서 수집하고 있었다.

원래 형태로 돌아가려는 행위는 본능과 같으며, 4신의 존재는 결코 용인할 수 없었다. 하지만 현시점에서는 너무 무력했다.

그런 그녀가 자기 외에 고위 존재를 감지했다.

'누구지……. 아니, 생각할 것도 없군. 아마 이세계에서 온 동족이겠지. 나에게 접촉하려는 건 뭔가 진전이 있었다는 뜻인가, 아니면…….'

알피아도 외부의 신들이 손가락만 빨고 있을라고는 생각하지 않았다.

실제로 전생자라는 협력자를 이 세계로 보냈고, 사도 정도는 보내도 이상할게 없었다.

'희소식인가, 아니면 예기치 못한 사태인가. 뭐가 됐건 어차피 나는 여기서 못 움직이지만.'

지금 단계에서 그녀가 할 수 있는 일은 없었다.

움직이지 못하는 알피아는 잠깐 더 여유로운 시간을 보냈다.

제7화 사태는 서서히, 그리고 확실하게 변화한다

　제로스는 집 앞마당에서 끽끽 소리를 내며 스패너로 볼트를 조였다.

　볼트가 끝까지 조여졌는지 확인한 뒤, 가늘고 긴 철판을 꺼내서 위쪽에 고정해 치직치직 불꽃을 튀기며 용접했다.

　철판에는 여러 구멍이 뚫려 그것이 무언가를 고정하는 용도임을 쉽게 알 수 있었다. 그런 제로스 옆에서는 아도가 열심히 긴 가죽 의자를 조립하고 있었다.

　수평기를 꺼내서 균형을 확인하고 장소를 수시로 바꾸며 비뚤어진 곳이 없는지 확인했다.

　"흠…… 브레이크는 제대로 작동하려나? 일단 레버로 움직이는 건 확인했지만, 실제로 달리다가 안 멈추면 대형 사고인데."

　"불길한 소리 하지 마요. 여기에 내 모든 게 걸렸으니까."

　"그렇게 생각하면 짐칸을 완성해주면 안될까? 나는 사이즈 조정을 하고 싶은데?"

　"이거 금세공을 꼭 해야 해요? 난 디자인에 전혀 자신이 없는데."

　"귀족한테 보여줄 거니까 화려한 맛이 있어야지."

　관측자, 소우라스가 찾아온 이후 일주일 동안 제로스와 아도는 느긋하게 【마도식 모터 캐리지】 제작에 몰두했다.

　할 일이 어느 정도 정해진 제로스와 아도는 본격적인 활동에 들어갔다.

일단 사신 【알피아 메이거스】의 급속 성장을 위해서 많은 마물을 사냥해야 했다.

존재력— 흔히 경험치라고 부르는데, 계약에 따라 둘이 해치운 마물의 경험치는 고스란히 【알피아 메이거스】에게 양도된다.

원래 고 레벨로 진화한 마물은 모두 이상종이며, 이것들을 솎아 낸다는 명목으로 깡그리 사냥할 필요가 있었다.

하지만 그러려면 우선 아도의 족쇄(국빈이라는 입장)부터 해결 해야 했다.

그러기 위한 자동차 만들기였다.

"변속 레버가 없네요. 달려보지 않으면 모르는 일이지만, 정말로 속도 안 나오겠다."

"안 나오겠지. 끽해야 시속 30킬로 정도 아닐까? 뭐, 걷는 것보다는 빠르지만."

"아니, 도시 안이라면 차라리 뛰는 게 빠르지 않아요?"

"마차도 사고가 일어나는 세상이야. 고속으로 달리는 탈것은 위험해."

"그래요? 그렇지만 우리가 만든 차나 바이크는 속도가 꽤 나오잖아요?"

"우리는 도로교통법이 머리에 들어 있으니까 자연스럽게 위험운전을 피하잖아. 문제는 이 세계 주민들이지. 갑자기 고속 주행이 가능한 탈것이 나타나면 어떻게 될 거 같아?"

아도와 제로스는 자동차 면허가 있다.

도로교통법을 배우고 시험에 합격해 면허를 딴 것이다. 자동차가 달리는 흉기임을 잘 알고 있었다.

하지만 이 세계에는 아직 그런 법률도 없고, 오랜 마도 문명기에 있었던 탈것은 모두 사라진 지 오래였다. 맨땅부터 시작해야 한다는 뜻이었다.

"인프라 정비와 법 개정도 필요하겠지. 마차가 도시를 달리는 시대에서 차가 달리는 문명기에 들어가. 틀림없이 시대가 변화해. 오직 아도 군의 생계를 위해서."

"나 때문이에요?"

"그럼 누구 때문인데? 너는 유이 씨랑 가정을 꾸리려고 이 나라의 공작과 거래하려고 해. 그리고 그 거래 재료로 자동차를 골랐고. 너 그건 알아? 차는 병력과 물자를 운반하는 편리한 도구라는 거."

"……문명이 한 단계 발전하나. 아니, 그래도 대규모 병력을 옮기는 차는 아직 못 만들잖아요? 생산 라인도 없고."

자동차의 성능이 향상되려면 기술이 오래 축적돼야 했다.

하지만 이 세계에는 드워프라고 불리는 기술에 특화한 종족이 있어서 자동차— 특히 동력을 이용한 기술 발전은 생각보다 빠를 것으로 예상됐다.

"글쎄, 어떨까~. 사람의 진보는 때로 상상을 초월해. 바꿔 말하면 생산 라인을 갖추면 전쟁에 병사를 보낼 수 있다는 말이야."

"무서운 소리 하지 마요……. 어차피 이르든 늦든 시간문제잖아요?"

"그러면 좋겠네~. 특히 드워프의 악덕 직장을 생각하면 네 예상보다 빠르게 기술이 발전할지도 모르지…… 후후후."

드워프와 여러 번 일해 본 아저씨는 비명이 울려 퍼지는 일터에서 가혹한 노동에 시달리다가 결국 일 중독에 빠진 피해자들을 떠올렸다.

그런 피해자를 낳을 원인을 만드는 중이라고 생각하니까 마음이 울적했다.

"아찌가 허탈하게 웃고 있어. 징그러……."

"미래가 걱정돼서 그래. 그럴 나이지."

"아찌도 사람이구나. 고민 따위 없이 사는 줄 알았어."

"오늘은 고기 안줄까? 고기이이."

"지금이라면 내 칼도 맞을 것 같군. 해치울까……?"

교회 아이들이 공허하게 웃는 아저씨를 이해심 많고 안쓰러운 눈길로 보고 있었다.

한 명, 위험한 생각을 품은 아이도 있지만―.

훗날, 그 광경을 목격한 이리스는 작업하는 모습이 몹시 절박해 보였다고 설명한다.

그렇게 【마도식 모터 캐리지】는 일단 완성됐다.

물론 그날 중으로 주행 테스트도 마쳤다.

시간이 흘러 마침내 【마도식 모터 캐리지】를 선보일 날이 왔다.

원래는 제로스와 아도가 솔리스테어 상회로 가야겠지만, 델사시스가 크레스톤에게 볼일이 있어서 나온 김에 제로스의 집으로 찾아왔다.

집 앞에는 짙은 녹색의 메탈릭 컬러인 레트로 자동차가 있었고, 델사시스 공작과 부하들이 그것을 흥미롭게 바라보고 있었다.

【마도식 모터 캐리지】를 한마디로 설명하면 『말이 없는 마차』가 가장 적절할 것이다.

본래 대시보드는 말이 달리며 튀는 진흙이나 돌을 막으려고 마부석 아래에 설치한 판자지만, 말이 없는 자동차에서는 무용지물이었다. 그 대시보드를 위로 올라오도록 크게 만들고, 바퀴를 좌우로 움직이는 핸들과 시동을 거는 키박스를 달았다. 야간 주행을 고려해 라이트 대신 【마도식 램프】도 표준 장비로 설치했다.

초보자의 눈으로 봐도 하나 알 수 있는 점은 오픈카라서 비 오는 날 타기는 글렀다는 것이었다.

일단 뒷좌석에는 햇빛이나 비를 막는 후드를 펼 수 있지만, 운전석까지는 닿지 않아서 운전자는 쫄딱 젖을 수밖에 없었다.

"오호, 이게 말 없이 움직이는 마도구인가⋯⋯. 재미있군."

델사시스 공작은 신사적인 언동으로 솔직한 감상을 말했다. 새로운 장사 수단에서 돈 냄새를 맡았는지 그는 야심찬 웃음을 지었다. 여자였다면 가슴이 설레겠지만, 남자에게는 무서운 웃음이다.

이 공작은 여러 의미로 위험한 남자였다.

일단 크레스톤 전 공작도 있었지만, 지금은 호기심을 감추지 못하고 마도식 모터 캐리지 주위를 돌아보고 있었다. 차를 처음 본 사람은 이런 반응을 보이나 보다.

"시동을 걸 때는 운전석 옆에 열쇠를 꽂아서 돌리세요. 마차보다 빠르지만, 주행 시간은 마석의 양에 따라서 다릅니다. 고블린 마석 열 개면 30분 정도 달려요."

"흠…… 그럼 마석 속성은? 이 마도구는 어느 속성에 대응하지?"

"마력만 있으면 속성은 상관없어요. 모든 속성에 대응한다고 생각하시면 됩니다."

"그렇군. 그럼…… 속도는 어떤가? 마차와 어느 정도 차이가 나지?"

"마차보다 빠르죠. 속도가 오르는 만큼 마력도 많이 먹지만요. 연비는 나쁜 편입니다."

"이걸 우리에게 양보하겠다고? 대신 솔리스테어, 이사라스 왕국, 알톰 황국 3국이 작업 공정을 분할하고? 그냥 우리나라에서 생산하는 편이 낫지 않나?"

정말로 아픈 곳을 찔렀다. 하지만 물러설 수도 없었다.

아마 델사시스 공작은 이미 답을 예상하고 있을 것이다.

"이사라스 왕국은 광물 자원이 많은 나라입니다. 부품 제조에는 안성맞춤이고 지금이라면 인건비도 싸죠. 솔리스테어 마법 왕국은 심장부를 만들고, 알톰 황국은 조립을 맡습니다. 그리고 메티스 성법 신국의 속물들에게 고가로 파는 거죠. 어차피 그들은 생산할 능력이 없고 마도사의 수도 적어요. 더불어 분해해도 정보가 누설되지 않도록 동력부와 마석고에 마법식 소멸 마법진을 넣을 겁니다."

"당연히 다른 나라에도 팔 생각이겠지? 유통은 어떻게 하지?"

"그때는 부품을 보내서 그 나라에서 조립하게 해야죠. 마력 모터와 마석고를 쥐고 있으면 우리가 우위에 설 수 있습니다. 기술을 배우려면 이 나라에 와야만 하죠."

"그렇군. 그렇다면 목적은 백성의 왕래를 활발히 하는 건가? 백성이 왕래하면 경제가 활성화되지. 많은 상품이 팔리거나 들어오면서 3국의 경제 발전을 도모하려는 셈이군."

"거기까지는 이미 알고 계셨을 겁니다. 기술 정보는 언젠가는 누설되는 법. 영원히 비밀을 지킬 수는 없고, 누군가가 직접 만들어 낼 수도 있어요. 중요한 건 기술을 가진 자들에게 자극을 줘서 더 큰 발전을 꾀하는 거죠. 긴 안목으로 보면 일시적인 상품에 지나지 않는 【마도식 모터 캐리지】가 언제까지고 시장을 석권할 수는 없어요. 기술자를 키우는 데 의미가 있다고 봅니다."

델사시스 공작은 제로스와 아도가 공작가의 힘을 빌리고 싶어 한다는 것을 알았다.

반대로 제로스와 아도는 델사시스 공작은 장기적으로 국내 전체의 경제 활성화를 노린다고 생각했다.

기술 진보는 많은 기술자의 연구에서 나오며, 작은 것부터 시작해 창대하게 발전한다. 현재에 만족하고 머물러 있으면 언젠가 타국의 기술자에게 추월당할 것이다.

세계대전 당시 일본을 보면 알 수 있다. 대국의 경제력과 분석력에 밀리고 고도의 기술로 전황이 뒤집혔다. 전함도 그렇고 전투기도 그렇고, 기술력이 역전되는 것은 순식간이었다.

상업도 공업도 경쟁을 해야 발전에 박차가 가해진다.

【마도식 모터 캐리지】는 그 포석이며, 강렬한 첫 자극이 될 것이다.

"메티스 성법 신국에도 마도사는 있다네. 나는 그들이 강제 동원될 가능성도 있다고 봐."

서성거리던 크레스톤 전 공작이 이야기에 끼어들었다.

"당당히 『마도사는 자연의 이치에 반하는 사교도』라고 떠드는 녀석들이에요. 이제 와서 그 말을 취소하지는 않겠죠. 그랬다가는 지금까지 설파한 가르침이 잘못됐다고 인정하는 꼴이에요. 더 고집을 피우며 마도사를 박해하겠지만, 그래도 마도구는 사겠죠."

"후안무치한 녀석들이니 그럴 만도 해. 입장상 기술 제공이나 제휴도 못 해."

씩 웃는 델사시스 공작의 박력에 아도는 자기도 모르게 위축됐다.

비즈니스 거래를 해 본 적 없는 그에게 진짜 수완가는 박력이 달라 보였다. 레벨 차이에서 오는 살 떨리는 공포가 아니라 인간성에서 흘러나오는 공포였다.

정체 모를 불길한 기운이라고 해야 할까? 방심하면 빨려 들어가는 깊이 모를 늪에 가까웠다.

역전의 용사와 같은 박력에, 아도는 등에 식은땀이 흐르는 것을 느꼈다.

"흠…… 그래서 그쪽은 뭘 희망하나?"

"간단하게 말하면 아도 군의 안전일까요. 이사라스 왕국에서 국빈으로 대접받는 그에게는 아내라는 약점이 있습니다. 그녀를 보호하고 이사라스 왕국과 경제적 교섭을 해주십시오. 메티스 성법 신국에 대한 압력도 강화해주시고요. 이 두 나라가 얼쩡거리면 본격적으로 움직이기 불편하거든요."

"제로스 공, 우리 허심탄회하게 이야기하세. 자네들…… **전생자**의 목적은 뭔가?"

"역시 알고 계셨나요? 별로 놀랄 만한 일은 아니에요. 쉽게 말하면 우리 목적은 이 세계를 4신에게서 정당한 관리자에게 돌려주는 거예요. 즉······【신】을 부활시키는 겁니다."

이미 부활했다는 말은 하지 않았다. 기업인의 정석 기술로, 핵심을 뺀 진실을 이야기해서 신뢰와 협력을 구하는 것이 목적이었다.

사신 전쟁 이후 용사 소환으로 세계가 받은 악영향. 4신의 조잡한 세계 관리와 무너진 세계 시스템. 사신 무단 투기로 죽은 자신들의 처지와 그에 대한 무책임한 대응으로 동포가 이 세계에서 죽어 나간 것. 더 나아가서는 창세신에 필적하는 신들의 분노와 이세계에 사는 생명체에 끼친 악영향.

모든 차원 세계를 구하는 성전임을 강조하고 4신 타도를 주장했다. 이미 이 세계에 시간 유예가 없다는 점도 덧붙였다.

사실 멸망이 언제일지는 모르지만, 그 부분을 강조해 위기감을 부추겼다.

"뭣이?! 나도 이더 란테에서 대략적인 사정은 알았지만, 사태가 그토록 심각했다니······."

"우리는 녀석들을 끌어내리기 위해서 투입된 자객이라는군요. 사실 사신 전쟁 시기에 대규모 용사 소환을 용인해서 한 대륙이 사막이 됐고, 특정 지역의 마력이 고갈되는 사태가 최근까지 이어졌어요. 그래도 녀석들은 멈추지 않았죠."

"조잡한 세계 관리자인가. 그들 때문에 세계의 이치가 무너졌고.【임계 돌파】,【극한 돌파】······ 믿을 수 없는 스킬이군. 그게 발동하면 인간은 버티지 못하고 소멸하나."

"느닷없이 펑 터지지는 않겠지만, 세계의 법칙이 사신 전쟁 이후 많이 변했다는군요. 게다가 이 세계에 있으면 비상식을 상식으로 인식하는 게 문제예요. 그걸 막으려는 신들도 생각보다 훨씬 심각한 상태라서 애를 먹는다고 합니다."

"우리는 이 사태를 타개하기 위해서라도 자유롭게 움직여야 해요. 부탁합니다! 우리에게 힘을 빌려주세요!"

아도가 진심을 담아 머리를 숙였다.

속으로는 사태의 중대함에 불안을 느끼고 있었으리라. 권위 있는 인물이 힘을 빌려준다면 이보다 든든할 수 없다.

하지만 제로스는 결코 방심하지 않았다. 델사시스 공작은 이런 상황에서도 자기 잇속을 챙기는 몹시 상인 정신 넘치는 인물이었다.

"그나저나 어디서부터 손을 대야 할까. 이사라스 왕국은 문제가 안 되지만, 메티스 성법 신국은 벼랑 끝에 내몰리면 무슨 짓을 저지를지 몰라. 신중하게 대처해야 해."

"만악의 근원인 메티스 성법 신국의 힘을 빼앗는 게 당초 목적이었죠. 4신도 신앙하는 자들이 없으면 방해하기 힘들어질 겁니다."

"그렇군. 그래서 경제력으로 힘을 깎겠다는 말인가? 다행이라고 해도 될지 모르겠지만, 나라를 붕괴시킬 정보도 우리가 쥐고 있어. 흠…… 혹시 자네들이 최강의 자객 아닌가? 경비대에 붙잡히는 전생자는 자네 둘을 숨길 연막이겠지."

델사시스 공작은 지금까지 들은 정보로 전생자를 보낸【신】의 의도를 유추했다.

"에로무라 군 같은 사람이 또 있었나요……."

"있었지. 예전에 그와 같은 노예 하렘을 만들려던 자와 장기니 체스니 하는 상품을 들고온 자도 있었어. 상품 이름은 다르지만, 그런 놀이 도구라면 이미 존재하는데 말이야. 그 외에 고성능 마도구도 있었는데, 양산할 수 없는 물건을 가지고 온들 내가 뭘 할 수 있겠나?"

"우리 파벌로 들고 온 물건 말이로군. 너무 정교해서 해석하기 힘들었지."

"그거, 돈이 없어서 다른 생산직이 만든 아이템 처분하러 다닌 거 아니야?"

전생자가 가장 먼저 직면하는 문제는 생활에 필요한 자금 마련이었다.

용병은 힘든 일을 강요받는 어려운 직업이며, 생물을 나이프로 해체하는 작업도 초보자에게는 정신적으로 힘들다. 편하게 돈을 마련하려면 소지품을 팔 수밖에 없다.

"그러니까 우리는 거기 있는 아도 공의 안전, 정확하게는 부인의 안전만 고려하면 된다는 뜻이군? 그리고 지금까지 하던 대로 자유롭게 행동하고 싶다고?"

"저는 그거면 됩니다. 아도 군은 어때?"

"저도 자유롭게 움직이는 편이 편해요. 모르는 부하나 감시자가 붙으면 방해만 되니까요. 위험한 곳에도 자주 갈 테니까 희생은 적을수록 좋죠."

"흠…… 잘 알았네. 그렇다면 이사라스 왕국에는 내가 잘 말해두겠네. 교섭으로 그쪽을 조금 대우해주면 평가도 좋아지겠지. 물

론, 우리나라도 그만한 대가를 챙기겠지만."

""무서워!""

제로스와 아도가 동시에 반응했다.

델사시스 공작에게는 거스를 수 없다. 고양이 앞의 쥐가 어떤 기분인지 지금이라면 알 것 같았다.

이 다음 날부터 유이와 리사, 샤크티는 제로스 집에서 크레스톤이 사는 솔리스테어 가문 별장으로 옮겨 갔고, 아도도 제로스의 집을 들락거리게 됐다.

그리고 며칠 후, 이사라스 왕국에 사절단이 파견됐다.

넉넉한 선물과 향후 경제 활성화에 관한 계획을 들고…….

아도는 이사라스 왕국의 마도사의 신분으로 솔리스테어 마법 왕국에 남아 외부에서 나라를 위해 힘쓰겠다는 거짓 전언을 전했다.

그것을 들은 이사라스 왕국 국왕은 눈물을 흘리며 감격했다고 한다.

실제로 경제가 활성화되는 계획을 전달했으니 국왕은 그 이야기를 의심 없이 믿었다.

나중에 보고를 받은 아도는 굉장히 마음이 아팠다고 한다.

델사시스 공작과 교섭하고 며칠 후, 제로스 집에 있던 아도는 큰문제를 깨달았다.

그것은 바로—.

"돈이 없어!"

그 한마디가 전부였다.

아도가 이사라스 왕국에서 솔리스테어 마법 왕국으로 올 때 국왕과 군부는 어떻게든 연결 고리를 만들려고 자금 원조를 제의했지만, 아도는 이사라스 왕국에 은혜를 베풀기만 하고 돈이나 훈장은 일절 받지 않았다. 이용당하지 않기 위한 선 긋기였다. 역사에 해박한 샤크티의 조언에 따른 것이었다.

여행 비용은 물건을 팔아서 조달했다. 처음에는 【소드 앤 소서리스】의 아이템을 팔까 싶었지만 너무 위험하다고 생각해 포기하고, 우연히 이사라스 왕국 산악 지대에서 채굴한 소량의 보석을 팔아서 여기까지 왔다.

다만, 보석이라고 해봤자 품질은 그다지 좋지 못했고 이사라스 왕국 내에서도 보석은 큰 가치를 지니지 못했다.

오히려 식량 가격이 비싸서 보존 식품을 샀더니 숙박비 정도밖에 남지 않았다.

그런 이유로 아도 일행은 돈에 쪼들리고 있었다.

"제로스 씨, 돈 좀 빌려줄래요?"

"나는 있지, 돈을 빌려주면 인간관계를 망친다고 생각하거든. 아도 군에게는 빌려줄 수 있지만, 나한테 너무 기대지 말아주면 좋겠어. 가족 중에도 그런 거머리가 있어서 예민해…….."

제로스에게 기대어 봤지만, 난색을 보였다.

돈 문제로 안 좋은 기억이 있음을 직감하고 돈 빌리기를 포기했다.

"아도 씨, 어쩌지! 우리 앞으로 생활비를 벌 수단이 없어! 메이드 급료도 나오려면 아직 멀었고…….”

“저택에서 메이드 일을 해? 이러면 정말로 용병이라도 되는 수밖에 없나……. 하지만 그 일을 시작하면 도적 퇴치를 해야 할 텐데.”

“살인은 하기 싫어. 아무리 범죄자라도 내가 목숨을 빼앗을 권리는 없어.”

“아니, 너희는 메이드 일을 그만둘 수 없잖아. 이 경우에는 내가 돈을 벌어 와야지. 하지만 도적 퇴치는 솔직히 하기 싫어~.”

용병은 처음에는 돈을 별로 벌지 못한다.

여러 차례 의뢰를 달성해 신뢰와 실적을 쌓아야 랭크가 오르고 의뢰 금액도 늘어난다.

당장 용병으로 등록해봤자 한 사람이 입에 풀칠하기도 빠듯하다.

“마석이라도 팔지 그래? 기브리즈 마석이 있지 않아?”

“기브리즈 마석은 가격이 떨어졌어요. 시장에 대량으로 풀려서.”

“아하…….”

옆에서 끼어든 아저씨는 그 말에 수긍하고는, 시험관에 든 액체를 플라스크 속에 따랐다.

가볍게 흔들어 색이 거뭇거뭇한 보라색으로 변하자 약초를 갈아서 뻑뻑하게 졸인 액체를 똑같은 플라스크에 넣어 증류하려고 다시 끓였다.

방에는 병원이나 보건실에서나 맡던 약품 냄새가 충만했다.

“근데 제로스 씨…… 뭐 하는 거예요?”

“마법약 만드는 중인데? 어제 신선한 약초를 몇 가지 사서 오랜만에 조합하고 있어.”

"그 방법이 있었나! 마법약이라면 어디에서든 팔려. 물건에 따라서는 일확천금도 노릴 수 있어!"

"너무 좋은 물건을 팔면 눈치 빠른 녀석들이 쫓아다닌다?"

"아도 씨, 우리는 조합법을 모르는데……."

"나는 바느질 정도라면 가능해. 일단 직업 스킬도 있으니까 액세서리라도 만들어서 팔까?"

아도에 비해 샤크티와 리사는 생산직으로서 능력이 부족했다.

하지만 이 세계에서는 그게 어떤 반응을 보일지 미지수였다.

용병이 안된다면 다른 기술로 먹고살 길을 찾을 수밖에 없었다.

"내가 【조합】이고, 리사가 【재봉】……."

"나는 【세공】이야. 간단한 브로치라도 만들까? 다행히 이사라스 왕국에서 얻은 금속이 많으니까."

"훗…… 도구라면 있어. 재료가 있다면 쓰도록 해."

"제로스 씨…… 가끔 장인 흉내 내는데, 그거 하지 마요. 대체 누구냐고……."

"그냥 백수 아저씨지!"

"있는 그대로 들으면 쓸모없는 인간이잖아!"

바보 같은 대화를 나누는 사이 리사는 레이스를 짜기 시작했고, 샤크티는 금속 덩어리를 꺼냈다. 마법진도 펼쳐진 것을 보아 간단한 【마도 연성】을 사용하는 모양이었다.

"잠깐, 샤크티! 네가 어떻게 【마도 연성】을 써?! 생산직 아니었잖아? 그건 【연금술】 직업 스킬을 올려야 할 텐데? 그렇게 레벨이 높아?"

"어? 생산직 히든 이벤트로 신전에 미스릴 반지를 200개 바쳤더니 스킬을 주던데? 나는 도우미였는데 【알케미아 신】이 강림해서 스킬을 주고 레벨도 대폭 올려줬어."

"".......""

제로스와 아도가 모르는 편리한 이벤트가 있었나 보다.

【소드 앤 소서리스】에서는 잊을 만하면 이런 히든 이벤트가 튀어나왔다. 열심히 스킬을 수련한 고생을 생각하면 두 사람은 분노마저 느꼈다.

재료를 소진해서 수도 없이 광석을 채굴하러 다니는 고행 같은 반복 작업이었다. 이 세계 드워프들의 악독한 일터와 마찬가지였다.

"말도 안 돼……. 누구는 피땀 흘려 배운 마도 연성을 그렇게 쉽게……."

"재료를 수없이 날려 먹은 내가 바보 같구만……. 그 고생은 대체 뭐였지? 설마 히든 이벤트가 있었을 줄은……."

"그리고 연성 성공 확률을 높이는 팔찌도 받았어. 마도 연성 기능이 일정 레벨에 도달할 때까지 경험치 50퍼센트 상승 효과가 붙은 아이템……."

""장난쳐어어?!""

생산직을 목표로 하는 사람은 변태 플레이어로 치부됐다.

그 이유는 상위 장비를 만들 수 있는 단계까지 가기 위해 버려지는 재료 아이템이 어마어마하기 때문이었다. 성공률도 성공률이지만, 처음에는 품질도 낮아서 일종의 고행을 이어 나가야 했다.

특히 제로스는 초기에 솔로 플레이를 해서 필요한 물품을 구하려면 생산직이 될 수밖에 없었다.

그 덕택에【섬멸자】라고 불리는 경지까지 도달했으나, 가능하면 생산직에게 더 빨리 구제 조치를 해줬으면 했다.

"하하하…… 구제 조치인가. 생산직은 마조— 제한 플레이의 영역이었으니까."

"생산직 유저가 늘어난 이유가 있었네. 반복 작업이 너무 심해서 운영진이 크게 인심 쓴 건가? 하려면 더 빨리할 것이지."

운영진—【소드 앤 소서리스】를 비밀리에 관리하는 자들.

제로스와 아도는 그들이 누군지 알지만, 리사와 샤크티는 알지 못했다. 알려주지도 않았다.

두 사람은【소우라스】와 함께 지하에 있는 사신 알피아를 찾아간 일을 떠올렸다.

"안녕, 새로운 동포. 이제야 눈을 떴구나?"

『……이계의 관측자— 아니, 단말인가. 설마 그런 자를 보낼 줄이야.』

"그만큼 이 세계가 위험하다는 뜻이야. 그러니까 너를 당장에라도 부활시키려고 해. 그러기 위해서 이들에게 협력받을 거야. 사실 그게 다는 아니지만."

『나를 재생하는 것 말고도 역할이 있다고? ……그렇군. 이 녀석들은 신을 죽일【이레이저】의 역할도 수행하는 건가. 그 머저리들을 말살할 생각이군.』

"음, 조금 달라. 신을 죽이는 힘은 있지만, 이들의 역할은 너를 부활시킬 존재력 수집과 행방불명인 이계의 혼 회수야. 네 부활을 우선할 테니까 큰 기대는 없지만."

꿔다 놓은 보릿자루가 된 제로스와 아도는 둘의 대화를 조용히 듣고 있었다.

『용사…… 아니, 지금은 【항체】라고 표현할까? 그들의 혼을 회수할 수 있긴 한가? 세계의 법칙에 영향이 미칠 정도로 변질한 것들이야. 시스템에 파고들었을 텐데?』

"응. 하지만 조금이라도 회수하는 편이 좋잖아? 가만히 놔둬서 시스템에 더 개입하면 붕괴가 빨라져. 접촉한 혼에 신호기만 달아도 우리로서는 큰 도움이 돼. 거기서 나올 수만 있으면 회수는 쉬우니까. 그런 이유로 두 사람과 계약을 맺어줘. ……아니, 이런 경우에는 성약이라고 해야 할까?"

용사란 본래 이 세계에 이상이 발생했을 때 소환되는 특수한 존재다.

예를 들어 이상 진화한 끝에 섭리를 망가뜨릴지도 모를 생물, 강대한 힘으로 세계에 직접 간섭하는 지성체 등 세계에서 일탈한 존재를 말살하기 위해 소환된다.

소환한 이상은 돌려보내야 하지만, 4신교는 그들을 죽여서 이 세계를 위기에 빠뜨렸다. 용사들의 영혼 회수는 알피아에게도 급한 불이었다.

『그대는 돕지 않나?』

"그러고 싶지만, 시스템을 장악하느라 여력이 없어. 단말로는 이게 한계야."

소우라스는 미안한 투로 대답했다.

제로스와 아도는 아무리 신이라도 다른 세계에 개입하는 것은 어렵다고 이해했다.

전생자라는 이름으로 자객을 보내는 것만 해도 신들에게는 아슬 아슬한 조치였으리라.

게다가 소우라스는 4신을 쓰러뜨리라고는 하지 않았다.

어디까지나 세계에 영향을 미치는 이물질을 회수하고 관리자 부활을 우선하라고 했다.

『이계의 혼 정도라면 회수하지 못할 것도 없지만, 나도 모두 회수할 수는 없다. 무엇보다 기능 대부분이 휴면 상태야. 4신에게 관리 권한을 되찾지 않으면 손쓸 방도가 없어.』

"그것도 알아. 그건 우리가 책임지고 선별해서 정보를 보낼게."

『나를 부활시키는 데 필요한 제물이 이 근처에 있나?』

"마침 이상 진화한 마물이랑 드래곤이 북쪽에 있으니까 이들에 게 맡기려고 해. 레이드 보스라고 하나? 그 녀석의 존재력을 흡수하면 너는 바로 부활할 수 있어."

이야기가 끝났는지, 소우라스와 알피아가 제로스와 아도를 보고 말했다.

『"그렇게 됐으니까 드래곤을 퇴치해(줘)."』

""다짜고짜 한다는 말이 드래곤 퇴치?!""

◇　◇　◇　◇　◇　◇　◇

　자기네끼리 이야기하다가 자기네들끼리 정해서 갑자기 드래곤을 잡으라고 했다.

　알피아의 부활은 바라는 바지만, 레이드 보스급 마물이라면 두 명으로는 버겁다. 억지에도 정도가 있었다. 그 후 한바탕 따지고 들었으나, 결국 밀리고 말았다.

　그렇다. 제로스와 아도는 지금부터 단둘이 드래곤을 퇴치해야 한다.

　이런 이야기를 리사와 샤크티에게 어떻게 하겠는가.

　특히 유이는 임신한 몸이다. 괜한 걱정을 끼쳐서 배에 있는 아이에게 영향이 가면 안된다.

　"……그래서 언제 사냥하러 가요?"

　"으음…… 지금 너는 가난하니까 필요한 물자는 내가 해결할게. 하지만 앞일을 생각하면 생활비도 벌어 둬야겠지?"

　드래곤 퇴치에 필요한 물자는 지금 가진 물건으로 충당되겠지만, 아도의 생활비만큼은 어떻게 해줄 수 없었다. 어느 정도 저축이 필요했다.

　"앗, 드래곤 재료를 팔면 되겠다."

　"그러면 무조건 소란이 벌어지잖아. 와이번이랑은 달라."

　"그럼 다른 마물을 사냥하죠. 희귀한 마물이면 그럭저럭 돈이 될 거예요."

　"정말로 괜찮을까…… 불안해."

이렇게 제로스와 아도는 드래곤 퇴치와 생활비 벌이를 동시에 하게 되었다.

두 사람은 출발할 때까지 가급적 리사와 샤크티에게 들키지 않도록 철저한 준비에 들어갔다.

누가 뭐래도 상대는 레이드 보스급 마물이니까—.

제8화 사신은 시간을 축내고 있었습니다

아카식 레코드.

그것은 모든 차원 세계의 정보를 모은, 상상을 초월하게 광대한 데이터베이스.

원초의 차원 세계부터 존재했으며, 무한히 넓어진다.

그리고 모든 차원 세계의 정보를 한곳에 모은다.

접속 권한은 관리자 능력에 따라서 결정되며 현재 알피아 메이거스가 열람할 수 있는 영역은 다른 신들보다 훨씬 넓고 깊었다.

예를 들어 인간이 【신】이라고 부르는 자연 발생형 존재는 일정 수준의 문명과 기술 지식밖에 열람할 수 없다. 그들은 다른 세계의 정보를 이해하지 못한다.

하지만 관측자는 우주 창조부터 다른 세계의 정보까지 폭넓게 열람할 수 있다.

무한한 차원 세계를 흐르는 다양한 에너지 상황과 수백 년 규모의 미래 예측까지, 정보만 얻으면 불가능할 게 없다.

더 나아가서는 관리하는 세계를 자신이 원하는 형태로 재구축할 수도 있다.

그밖에도 많은 일이 가능하며, 거기에는 인간의 머리로는 이해하지 못하는 고등 지식도 무한히 존재한다.

그런 아카식 레코드에 시간이 남아도는 알피아가 접속하면 어떻게 되는가?

정답은, 『논다』.

『으오오오?! 피닉스 모드는 무적이라도 합체 파츠가 분리된 상태에서 파괴되면 모으기가 힘들군.』

그녀는 뇌에 인스톨한 어느 세계의 고전 게임을 즐기는 중이었다.

사람의 형태를 하고 있어도 그녀는 일종의 슈퍼컴퓨터였다.

인간이 시간을 들여서 노는 게임 따위, 알피아에게는 식은 죽 먹기였다. 미숙하다고는 하나 정보 처리 속도가 무시무시하게 빨라서 게임을 순식간에 공략해 버렸다.

하지만 그러면 재미가 없으니까 정보 처리 능력을 인간 수준으로 떨어뜨리는 철저함까지 보였다. 병렬 사고로 게임 데이터와 플레이어의 조작을 따로 처리하는데, 어떻게 보나 재능 낭비였다.

『흠, 다음에는 뭘 하고 놀까……. 온라인 RPG는 혼자 해도 재미가 없을 테고.』

『그럼 잠깐 이야기를 들어줄래?』

알피아의 의식에 누군가의 목소리가 개입했다. 아니, 목소리보다 의지라는 표현이 정확하리라.

얼마 전에 알게 된 누군가의 의식이 직접 그녀에게 연결됐다.

『뭐냐, 소우라스냐?』

『반응이 너무 쌀쌀맞은걸? 바쁜 와중에 연락했는데 말이야. 요전에 맺은 성약, 기억하지?』

『그야 물론. 레이드 보스급 드래곤과 싸우기 싫다고 떼를 쓰는 걸 억지로 밀어붙이기는 했지만. 그게 왜?』

『조금 문제가 있어서 조정해뒀어. 이제 네 부활은 정해진거나 다름없어.』

『그 문제가 뭔지 궁금한데.』

『그럼 설명해줄게.』

소우라스는 문제의 개요를 설명했다.

성약은 사람과 신이 나누는 계약으로, 용사 소환 시스템도 이 부류에 들어간다.

제로스와 아도가 나눈 계약— 성약은 존재력(제로스가 생각하는 경험치) 【확보】와 【양도】였다. 하지만 【양도】할 때 존재력의 일부가 다른 곳으로 방출되어 버리는 문제가 있었다.

『원인은 알았어. 열 명 정도의 이세계 혼이 시스템을 파고들어서 이레이저들과 직접 연결되지 못했던 거야. 시스템을 기동하고 그들과 바이패스를 이을 건데, 회수한 혼은 나중에 조정해줘. 송환은 우리도 도울테니까.』

『그것도 부활한 뒤에나 가능해.』

『그건 그 두 사람에게 맡겨야지. 네가 완전체가 되지 않으면 신역 시스템의 프로텍트가 풀리지 않아. 다만, 서둘러야 해. 지금 상황이 좀 급하거든.』

이계에서 관측자나 관리 능력자가 올 줄은 알았지만, 소우라스의 반응으로 보아 사태가 상당히 급박한 모양이었다.

그만큼 프로텍트가 강력하다는 증거이기도 했다.

『흐음…… 변질한 생물의 생체 에너지를 영체끼리 연결해 내게 보내고, 섭리를 정상화하면서 육체 구축과 강화에 이용하나? 하지만 내가 기능을 완전히 되찾을 때까지 시간이 부족하겠구먼.』

『그 바보들을 붙잡아야 해. 사실 네가 완전체로 돌아가지 못해서 혹성 하나가 소멸하는 건 큰 문제가 아니야. 최악의 경우 다른 차원까지 영향을 미친다는 거지. 이건 그걸 예방하기 위함이야.』

『항체 강화 프로그램의 폭주와 침식을 멈춰야 하고, 이곳에 머무는 이계의 영혼을 윤회의 굴레로 돌려보내야 해. 불완전하더라도 바빠지겠군.』

『와…… 굉장히 능력 있는 아이잖아? 그 사람은 왜 이런 아이를 봉인했대? 그 바보 아가씨들보다 훨씬 뛰어나— 아니, 비교 불허인데 말이야.』

『못생겨서 그랬다는군.』

알피아의 대답에 소우라스는 머리를 쥐어뜯으며 한탄했다.

『아아…… 그 사람이라면 능력보다 외모를 중시하겠지. 그게 이런 사태를 낳다니…….』

관측자와 잘 아는 사이였는지, 짧은 대답을 듣고 다 이해하는 눈치였다.

『그럼 네 P*ωxσ×(발음 불가) 코드를【이레이저】에게 직접 연결할게. 지금부터 그들이 흡수한 생체 에너지는 너에게 바로 흘러들

175

거야.』

『그렇게 해라. 그나저나 이레이저라…….』

외계의 관측자가 문제를 일으킨 차원 세계에 보내는 자, 【이레이저】.

【이레이저】란 세계 관리를 게을리하거나 악용한 【신】을 제거하는 암살자이며, 관측자가 보내는 최강의 패였다.

이레이저의 능력은 보내는 관측자에 따라서 다르지만, 정도의 차이는 있어도 용사와 비교가 되지 않는 힘을 가졌다. 반쯤 신에 가까운 존재라고 해도 좋았다.

용사가 병을 치료하기 위한 항체 백신이라면, 이레이저는 병원체와 함께 몸까지 파괴하는 맹독. 신들조차 사용을 주저하는 금기의 존재이기도 했다.

잘못 다루면 세계 붕괴에 박차를 가할 수도 있었다. 4신의 행실과 전임자인 관측자의 무책임한 관리 때문에 이 금기나 다름없는 수단을 취할 수밖에 없었다.

『그 바보들은 외계 관리자에게 그만큼 심각한 사안이란 말인가…….』

『바꿔 말하면 이레이저밖에 보내지 못했어. 이런 일은 처음이지 않을까?』

『이 차원은 대체 얼마나 고립된 세계지? 아무튼 알겠다. 바로 링크를 시작하도록.』

『누가 보면 내가 후배인 줄 알겠네. 그럼 시작할게. 하나, 둘~.』

““흐갸아아아아아아아아아아아아아아아아아아아아아아!””

『『……응?』』

사념으로 대화하던 두 사람은 알아채지 못했지만, 위에서 두 사람의 비명이 들렸다.

그렇게 알피아와 이어지기 위한 영혼의 바이패스가 생겼고, 그 영향으로 제로스와 아도의 몸에 격통이 퍼졌다.

원래는 인간이 견딜 재간이 없지만, 이레이저는 인간과는 동떨어진 생명체였다. 기절은 해도 죽지는 않는다.

어쨌거나 알피아 메이거스가 완전히 부활하는 날은 머지않았다.

그것도 기절한 아저씨와 아도의 손에 달렸지만, 아무튼 신과의 계약—【성약】은 맺어졌다.

◇　◇　◇　◇　◇　◇　◇

제로스는 마법약을 제조하고 있었다. 그렇다고 하루종일 책상머리에만 앉아 있지만은 않았다.

기분 전환 삼아 외출하거나 밭일도 해야 했다.

"아야야…… 아직도 몸이 아파."

"방금 그 격통은 뭐였지~? 아직도 몸이 저리구만……."

뜬금없이 닥친 격통으로 잠시 정신을 잃었지만, 곧바로 깨어난 제로스는 아도에게 받은 【포르타】를 밭에 심고 있었다.

"에고고…… 왜 나까지 밭일을 하나 몰라."

"아도 군, 『일하지 않는 자, 먹지도 말라』라고 하잖아. 식객이 아무 일도 안 하고 놀고먹으려고?"

"그럴 생각은 아니지만, 우리가 할 일은 따로 있잖아요?"

"유이 씨와 네 파티를 크레스톤 씨 별장에 맡겼으니까 그만한 성과를 내야지. 이 포르타는 여러 용도로 쓸 수 있어. 말려서 빻으면 밀가루 대용품으로 쓸 수 있지."

이 세계의 밀은 논에서 키우는데, 수확량을 늘리려면 당연히 논을 넓혀야 한다. 논은 단순한 밭과 달리 까다롭고 번거롭다.

하지만 포르타는 다르다.

한랭지나 산악 지대에서도 안정적으로 재배할 수 있고, 겨울에는 줄기나 잎을 쪄서 설탕으로 만들어 낸다. 그러고 남은 찌꺼기도 가축 사료나 비료로 이용할 수 있어서 버릴 게 없다.

이사라스 왕국 전체에서 적극적으로 재배하면 식량 자급률을 높일 수 있겠지만, 아직은 먼 미래의 이야기다.

지금은 이사라스 왕국의 식량 사정이 좋지 않아서 솔리스테어 마법 왕국은 소국끼리 결속을 강화하기 위해 변방 농촌에 명령해 포르타 재배를 시작했다. 이 일에는 제로스와 아도는 관련되지 않았다. 아마 델사시스 공작이 몰래 수를 쓴 듯했다.

"이 암석 감자, 나는 이제 물렸어요……."

"돈 떨어졌을 때를 대비해서 오래 가는 식량이 필요하잖아? 이 인근에서 재배하면 성장이 빠르니까 바로 유통할 수 있고, 나도 버터랑 간장을 넣어서 감자조림을 먹고 싶으니까."

"보존 식품…… 그건 그렇지만, 마물을 잡아서 돈 되는 부위를 파는 게 이득 아니에요?"

"너무 강한 마물을 잡아도 환금하려면 시간이 걸린다? 희귀한 재료는 가격 책정에만 최소 일주일은 걸려. 드래곤의 재료라면 가격이 얼마나 붙을까?"

잘게 썬 포르타를 땅에 묻으며 진지한 이야기를 나누는 현자 두
명. 실로 기묘한 광경이었다.

"적당한 사냥터라도 있으면 좋겠는데."

"게임이 아니니까 편의성을 고려한 사냥터 같은 건 없겠지."

"그렇긴 해요. 사냥도 할 수 있고 계약 조건도 채울 수 있는 곳이
있을 리가……."

그때 생각났다. 두 사람은 어차피 사신을 부활시키기 위해 이상
진화한 드래곤과 싸워야 한다. 존재력 획득을 겸한 제물— 이 세
계를 위해서라도 이상 진화종은 처치해야만 하고, 드래곤 서식지
는 이더 란테보다 북동쪽에 위치한 산악 지대였다.

【소드 앤 소서리스】에서는 이더 란테 위쪽 지상이 초보자 사냥터
였다. 어쩌면 가는 길에 사냥할 곳이 있을지도 몰랐다.

심지어 진화 정도에 따라서는 보통 마물보다 고가에 팔릴 가능
성이 높았다.

아도는 돈을 벌고 드래곤도 처치한다.

드래곤 사냥은 필수 사항이지만, 딴짓하지 말고 똑바로 가라는
말은 하지 않았다.

"제로스 씨, 잠깐 괜찮을까요?"

"어라? 루세리스 씨, 무슨 일이시죠?"

미안한 표정으로 제로스에게 말을 건 사람은 루세리스였다.

생각에 빠져 그녀가 다가오는 줄도 몰랐다.

이곳이 싸움터였으면 치명적인 허점이었다.

"약을 제조하는데 재료가 조금 부족해서요……. 남으면 팔아주실 수 없을까요?"

"일단 무슨 재료인지 알아야겠네요. 뭐가 부족하시죠?"

"【설소초 뿌리】예요……."

"해열 작용이 있는 【설소초 뿌리】 말입니까? 아쉽지만 가진 게 없네요. 정 급하면 구해올까요? 어차피 나갈 일도 있고."

"정말이요? 감사합니다. 상비약을 만드는데 양이 부족해서 곤란하던 참이에요."

이 시점에서 아도의 사정 따위 알 바 아니게 됐다.

만약 아도가 거절해도 아저씨 혼자 갈 것이다.

"상비약? 미리미리 구비해 두려고요?"

"아뇨, 다음 주에 광장에서 바자회가 열리는데, 거기서 팔려고요. 이래 봬도 약사 스킬이 있으니까 필요한 분께 팔고 싶어요."

"요즘 약초 재배 농가가 늘어서 약초값이 떨어졌다고 하던데, 혹시 약값도 떨어졌나요?"

"그렇지는 않아요. 우리 약이 효과가 좋은지 제법 좋은 값에 팔려요. 약이라고 하면 마법약을 연상하는 분도 있지만, 마법약보다 평범한 약이 인기가 더 좋아요."

"오호라, 유효 기간 때문일까요? 그나저나 바자회라……. 나도 가게나 내볼까. 참가는 누구나 가능한가요?"

이 세계에도 바자회와 벼룩시장이 있었다.

일용품, 특히 헌 옷이 자주 나오며 때로는 물물교환으로 거래되기도 했다.

의류를 만들려면 당연히 옷감이 필요한데, 실이나 무명, 마 등을 준비하기도 번거로웠다. 그래서 헌옷은 흔히 재이용되는 편이었다.

물론 식기 같은 중고 잡화를 파는 사람도 많아서 신품을 사는 경우는 드물었다.

신품은 서민이 사기에는 부담이 크기 때문이었다.

빈말로도 풍족한 생활이라고는 말하기 어려웠다.

"아도 군, 용돈 벌 생각 없어? 이번 기회에 바자회에 나가 보자."

"바자회? 뭐, 상관은 없지만……."

"그리고 사냥하러 갈 거야. 우리 일도 해결할 겸 산을 넘어야 하니까 설원에 갈 수 있게 대비해 둬."

"너무 느닷없잖아요?! 아직 준비도 안 됐다고요!"

"쇠뿔도 단김에 빼라고 하잖아. 우리는 늑장 부릴 여유가 없어."

"이보세요…… 방금까지 밭일하던 사람이 할 소리예요? 여유 넘치잖아요?"

생각나면 즉시 행동하는 아저씨는 타인의 사정 따위 일절 고려하지 않았다.

그리고 다행히도 아도의 사정을 잘 알기 때문에 거절하지 못 할 것이라고 계산하여 꺼낸 말이기도 했다.

"리사와 샤크티는 두고 가요?"

"어지간한 마물은 해치울 수 있겠지만, 대산림 지대나 미개척지는 뭐가 있는지 몰라. 안전을 생각해서 우리끼리 가자."

"미개척지……? 어디 가려고요?"

"어디긴 어디야, 【설소초 뿌리】를 캐려면 당연히 산악 지대지. 이

181

181

더 란테 위쪽에 도시가 있었을 거야. 이 세계의 상황도 직접 눈으로 보고 싶으니까 확인차 가보자. 아도 군은 돈도 벌어야 하니까 사냥 한판 가자고! 겸사겸사 가는 거니까 전~혀 부담될 거 없어."

【소드 앤 소서리스】에서 이더 란테 위에 존재하던 도시는 이벤트 거점으로, 초보 플레이어가 가장 많이 이용했다.

만약 존재하더라도 지금은 폐허일 테지만, 게임 지식이 적용된다면 산악 지대에 자라는 약초가 많이 나는 곳이었다.

아도의 용돈벌이도 되니까 일석이조. 아니, 드래곤 퇴치가 주목적이니까 사실상 일석삼조였다.

"그럼 가볼까, 아도 군? 식량은 내가 살 테니까 바로 출발하자!"

반론 따위 듣지 않겠다는 자세로 즉시 행동을 개시했다.

루세리스에게 부탁받은 약초도 채집하고 알피아가 완전체가 되기 위해 마물도 많이 잡아야 했다.

아저씨는 그것들을 전부 『겸사겸사』 해치우겠다고 한다. 의외로 성질이 급한지도 모르겠다.

"제로스 씨 성격은 여전하네. 어째 닥치는 대로 전쟁을 걸어서 죽은 자를 제물로 마왕을 부활시키려는 악마 숭배자가 된 기분이야……."

"아마 맞을걸? 하는 짓은 똑같으니까. 무의미하게 죽어 나갈 마물이 불쌍하구만."

"무슨 이야기죠? 제물?"

""아무것도 아닌데요? 그냥 기분이 그렇다는 거지…….""

남자 두 명은 말실수를 허겁지겁 수습했다.

괜히 관련되면 위험할 수 있으므로 신에 관한 이야기는 모르는 게 약이었다. 특히 4신교에 알려지면 계획이 수포로 돌아갈 수 있었다.

"─그렇다면 마물 재료를 팔 수 있다는 말이죠? 자금을 벌 기회인가?"

"어라? 그러고 보니 마물 재료를 팔려면 용병 길드에서 자격을 얻어야 하지 않았나? 아도 군은 길드에 용병으로 등록했어?"

"아뇨, 필요 없다고 생각해서 안했어요. 귀찮은 규칙이 있었네……."

바자회에 참가하려고 해도 상품을 만들 재료비가 필요하다.

지금 아도 일행에게 그럴 여윳돈이 있을 리 없었다. 아도는 이번 기회에 조금이라도 돈을 벌기로 결심했다.

또한, 앞일을 생각해서 용병 길드에 등록해두면 길드가 중개인이 되어 상인과 거래하기도 편할 것이다. 아도의 머리에 온갖 타산이 떠올랐다.

"돈이 필요하면 용병 길드에 등록해둬도 손해 볼 건 없을 거야. 용병 길드는 각국에 있고, 자유롭게 나라를 오가는 신분증도 돼. 유명해지고 싶지 않다면 흔한 소재 아이템을 대량으로 팔면 되지 않을까? 너무 많이 팔아서 시세가 떨어질 것 같기도 하지만."

"그럼 다른 나라에 팔아도 되죠? 메티스 성법 신국은 빼고."

"이웃 나라 정도라면 아마도? 바로 등록하러 갈 거야?"

"집도 사고 싶으니까 좀 벌어 둘까……."

아도의 신원 증명은 이사라스 왕국이 해주지만, 어디까지나 손님 신분이었다.

정식적인 신분 증명이 필요하다면 용병 등록은 좋은 방법이었다.

"그럼 바로 안내할게요. 가는 김에 마석도 팔아서 당장 필요한 돈을 충당하면 어떨까요?"

"기브리즈 마석이 있긴 한데 가격이 폭락해서…….."

아도는 인벤토리에 흘러넘치는 갈색 악마의 마석을 떠올렸다.

시세가 떨어져서 큰돈은 바랄 수 없지만, 용병 길드에 등록할 자금으로는 충분하고도 남는다. 대량으로 가지고 있어도 쓸 곳이 없으니까 파는 편이 이득이었다.

"기브리즈가 뭐죠?"

"루세리스 씨, 놈들에 관해서는 모르는 편이 낫습니다. 부엌을 기어 다니는 악마의 무리는 상상하고 싶지도 않을 테니…….."

"확실히 그건 상상하기 싫네요…….."

"수녀님…… 얼굴이 창백한데? 괜히 생각하려고 하지 마. 우리도 호되게 당했으니까."

루세리스가 상상한 것은 부엌에 출몰하는 작은 벌레였지만, 제로스와 아도가 마주친 것은 거대한 곤충형 마물이었다.

그 공포는 비할 바가 아니었다.

"【설소초 뿌리】는 잘 알았습니다. 내일부터 구하러 가죠."

"죄송해요, 제로스 씨. 원래는 제가 가야 하는데…….."

"파워풀한 아이들이 있으니까 어쩔 수 없죠. 적재적소입니다."

"그럼 나도 바로 용병 등록을 하고 올까."

"시험으로 고랭크 용병과 시합을 하지만, 아도 군이라면 쉽게 이기겠지. 따라가도 심심풀이나 될까?"

"싸우는 건 난데 무슨 심심풀이예요? 힘 조절은 지신이 없는데 잘 될까나 몰라."

남자 두 명이 나란히 걷는 모습은 솔직히 말해서 공허했다.

뒤에서는 루세리스가 잘 다녀오라고 인사하는 소리가 들렸다.

"제로스 씨, 저 수녀님이랑 결혼 안 해요? 척 봐도 마음이 있잖아요."

"나이 차이가 신경 쓰여서 좀처럼 입이 안 떨어져. 장난으로 말할 때는 쉽게 나오는데 말이야~. 이미 임자 있는 너는 모를 고민이겠지."

"하긴, 아저씨는 저 나이대의 딸이 있어도 이상하지 않을 나이지. 그래도 저런 미인이면 노리는 남자도 많지 않아요?"

"그 전에 용기를 쥐어짜야지. 지금은 생각할 시간이 필요해……."

"의외로 숙맥이네……."

제로스의 결혼도 문제지만, 지금은 아도의 생계비가 더 급한 불이었다.

곧 한 아이의 아버지가 될 그와 아내인 유이에게는 반드시 안정된 저축이 필요했다.

향후 생활을 위한 계획을 이야기하며 두 마도사는 거리로 나갔다.

 ## 제9화 아도, 용병 길드에 등록하다

용병 길드— 기본적으로 무법자 집단이라는 인상이 강하며, 사실 틀린 말도 아니었다.

도시나 마을, 혹은 상인이나 주민의 의뢰로 마물 퇴치 및 호위를 하며 생활하는 이들의 조직이지만, 보통은 거친 일이 특기인 터라 건달 예비군이라고 해도 과언이 아니었다.

그들은 D~A, S 같은 랭크로 나뉘며, 민중의 신뢰와 길드 평가, 무엇보다 능력 있는 자일수록 랭크가 높아진다. 신출내기 용병이라면 장비를 맞추기만 해도 생계가 힘들어지는 사람이 많고, 제대로 돈을 벌려면 그에 상응하는 노력과 기술과 지식이 요구되는 어려운 직업이다.

또한, 그런 건달 예비군 집단이라면 일 처리에 애로사항도 있어서 최근에는 조직 운영 방침을 바꿔 용병들의 의식 개혁이 한창이라고 한다. 일반인의 의뢰가 밥줄인데, 싸움이나 벌이다가 경비대에 잡혀가는 상황은 좋지 않다고 판단했으리라.

최근에는 용병 전문학교 덕분에 신입도 늘었지만, 동시에 무모한 젊은이가 다치는 사례도 속출했다. 이 문제를 해결하고자 졸업생에게는 임시 면허로 E랭크를 부여해 현지 연수를 마쳐야 D랭크 용병으로 인정하는 제도로 조정됐다. 이런 세세한 대응은 용병 길드가 인재 육성을 얼마나 중요시하는지 알 수 있는 대목이었다.

참고로 정보 출처는 이리스와 쟈네였다.

"제로스 씨……."

"왜, 아도 군."

"우리, 엄청나게 주목을 사는 것 같지 않아요?"

"마도사가 용병이 되는 일은 드무니까 주목할만도 하지. 신경 쓰지 말고 당당하게 있어."

용병에 마도사가 적은 이유 중 하나가 비교적 유복한 집안이 아니면 이스톨 마법 학교에 입학할 수 없기 때문이었다.

　마도사는 보통 학자에 속해서 마법을 배우려면 제법 돈이 든다.

　당연히 고아나 농민, 건달 예비군에서 용병이 된 자는 마도사들에게 무시당하는 일이 많다. 교양이 없다는 부분에서 큰 벽을 쌓는 것이다.

　"그래도 요즘은 마도사도 체력이 필요해졌어. 학교에서도 근접 전투를 가르친대."

　"그러니까 지금 우리를 노려보는 이유는 그것 때문이에요? 우리 잘못이 아니잖아……."

　"그리고 용병도 마법 스크롤을 살 수 있게 됐으니까 마도사는 필요 없다고 생각하는 용병도 늘었다고 해. 물론 마법 스크롤을 살 수 있는 용병은 길드 심사에서 합격한 사람뿐이라고 하지만."

　"마법을 범죄에 사용하면 문제가 되니까 심사는 필요하겠죠. 행실이 안 좋은 인간이 마법을 다루면 골치 아파요."

　마법은 범죄에 악용되면 문제가 많았다.

　특히 과학 수사가 발달하지 않은 이 세계에서는 마음만 먹으면 완전 범죄가 가능했다.

　예를 들어 간단한 보조 마법에 속하는 【슬립 클라우드】. 이 마법은 잠을 유발하는 구름으로 상대의 행동을 막는 효과가 있다.

　【애시드 미스트】도 독 안개로 적을 약화하고, 경우에 따라서는 살인도 가능해서 범죄에 이용되면 범인을 찾기 힘들다.

　용병 중에서도 랭크나 타인의 평가를 심사 기준에 넣어 고평가를 받은 사람만이 마법 스크롤을 살 수 있는 자격을 얻는다.

또한, 마법 스크롤을 산 사람은 리스트에 기록되며 어떤 마법을 배웠는지 용병 길드와 기록을 공유하므로 마법이 악용되었을 때 수사하기 용이하다.

최근 통과된 법안인데, 이 새로운 법률에도 구멍이 있어서 문제가 해결되려면 아직 시간이 필요했다.

"마법 스크롤은 한 번 마법을 배워도 다시 쓸 수 있지 않아요? 이제 와서 그런 규정을 만들어도 늦지 않나?"

"예전에 만든 마법 스크롤은 그래. 하지만 회수하기가 어려워. 일단 판매가의 절반 가격에 재구매하고 있지만, 회수율이 좋지 않대. 다행히도 마력이 일정량 없으면 마법 자체가 발동하지 않고 연비도 안 좋아. 무식한 용병이 마법을 배워도 금방 뻗어 버릴 테니까 괜찮겠지, 뭐."

"그거, 불량품이잖아요. 그럼 요즘 나오는 스크롤은 어떤데요?"

"마법을 잠재의식 영역에 옮기면 스크롤이 소멸해. 예전 스크롤보다 사용하기도 쉬워서 평판이 꽤 좋아."

마법 스크롤을 그렇게 고친 사람이 아저씨 본인이라는 사실은 숨겼다.

"그런 정보는 어디서 조사했어요?"

"신문이지. 아도 군도 신문 정도는 읽어두라고. 의외로 정보가 많이 들어온다?"

"그나저나…… 그 스크롤, 제로스 씨가 퍼뜨린 건 아니겠죠? 비슷한 물건이 기억 속에 있는데……."

"글쎄다~. 그보다 어서 등록이나 해."

마법 스크롤 판매의 뒷배경에 틀림없이 아저씨가 있다고 확신했다. 아도는 시치미 떼는 아저씨를 얄밉게 흘겨보면서 접수처로 갔다.

"어서 오세요~. 무슨 용건으로 오셨나요?"

"용병으로 등록하고 싶어."

"마도사님 두 분이신가요? 드물지만 Yo-Hey! 길드는 어떤 분이라도 받아주지 Baby. 규정은 지켜주셔야 하지만요."

"왠지 도중에 랩이 낀 것 같지만…… 등록은 나만 해. 뒤에 있는 아저씨는 이미 등록했어."

"OK예요. 인력 부족인 Yo-Hey! 길드 가입 신청, 땡큐 베리 감사! 뻐킹 마도사 꼴도 보기 싫지만, 인력 부족은 어쩔 수 없지! 등록 롸잇 나우, OK?"

빌어먹을 접수원이었다.

겉보기에는 정장 차림의 커리어 우먼 같지만, 대화 도중에 자꾸 랩을 끼워 넣었다.

"아무리 마도사가 마음에 안 들어도 그렇게 노골적으로 말해도 돼?"

"Oh-Yeah, 빌어먹을 마도사, 학교 출신! 싸움도 못하면서 나대는 애송이, 신경만 긁어! 배틀에는 안 나가, 해체도 못해서 재료도 못 얻어. 쓸모없는 마마보이 Baby! 겁쟁이 Heart, 나는 환멸을 느껴! 똥을 약에 쓰고 말지, 일이나 해 불쉿. 입만 산 마도사, 리얼 Go-home. Fu—."

"평범하게 말해……. 게다가 나는 마법 학교 안 나왔어. 타국 출신에게 왜 시비야?"

"크흠! 실례했습니다. 마법 왕국이라고 불리지만, 솔직히 마도사에게는 아무런 기대도 하지 않아요. 지금까지 여러 마도사가 용병으로 등록했지만, 대부분 입만 살았고 의뢰를 제대로 달성하는 분은 적어서요."

아도는 무심결에 제로스를 돌아봤다.

적어도 아저씨는 웬만한 용병보다 강하고, 의뢰도 쉽고 빠르고 달성할 실력이 있었다. 그런 아저씨가 용병 일을 하지 않았을 리 없다고 생각했다.

"아도 군, 나는 용병 길드에 등록하기는 했지만, 다른 일에 필요해서 등록했을 뿐이야. 딱히 용병 일을 할 만큼 돈이 궁하지도 않고, 하고 싶어서 한 것도 아니야."

"아니, 용병으로 등록했으면 조금이라도 의뢰를 받으시죠. 이상한 편견 때문에 나 같은 신참이 피해를 보잖아요."

"그건 개인의 자유 아닌가? 그리고 마도사 대우가 개선되기를 바란다면 아도 군이 열심히 하면 되잖아?"

"맞는 말이지만, 석연치가 않네……."

제로스는 틀림없이 강하지만, 용병 일을 할지 말지는 본인 자유였다.

원래 하고 싶은 일을 하고 싶은 대로 벌이던 사람이라서 아도의 사정에 맞춰 움직일 것 같지는 않았다.

그래도 마도사 대우 개선에 조금만 공헌해주면 어디 덧나냐는 생각도 들었다.

"그럼…… 기입해, 신청 용지. 잘 들어, Crazy boy. 우리 실력자와 싸워서 END. 고맙게 받으시지, 길드 카드 Pooou!"

"……이 접수원 누나, 랩 안 하면 죽는 병이 있나?"

"실례했습니다……."

""진짜 실례네요…….""

손님에게 취할 태도가 아니었다.

성실하게 업무를 보기는 하지만, 뭔가를 잘못 건드리면 피버 타임에 들어가는 모양이었다.

생긴 것과 달라도 너무 달랐다.

아무튼 아도는 접수원에게 안내받아 안쪽 방에서 강습을 받게 되었다.

◇　◇　◇　◇　◇　◇　◇

강습을 받으러 간 아도를 기다린 지 한 시간째.

아저씨가 길드 내 술집 카운터에서 에일 맥주를 마시는데 안쪽에서 휘청거리며 걸어오는 아도가 눈에 띄었다.

척 보기에도 상당히 지친 듯 보였다.

"오, 돌아왔구만."

"죽겠어요……. 그 접수원, 처음부터 흥분해서 랩으로 설명해 대는데 무슨 소리인지 알아먹을 수가 없어요……."

"그래도 기본적인 내용만 기억하면 되지 않아?"

"모르는 부분을 물어보려고 했더니 왠지 랩이 데스 메탈로 바뀌고, 끝내는 동요까지 섞어서 노래로 설명해요……."

"듣고 싶으면서도 듣고 싶지 않은 묘한 기분이……. 거참 참신한 음악 구성인걸."

"『규정, 기억하고 있습니까?』라고 말해도 머리에 들어와야 말이죠. 심지어 마이크를 놓을 생각도 안 해요……. 골목대장이 차라리 낫지."

아도는 한 시간 사이에 부쩍 수척해졌다.

듣기로는 접수원의 가창력은 좋았지만, 어지럽게 변하는 템포로 길드 규정을 노래했다고 한다.

하지만 노래가 너무 신경 쓰여서 규정 자체가 머리에 들어오지 않으니 의미가 없었다.

"신인 용병이 몇 명 있었지만, 오타쿠 댄스로 응원이나 하고 자빠졌고……."

"무슨 지역 아이돌이래?"

"헷…… 떨림 창법이 제법이었죠. 태클 걸다가 지쳤어요."

"트로트도 있었어?! 태클 걸다가 지친 거야?!"

"결국 길드 규정 설명서를 받았어요. 그 강습은 들으나 마나예요……."

이 세계에는 독특한 음악 문화가 있나 보다.

그리고 길드 규정은 강습보다 설명서를 읽는 편이 빠를 듯했다.

"이제부터 실전 테스트지? 아도 군, 괜찮겠어?"

"그럭저럭요……. 몸을 움직여야 머리가 편해요."

"상식적으로 네가 떨어질 리는 없겠지."

제로스는 전에 용병으로 등록하기 위해 길드 마스터와 대련한 적이 있었다.

자신의 힘을 덜 파악한 시기였지만, 길드 마스터의 공격을 어렵지 않게 모조리 막아 냈다. 비슷한 힘을 가진 아도가 못 할 리는 없었다.

"제로스 씨도 S랭크가 됐죠? 그럼 나도 쉽겠네."

"앗, 아도 군……. 여기서 부주의한 말을 꺼내면 귀신같이……."

조심성 없이 꺼낸 그 말을 듣고 주위 용병들이 이마에 핏줄을 세우거나 말없이 의자에 일어났고, 어떤 이는 이미 무기에 손을 대고 이쪽을 노려보고 있었다.

'아이고…… 다혈질이 많은 여기서 그런 소리를 하면 싸우자는 거지. 조금만 더 말을 골라서 하지.'

이미 늦었다.

용병들은 아도를 둘러싸고 당장에라도 덤벼들 듯 분노에 찬 살의를 내뿜고 있었다.

"형씨, S랭크가 쉽다고~? 우리 용병이 우스워?"

"따끔한 맛을 봐야 정신을 차리겠군?"

"죽일까? 지금 당장 죽일까?"

아마도 클랜이나 파티를 짠 자들 같았다. 다들 같은 장비거나 비슷한 가격대의 물건을 장비했다.

다들 동일 랭크의 용병이라고 봐도 문제없을 것이다.

"저기…… 저 왜 둘러싸였죠……?"

"그야 다혈질인 사람들 앞에서 『S랭크 따위 식은 죽 먹기』라고 자랑했으니까. 건방진 신참에게 세상의 쓴맛을 알려주려는 거 아닐까?"

"어…… 혹시 나, 실수했나?"

"실수했지~."

일촉즉발의 상황에서 제로스는 냉정하게 주위를 돌아봤다.

얼마 되지 않지만 제로스와 아도에게서 강자의 기운을 느꼈는지, 아니면 위험이 삶의 일부가 되어 위기 감지 능력이 발달했는지, 용병 중에는 움직이지 않는 자도 있었다.

아마 아도를 둘러싼 자들보다 상위 랭크 용병일 것이다.

그리고 이런 사태는 일상다반사라서 접수원이 익숙하게 중재에 나섰다.

"Hey! 길드에서 싸움은 규정 위반Yo. 싸우려면 밖에서, 싸려면 Hotel에서. 민폐 행위는 Non, non, non."

"아가씨는 빠져! 이 꼬맹이는 용병을 우습게 봐. 큰 사고 치기 전에 우리가 주먹으로 교육해줘야지."

"손가락 두세 개 정도 부러지면 제 분수를 알 거야."

"하는 김에 다리도."

"갈비뼈도 잊지 마."

더는 수습될 상황이 아니었다.

"제로스 씨, 어떻게 좀 해줘요. 내가 살짝만 때려도 크게 다칠 텐데 위자료라도 요구하면 어떡해요?"

"너는 이 상황에 위자료 걱정이니? 거기 계신 접수원분."

"부르셨나요?"

"수습하긴 글렀으니까 이 사람들이랑 아도 군을 싸우게 해요. 분수를 알 필요가 있는 건 저쪽이니까."

""""""뭐라고?!""""""

제로스는 남자들의 살기를 받으면서 접수원에게 자기 용병 카드를 건넸다. 그녀는 표정으로 드러내지 않고 눈빛만으로 『S랭크? 정말로?』라며 놀랐다.

"저들의 용병 랭크는 얼마죠?"

"그게…… 평균 B랭크겠네요."

"그럼 전부 이기면 아도 군을 A랭크 정도로 올려줄 수 있어요? 이 사람은 강해요. 다름 아닌 제가 키웠으니까요."

제로스의 말을 듣고 접수원은 숨을 헉 삼켰다.

그 말은 이 청년은 S랭크 용병에게 훈련받은 실력자라는 뜻이었다.

"그건 길드 마스터가 결정할 일이라서……."

"그럼 길드 마스터에게 물어봐 줄래요? 이래 봬도 바빠서 등록도 후딱 해치우고 싶거든요."

"알겠습니다……. 잠시만 기다려주세요."

특기인 랩도 잊고 접수원은 허둥지둥 길드 마스터에게 허가를 얻으러 갔다.

얼마 지나지 않아서 그녀는 돌아왔다.

"제로스 님, 길드 마스터가 허가했습니다. 아도 씨와 B랭크 용병 일동님, 대련을 인정합니다. 투기장을 쓰셔도 돼요."

""""""우오오오오오오오오오오, 죽여주마!""""""

합법적인 싸움— 대련이 가능해지자 분노로 불타던 용병들은 크게 환호했다.

그에 비해 제로스는 『상대 역량을 파악하지 못해서야 더 높은 랭크로는 못 올라갈 텐데』라고 생각하며 무사태평하게 상황을 지켜봤다.

"뭐, 저들에게도 좋은 공부가 되겠지."

"제로스 씨, 이래도 돼요?"

"어쩔 수 없잖아? 이러지 않으면 수습이 안되는데……. 힘은 조절해야 한다? 저들은 너보다 훨씬 약하니까."

"하삼 마을에서도 이랬던 거 같은데……. 하는 수 없지, 적당히 후다닥 해치울까."

아도는 우울하게 한숨 쉬었다.

하지만 원인을 따지면 그의 부주의한 말이 초래한 결과였다.

"그럼 여러분, 투기장에 모여주세요."

"아~, 귀찮아."

"이 애송이, 끝까지 건방져."

"편하게 죽지는 못할 거다."

"실컷 괴롭혀주지, 히헤헤헤헤."

아도와 용병 집단이 안쪽 문을 통해 투기장으로 향했다.

"제로스 님, 길드 마스터가 잠깐 이야기를 나누고 싶어 하십니다. 괜찮다면 와주실 수 있을까요?"

"응? 길드 마스터가요? 어려운 부탁을 했으니까 이야기 정도라면……."

"그럼 이쪽으로 오시죠."

제로스도 길드 마스터를 찾아갔다.

태풍의 눈이 사라진 뒤, 시비를 걸지 않고 이곳에 남았던 용병들은 아도의 숨을 뱉었다.

"그 녀석들, 죽었군."

"저런 괴물에게 싸움을 걸다니……. 다음에 같이 의뢰를 받기로 약속했는데 다쳐서 그러지도 못하겠군. 병문안이라도 가줄까."

"목숨이라도 붙어있다면 감사해야지. 잘못하면 종교에 빠질지도 몰라."

문 너머로 사라진 불쌍한 동업자의 명복을 빌었다.

그들은 건드려서는 안될 것을 건드렸다. 그만큼 위험한 2인조였다.

아도는 실전 테스트라는 이름의 결투를 위해서 투기장으로 왔다. 감시차 따라온 길드 직원이 훈련용 목검을 고르게 했다.

기본적으로 무기는 뭐든 다룰 줄 알아서 적당한 목도를 골랐다.

"이거면 됐어. 그럼 빨리하고 치우자."

"그, 그렇게 도발하면……."

용병들을 보면서 귀찮은 투로 내뱉은 도발적인 발언…….

"저 자식이…… 끝까지 자기가 잘난 줄 알고."

"반만 죽이려고 했는데, 더는 못 참아."

"아, 괜찮아. 제대로 조절할게. 앗, 그리고 혹시 몰라서 말해 두는데, 잘못 맞아서 죽어도 내 책임 아니다?"

"""""죽는 건 너다아아아아아아아!"""""

당연히 불에 기름을 붓는 격이었다. 용병들은 더더욱 흥분했다.

"에휴, 못 살아. 슬슬 시작해주세요. 우선【숲 매】클랜의 몽블랑부터."

"헤헤헤, 운이 없군. 나는 이래 봬도 B랭크 중에서 최강이라고. 안심해, 한 방에 끝내줄 테니까."

몽블랑이라고 불린 남자는 대검을 쓰는 거한이었다.

반라에 심장 정도만 지키는 정도의 방어구를 장비하고, 그 외에는 정강이 보호대와 건틀릿으로 팔다리를 보호하는 파워 타입으로 보였다.

한 방에 무게를 싣는 대신 방어력이 낮을 거라고 아도는 판단했다.

"맛있어 보이는 이름이네……. 잡설은 됐으니까 어서 덤벼."

"나를 케이크라고 부르지 마아아아아아아아아아아아!"

그는 아무래도 자기 이름에 콤플렉스가 있는 모양이다.

아도가 『말 안 했는데』라고 생각했는지 어떤지는 몰라도, 나무 대검을 치켜든 몽블랑은 자신 있는 강검으로 찍어 누르고자 거구에 어울리지 않는 속도로 맹렬히 달려왔다.

모두가 이제 끝이라고 생각한 순간, 달려온 몽블랑을 통과하듯 아도가 그의 등 뒤에 섰다.

""""……어?""""

그 직후 보게 된 광경은 몽블랑이 땅에 쓰러진 모습이었다.

"느려. 하품 나오네."

"다, 다음! 같은 클랜의 샤기."

이번 상대는 모히칸 헤어의 남자였다.

"이번에는 닭 벼슬이냐? 가끔 생각하는데 왜 굳이 그런 머리를 하고 다녀? 나는 창피해서 도저히 못 따라하겠다."

"나, 나를 닭대가리라고 부르지 마아아아아아아아아아아아!"

그리고 똑같은 패턴으로 허무하게 격파당했다.

이때가 되어서야 용병들은 겨우 이해했다. 눈앞에 있는 청년이 범상치 않은 기량의 소유자임을.

하지만 후회한들 이미 늦었다.

"전부 한꺼번에 덤벼. 한 명씩 상대하기도 귀찮아."

또 도발적인 발언이었지만, 용병들은 역량 차이를 깨닫자마자 주눅이 들어 움직이지 않았다.

아니, 움직이지 못했다.

"안 오면 내가 간다? 그러지 않으면 끝이 안 나니까. 원망하지 마라?"

""""오, 오지 마아아아아아아아아아아아아!""""

용병이란 사냥꾼인 동시에 전사다.

자신의 역량을 알고 상대와의 힘 차이를 파악하지 못한다면 목숨이 오가는 싸움터에서 살아남을 수 없다.

아도에게 싸움을 건 자들은 어디 나오는 전설의 칼잡이처럼 날뛰는 아도에게 모두 사이좋게 하늘에 날려졌다.

아저씨는 아도의 싸움을 길드 마스터의 방에서 구경하고 있었다.

"쟤는 무슨 만화 주인공인가……."

"대단하군요, 저 사람……."

회사 사무원 같은 길드 마스터와 제로스는 아래에서 펼쳐지는 일방적인 섬멸전을 보고 감탄의 한숨을 내쉬었다.

"그나저나 방금 그 건은……."

"미개척지에서 얻는 마물 소재를 여기에 팔아 달라고요? 괜찮습니다. 저는 몰라도 아도 군은 공작가에 고용된 사람이 아니니까요."

"그럼 부탁드리겠습니다. 최근 소재 유통이 지나치게 안정적이라서 시세가 떨어지고 있어요. 미개척지의 소재는 용병들의 의욕을 자극하겠죠."

"그 대신 목숨을 걸어야겠지만요……."

용병 길드는 상업 길드와 연계해 다양한 소재를 유통하여 상호 이익을 취하는 관계지만, 최근에는 안전한 방법만 택하는 용병이 많아서 소재 시세가 하향 곡선을 그리고 있었다.

용병들이 같은 마물만 노리면 시장에 나도는 소재는 늘어나지만, 당연하게도 가격은 떨어진다.

상인들은 미지의 마물 소재를 기대하건만, 파프란 대산림 지대에 발을 들이는 용병은 적었다.

그렇다고 용병들에게 위험을 감수하라고 말할 수도 없는 처지였다.

"상인 길드란 곳도 억지가 심하네요."

"안정된 소재를 거래하는 건 좋지만, 매물이 너무 풀려도 문제군요."

"……어째 길드 마스터라는 인상이 약한 분이네요. 굳이 따지면 자잘한 일거리를 떠안은 공무원 같아요."

"그런 말 자주 듣습니다. 물론 보편적으로 상상하는 그런 인물도 있죠. 지부는 보통 세 명의 길드 마스터가 운영하는데, 어디나 그런 사람이 한두 명은 있어요. 우리 길드에도 한 명 있고요."

"그렇군요……."

용병 길드는 24시간 영업한다.

야간 근무까지 고려하면 교대 인원이 필요한 것은 직원이나 길드 마스터나 매한가지였다.

"……슬슬 끝나겠군."

"마지막 한 명이……."

말이 끝나기 전에 마지막 용병이 땅에 쓰러졌다.

이날부터 아도가 거리를 걸을 때마다 용병들이 머리를 숙이게 됐다.

그중에는 『형니이이임~!』이라고 소리치는 사람도 있다나…….

 제10화 최강 콤비, 설산에 가다

이른 아침, 루세리스는 일과인 예배를 끝내고 아침 식사 준비에 들어갔다.

재료를 꺼내려고 냉장고 문을 열었는데 난감하게도 달걀이 없었다.

"큰일이네. 수프에 쓰려고 했는데……."

교회 아이들은 정말 잘 먹는다.

아침부터 스스로 몸을 단련하고 밭일도 하며 매일 자원봉사로 용돈을 번다.

기운이 펄펄 넘치는 성장기 아이들은 결코 식사 예절이 좋다고
는 말할 수 없을 만큼 대단한 식탐을 자랑한다.

음식이 아무리 많아도 부족하다.

물가가 낮지 않으면 교회에서 아이들을 돌볼 수 없다.

나라에서 주는 지원금은 새 발의 피라서 살아가는 것만으로도
벅찼다.

아무리 의료 활동으로 수익을 얻어도 루세리스 한 명의 벌이로
는 아이 다섯 명을 양육하기 힘들어 언제나 허리끈을 꽉 졸라매고
살았다.

만드라고라 수익도 대부분 생활비로 사라져서 약을 제조해 팔아
야 간신히 여유가 생기는 정도였다.

그 대신 수확할 때마다 매번 정신적 피해를 입어야 했지만…….

'메이케이 씨에게 조금만 나눠달라고 하자. 제로스 씨도 다 먹지
못하니까 가지고 가도 된다고 하셨고.'

옆집 아저씨는 꼬꼬를 키웠다.

매일 몇 개씩 낳는 알도 일주일이면 상당히 많이 쌓여서 혼자서
는 도저히 처리할 수 없었다.

아저씨도 곤란했는지, 버리면 아까우니까 마음대로 가져가도 된
다고 말했다.

가끔 집을 비우고 돌아오면 다 먹지 못할 만큼 달걀이 쌓이기 때
문이겠지.

나쁘게 말하면 재고 처분이지만, 루세리스는 순수하게 선의로

받아들였다.

그녀의 마음속에서 아저씨는 상당히 고평가되고 있었다.

"죄송하지만 호의에 기대는 수밖에……."

가슴 앞에 손을 모으고 감사의 기도를 올렸다.

루세리스의 기도는 4신이 아니라 제로스의 대수롭지 않은 선의에 대한 감사였다. 애초에 그녀는 신을 믿지 않았다.

원래 아이들과 같은 고아였던터라 신에게 기대려는 생각은 전혀 없었다.

그녀가 믿는 것은 사람의 선한 마음이었다.

하지만 모르는 사람이 보면 기도하는 그녀의 모습이 마치 성녀처럼 보이리라.

호의를 받으면 다른 방법으로 돌려준다. 그것이 루세리스의 성의 표시였다.

하지만 옆집 아저씨는 뭐든 혼자서 해결하니까 루세리스가 갚을 방법이 거의 없었다.

"하아…… 어떻게든 은혜를 갚고 싶은데. 그보다 달걀을 받아오지 않으면 아침 식사가 늦어지겠어."

신세만 져서 미안한 마음이었지만, 지금 루세리스가 제로스를 위해서 할 수 있는 일은 아무것도 없었다.

'이대로 결혼하면 제로스 씨가 집안일을 전부 해버릴지도 몰라. 여자로서 이래도 될까?'

평소에는 차분한 성녀 같은 루세리스도 결혼을 꿈꾸는 나이였다.

집안일은 그럭저럭 자신이 있지만, 독신으로 집안일을 혼자 해결해왔던 아저씨와는 경력이 달랐다.

요리뿐 아니라 다른 면에서도 쫓아갈 수 없는 차이가 있었다.

한편, 루세리스는 볼에 손을 대고 『설마 내가 연상 취향일 줄은 몰랐어……』라는 생각에 빠져 있었다.

단정한 외모의 미남보다 우수하면서 강렬한 개성이 있는 아저씨가 인간적이고 매력 있어 보였다.

─사실 얼굴만 잘생긴 남자는 신관 수행 시절에 많이 봤고, 친구라면 몰라도 애인이나 남편으로 삼을 생각도 없었다.

아무리 얼굴이 잘생겨도 삿된 욕망을 숨기지 못하고 가슴이나 엉덩이를 힐끔거리는 시선을 항상 느끼던 상황에서 이성으로서 연애 감정을 가질 수는 없었다.

어떤 의미로는 불우한 처지였다고 할 수 있겠다.

"그래도 설마 연상을 사랑하다니……. 후우, 제로스 씨가 먼저 고백해주지 않을까."

그리고 대담한 말을 꺼내고 말았다.

다행히 이곳에는 아무도 없었다.

만약 그녀에게 마음이 있는 남자들이 있었다면 삶을 비관해 엉뚱한 짓을 했을지 모를 폭탄 발언이었다.

하지만 루세리스에게 그런 자각은 전혀 없었다.

사랑에 빠진 여자는 다른 사람의 시선 따위 아랑곳하지 않는 법이다.

"아차, 이러고 있을 때가 아니야. 달걀을 받아와야지."

루세리스는 교회 뒷문으로 나가서 제로스의 집으로 갔다.

아이들은 오늘도 배가 고팠다.

"흐냐아아아아~?!"

"풍게에에에에엑!"

"초베리카초롱사마아아아아아!"

"고기는 설화유우우우욱!"

루세리스가 제로스 집 앞에 오자 오늘도 아이들이 기운찬 괴성을 지르며 하늘을 날고 있었다.

선명한 붉은 털 꼬꼬, 메이케이 사범이 던져 버린 것이었다.

"푸케라아아아아아!"

그리고 이리스도 똑같이 하늘을 날았다.

최근 자주 보는 광경이었다.

루세리스도 처음에는 불안하게 지켜봤지만, 지금은 익숙해지고 말았다.

왜냐하면—.

""""""냥파라링#6!""""""

다섯 명이 낙법을 배웠기 때문이었다.

다시 공중 높이 날아가도 3회전 반 공중 돌기로 자세를 바로잡고 발가락부터 깨끗한 포즈로 착지했다. 올림픽에 나가도 될지 모른다.

#6 냥파라링 만화 『시골뜨기 대장』의 고양이 캐릭터가 낙법을 쓰며 외치는 대사를 패러디한 것.

이리스만 아직 좀 익숙하지 않은지 착지하고도 균형을 잃었지만, 귀엽게 봐주도록 하자.

오히려 짧은 시간에 이토록 성장한 점을 칭찬해야 한다.

'이건 이미 새가 아니지 않나? 그들은 어디서 와서 어디로 가는 걸까…….'

메이케이는 전광석화와 같은 기술로 다섯 명을 동시에 던져 버렸다.

루세리스의 눈에는 무슨 일이 일어났는지 모를 정도로 찰나에 펼쳐진 고속 공격이었다.

평소부터 쌀알 하나 차이로 피하는 주인 쪽이 비정상이었다.

"꼬꼬댁꼬꼬.(아직 멀었어. 이 기술을 배우면 상대방이 어떤 거구라도 손쉽게 공중에 띄울 수 있어. 몸소 기술을 느끼고 그 원리를 배우렴.)"

"""""예! 메이케이 사범님!"""""

메이케이는 마치 낚아 올리는 듯한 동작으로 꼬꼬보다 훨씬 무게가 나가는 인간을 집어던졌다.

중심을 무너뜨리거나 순간적으로 힘의 작용을 흘려보내는 등 물리 법칙이 아니라 아무리 생각해도 현실에서는 불가능한 기술이었다.

하지만 그 사실을 깨닫는 자는 이곳에 없었다.

유일하게 이리스가 깨달을 만도 했지만, 그녀의 경우『판타지 세계니까』라는 이유로 그러려니 했다.

"메이케이 사범님, 달걀을 나눠주실 수 있을까요?"

"꼬끼오꼬.(닭장 뒤에 새끼가 태어나지 않는 알이 있으니까 마음대로 가져가세요.)"

"감사합니다.(언제나 그렇지만, 왜 말이 통할까? 다들 이상하게 생각하지 않는 걸까?)"

꼬꼬와 의사소통이 가능한 점에 루세리스 또한 의문을 가진 모양이었다.

하지만 그 수수께끼는 생각해도 답이 나올 리 없었다.

루세리스는 신기하게 생각하면서도 닭장 뒤에 있는 선반으로 가서 꼬꼬들에게 신선한 달걀을 받았다.

닭장 앞쪽에서는 병아리들이 자유 대련을 흉내 내고 있었다.

'……그런데 이런 격투가 꼬꼬가 늘어나면 위험하지 않나?'

누구나 한 번은 품었을 의문이었다.

그건 루세리스도 예외는 아니었다.

하지만 주인이 문제시하지 않으니까 그녀가 어떻게 생각하건 상황은 변하지 않는다.

루세리스는 등에 오싹한 느낌이 들어 돌아보지만, 그곳에서는 또 아이들이 공중으로 날아가고 있었다.

착각인지 몰라도 즐거워 보였다.

"""""냥파라링!"""""

고양이를 닮은 3회전 반 공중 돌기로 낙법을 취하는 아이들.

기분 탓일까, 조금 전보다 낙법 자세가 깔끔해진 것 같았다.

◇　◇　◇　◇　◇　◇　◇

용병 등록을 마친 다음 날.

제로스와 아도는 아침 일찍부터 사이좋게 【사이드 와인더 호】로 하늘을 날고 있었다.

목적지까지는 약 세 시간이면 도착하지만, 도착할 때까지가 심심했다.

그래서 심심풀이도 겸해 제로스와 아도는 앞으로의 예정을 이야기했다.

"알피아라고 했나? 그 사신 아가씨를 부활시킨 뒤에 우리는 어떻게 해요?"

"으음, 4신을 처리하지 않을까? 부활한 직후에는 4신에게 못 이길 테니까. 원래 아도 군도 그럴 생각이었잖아?"

"메티스 성법 신국을 무너뜨릴 생각이기는 했죠. 놈들을 끌어내서 전부 없애 버릴 계획이었어요."

제로스와 아도의 목적은 이 세계에 오게 된 원인인 사신을 【소드 앤 소서리스】라는 이계에 버린 4신에게 복수하는 것이었다.

리사와 샤크티는 저마다 꿈을 위해 노력하고 있었고, 아도도 유이와의 신혼 생활을 앞두고 취업이 결정된 참이었다.

모두 미래에 희망을 품고 살아가던 이들이었다.

그 노력과 꿈을 빼앗겼으니까 복수심을 가지는 것도 당연했다.

알피아 메이거스가 완전히 부활하면 4신은 적수가 되지 못한다.

그리고 알피아와 제로스, 아도의 목적은 같아서 적대관계도 되지 않는다.

원래 사신을 부활시켜 이 세계의 관리 권한을 알피아에게 돌려놓는 것이 이레이저인 전생자의 역할이라고 들었다.

역할을 마친 전생자들이 어떻게 될지는 지금 생각해도 의미가 없었다.

"우리가 【신 살해자】라고 했지. 알피아가 부활한 뒤에는 호위가 되지 않을까? 그거 말고 역할이 있을 것 같지 않은데."

"아니, 4신뿐이라면 우리만 있어도 이길 만하잖아요? 우리가 해치워도 되지 않아요?"

"음…… 대대적으로 일을 벌이면 신자들이 귀찮게 굴거야. 맹신자는 무슨 짓을 저지를지 몰라. 가족이나 지인을 납치하거나 암살할 가능성도 있어. 어쩌면 자폭 테러를 일으킬지도."

"으으…… 그런 녀석들에게도 신자가 있다고 생각하니까 골치 아프네. 희생은 적은 편이 좋지만……."

"종교라는 게 그래. 신앙이 지나치면 자기네가 옳다고 믿어 의심치 않아. 타인의 의견 따위 듣지도 않지. 자기중심적인 생각 속에 완전히 고립되는 거야. 자애니 관용이니 말하면서도 실제로는 남에게 자기 생각을 밀어붙여. 믿음을 강요하고 거절하면 이단자 취급, 심지어 집단으로 공격해."

"그렇게 되기 전에 큰 타격을 입히고 싶네요. 얼마 전에는 기브리온을 떠넘기려고도 했고."

"너는 곧 가족도 늘어나니까 무모하게 나서지는 마."

가까운 곳에 지켜야 할 사람이 있으면 그게 약점이 된다.

가족이나 연인, 친구를 인질로 잡히면 일이 복잡해진다. 특히 아도에게는 유이가 있다.

심지어 곧 아이가 태어나는 중요한 시기였다.

"애초에 이 세계가 망가진 원인은 4신만이 아니야. 소환된 후 윤회의 굴레로 돌아가지 못한 혼이 버그가 되어서 세계의 시스템에 개입한다는 이야기 들었지? 그 영향이 생태계에 많은 영향을 미친다고 했어. 우리는 예외겠지만."

"시스템 폭주…… 세계의 섭리를 침식하고 생물에게 극적인 변질을 초래한다라……. 레벨 1000을 넘는 마물도 있을지 모르겠네요."

"음, 글쎄? 그런 마물이 있다면 평균 레벨이 100인 이 세계 사람들은 대응하지 못하겠지."

"제로스 씨…… 이 세계 평균 레벨은 200이에요. 일반 레벨이 최고 100 이상이고, 상위자가 200 전후, 달인급이 300이라고요. 유일하게 【용사】와 【초월자】가 500을 넘었지만, 300쯤부터 레벨이 안 오른대요."

"엥?"

"응?"

두 사람 사이에서 한순간 공기가 멈췄다.

"어라? 높아 봤자 100에서 150 전후 아니었어? 용사는 원래 특별하니까 제외하더라도 도시 주민이나 경비병도 대충 그 정도였고, 200 이상은 드물다고 생각했는데……. 300이라면 크레스톤 씨가 있지만, 그 나이가 되도록 단련했기 때문이라고 생각했어. 전쟁이 없는 평화로운 나라라서 레벨 성장이 느린 줄 알았지…….”

“그건 아니에요. 내가 조사한 바에 따르면 레벨 200 전후가 특히 많아요. 이 레벨의 인간은 국가의 중요한 직책을 맡아요. 기사 단장이나 장군, 혹은 왕 직속 부대의 기사들처럼. 수인족도 대부분 200 가까이 됐고요. 일반인 중 강한 자들은 클랜에 소속해서 마을 하나를 거점으로 활동해요. 농민도 마물 퇴치를 하니까 제법 강했죠. 평화로우니까 전부 레벨이 낮다는 건 어디서 조사한 정보예요?”

“공작가 별장의 서고인데? 전란기에 작성된 책에 레벨 300인 실력자가 많았다고 적혀 있었어. 실제로 200 이상은 도시에서 본 적이 없어. 내가 잘못 알았던 거야? 정말로?”

“아…… 아마 제로스 씨가 본 건 전란기에 쓴 과장된 역사서예요. 자기들 군사력을 후세에 포장하려고 의도적으로 가짜 정보를 넣었겠죠. 지구에도 그런 책 있잖아요?”

“아…… 일종의 프로파간다인가. 전시에 정치가가 자주 쓰는 수단이지……. 그렇구만, 이해했어. 주민 레벨이 낮은 건 도시의 안전에 의존해서 그렇겠지만, 모든 마을이 성벽으로 보호받지는 않으니까 레벨 200 전후인 전투 경험자가 많은 거군? 그러고 보니 다른 마을에서 레벨 감정을 거의 쓰지 않았지. 개인정보라서 의도적으로 피하고 있었어. 내가 실수했구만.”

자료로 남은 역사서가 모두 진실은 아니다. 특히 전쟁 중일 때는 허위 정보를 많이 보탤 때도 있었다. 제로스는 그 함정에 보란 듯이 걸려든 것이다.

애초에 대규모 도시나 유력자가 다스리는 도시 외에는 방벽을 갖춘 마을은 적었다.

대산림 지대만큼은 아니라도 마물도 자주 출몰하므로 농민들은 직접 싸울 수밖에 없다. 그러니 평균 레벨은 도시 사람보다 높아진다.

"이상한 점은 파프란 대산림 지대가 옆에 있는데 300레벨에 도달하는 사람이 적다는 거죠. 강한 마물과 싸우면 쉽게 오를 레벨인데."

"아도 군, 어렵게 생각하지 마. 그런 위험 지대를 개척하려고 나서는 왕족은 없고, 할 생각도 없을 거야. 용병도 먹고살려고 하는 짓이니까 위험을 피하지. 대산림 지대 인근을 어슬렁거려도 집단으로 싸우니까 경험치가 분할돼서 레벨은 잘 안 올라. 레벨 500 가까운 마물이 나오면 국가 비상사태가 선포될 정도인데, 파티 사냥을 해 봤자 경험치는 쥐똥만 할걸?"

그보다 강력한 마물이 파프란 대산림 지대 밖으로 나올 일은 없다. 먹이가 되는 동식물이 풍부한 자연계는 먹이사슬의 순환이 정상적으로 돌아가기 때문이다.

생존 경쟁에 패배한 약자가 대산림 지대에서 드물게 나타나기도 하지만, 그 대부분이 다른 마물 무리에게 잡아먹혀 살아남지 못한다.

개인의 힘과 집단의 힘이 두드러지게 드러나는 땅, 파프란 대산림 지대는 그만큼 가혹하고 위험한 곳이었다.

"나도 몸소 깨달았지. 그나저나 아도 군…… 너 왜 그렇게 역사의 뒷사정에 해박해? 솔직히 네가 관심 가질 분야가 아니라고 보는데."

"우리 파티가 이 세계의 정보를 조사할 때, 샤크티가 이런저런 예시를 꺼내면서 이곳 역사를 비판했거든요. 이 기록은 거짓이라느니, 이건 정치가가 역사를 왜곡했고 진실은 국가 단위의 음모 같다느니⋯⋯."

　"앗, 대충 알겠어. 그렇게 지구의 역사를 예로 들어서 아도 군이 기억했군⋯⋯."

　"샤크티 그 녀석, 자료를 여러 관점에서 조사해서 진실을 파악한다니까요? 역시 변호사 지망생이구나 싶었어요."

　"그렇게 들으니까 무서운걸⋯⋯. 지구에 있었으면 상당한 거물이 됐겠어. 검찰을 꽤 애먹였겠지."

　이세계에 오지 않았다면 샤크티는 유능한 변호사가 됐을 것이다.

　그녀의 통찰력은 판결을 뒤집을 수 있을 만큼 뛰어났다. 적이 아니라면 정말로 믿음직했다.

　"그러고 보니 용사들의 세계는 어떤 역사를 지녔을까요. 우리 세계와는 다른 차원에서 온 사람도 있다면서요?"

　"대략적인 부분은 비슷하대. 세세한 역사에 차이는 있나 보지만. 노부나가가 천하 통일을 했다거나 제2차 세계 대전에 참전하지 않고 해양 국가로 번영했다거나."

　"제로스 씨, 어떻게 그런 것까지 알아요?"

　"지하 가도 공사에 참가했을 때 우연히 30년 전에 소환된 생존자를 만났어. 동료와 함께 지금도 숨어서 지낸다더라."

　"생존자⋯⋯ 설마⋯⋯."

　"눈치 빠른데? 맞아⋯⋯ 녀석들은 용사를 비밀리에 암살했어.

그 사실을 현역 용사들에게 흘렸더니 바로 성법 신국을 배신했지."

제로스는 공사 현장에서 알게 된 가토에게 들은 이야기를 알톰 황국으로 가던 도중 습격했다가 붙잡힌 용사들에게 전했다.

일부러 의심을 부추기긴 했지만, 용사들은 처음부터 메티스 성법 신국에 의구심이 들고 있었다. 그래서 그들의 배신을 유도하기는 쉬웠다.

물론 권력과 향락에 빠져 의구심을 외면한 자도 있었다.

하지만 막상 자기 목숨이 위험하다고 깨닫자 그들은 망설임 없이 성법 신국을 등졌다. 사치보다 목숨이 소중하니까.

그리고 그 진실을 전한 사람이 일본인이라는 영향도 컸다. 이세계 인간보다는 같은 일본인이 믿음을 사기 쉬웠다.

용사들이 단순하고 유치한 덕이라고도 할 수 있었다.

"제로스 씨…… 왜 나한테 그 정보를 안 알려줬어요? 생각해 보면 나는 그 이야기 처음 듣는데."

"으음, 그건 소속한 나라의 문제기도 하지. 나는 입장상 솔리스테어의 편이잖아?"

"나, 제로스 씨한테 전부 알려줬는데요? 더 숨기는 건 없겠죠?"

"하하하!"

"웃어넘기려고 하지 마요! 뭘 숨기고 있어요? 빨리 말해요!"

하삼 마을에서는 수원지 일대를 통째로 날려 버렸고, 이더 란테에서는 최종 병기를 기동해 실수로 메티스 성법 신국 수도에 쏴 버렸다.

위력은 최소한이었지만, 사상자가 수백 명은 나왔다. 들키면 위험한 내용이었다.

"그렇게 숨기려는 것 보면…… 큰 사고 쳤죠?"

"오래 알고 지냈으면 대충 감이 오지? 나는 말이야, 지인 주변에 위험한 녀석들이 알짱거리는 게 싫어서 그래. 그 정보를 알면 너도 무사하지는 못할걸? 그래도 듣고 싶어?"

"됐어요."

【소드 앤 소서리스】와 현실은 정보를 다루는 방법이 크게 달랐다.

게임 시절의 정보는 기껏해야 새로운 아이템 조합법이나 숨겨진 이벤트 진행 방법 등 종류는 많지만 현실에 영향을 주지는 않았다.

하지만 이세계 전생으로 그들의 정보는 위험하게 변했다. 약품 및 마도구 제작 기술, 지구의 기계 공학 등은 하나만으로 정치, 경제에 지대한 영향을 줄 수 있었다.

특히 이더 란테의 정보는 위험했다.

아직 병기들이 가동하고 접속할 수 있다고 알려지면 다시 전쟁의 시대가 도래한다.

누가 뭐래도 최종 병기나 다름없으니 야심 있는 국가에서는 군침을 흘릴 것이다.

함부로 발설할 정보가 아니었다.

"아도 군도 지켜야 할 가족이 있으니까 위험한 정보는 멀리하는 편이 나아."

"비상식적인 마도사라는 인식만으로도 성가시긴 하죠. 특히 이 사라스 왕국 국왕이 어찌나 귀찮게 구는지……. 눈물, 콧물 짜면서 『아도 공~, 나는 어찌하면 좋소! 뭔가 좋은 방법 없겠소~!』라며 매달리는데…….”

“국왕이라면서 왜 그렇게 자존심이 없어? 소심하다고는 들었지만 심하네…….”

“무능하지는 않지만, 유능하지도 않아요. 가신 앞에서는 왕답게 체면을 차리지만, 주전파가 언젠가 일을 낼까봐 불안해 죽으려고 해요. 솔리스테어 마법 왕국에는 감사하고 있겠죠. 광석도 적정가로 거래해 주니까 재정적으로 희망이 보였을 거예요.”

“중간 관리직이 갑자기 사장이나 회장으로 발탁되면 그런 느낌일까? 부하를 제대로 지도하지 못해서 고통받는……. 가신이 보고하지 않게 되면 위험해지겠어.”

주절주절 수다를 떨면서도 【사이드 와인더 호】는 산 사이를 지나 이더 란테 위쪽에 도착했다. 산간부에 통기구 건물이 점점이 떨어져 있고, 그 주위 숲은 눈으로 뒤덮였다.

“이쯤에서 방한복을 입을까?”

“그러죠. 지금 장비로는 오래 머물기 힘들겠어요. 설마 이것도 쓰게 될지는 몰랐네요.”

사이드 와인더 호를 공중에서 정지시키고, 두 사람은 인벤토리에서 서둘러 방한복을 꺼내 입었다. 역시 겨울 하늘은 조금 추웠다.

소재는 리바이어던 피막으로, 방어에 특화한 마법 부여와 방한 가공을 겹겹이 두른 일급품이었다. 보온 효과가 있는 결계를 펼칠 수도 있었다.

“응? 생각보다 발전하지 못했나……? 도시 규모가 작아 보이네요.”

제로스와 아도가 잘 아는 형태의 건물이 폐허로 남아 옛 문명이 급속도로 쇠퇴했음을 전해줬다. 유적의 규모로 봐서 크게 발전하기 전에 멸망한 것으로 추정됐다.

"그런가 보네. 이더 란테가 가장 새로운 도시 아니었을까? 하늘에서 보기에는 군사 시설 같구만."

폐허가 된 격납고와 활주로가 남아 있고, 어떻게 봐도 민간 공항 같지는 않았다.

무엇보다 다리가 여덟 개인 다각 전차가 고철이 되었고, 쓰러진 탑의 잔해 끝에는 포신이 네 개 달린 고사포가 설치되어 있었다.

그 앞에는 부자연스럽게 움푹 파인 땅이 강력한 공격이 있었음을 증명했다.

"아이고…… 이건 그거구만. 사신 아가씨의 공격으로 이 기지가 날아간 거야. 도시로 보이는 잔해들은 아마 병영 아니었을까?"

"군사 방어 도시라는 말이에요? 【소드 앤 소서리스】에서는 비행선이 날아다니는 산간 지역의 경제 도시였는데."

"멸망하지 않았으면 그렇게 됐을지도 모르지. 나는 이더 란테를 제3 신도……."

"어허, 그만! 범용 인간형 병기는 개발 안 했어!"

"……찾으면 있을지도."

"……불길한 소리 하지 마세요. 나는 아직 생명의 수프로 돌아가기 싫다고요."

모 인간형 병기가 존재하는지 어떤지는 넘어가고, 【사이드 와인더 호】는 잔해를 뒤덮다시피 자란 설원의 숲으로 하강했다.

하지만 그들은 몰랐다.

이 땅이 사나운 생물이 활보하는 야생의 왕국임을──.

목숨 건 생존 경쟁이 시작되려고 하고 있었다.

◇　◇　◇　◇　◇　◇　◇

산세가 험준한 산맥의 하늘에 바람의 여신인 윈디아가 나른하게 떠다녔다.

성역에 있어도 플레이레스와 아쿠이라타가 투덜투덜 불만만 쏟아내서 상황이 진정될 때까지 도망쳐 나온 것이었다.

그 이유는 그녀들이【칠흑유성 기브리온】에게 습격받는 틈에 윈디아가 혼자 도망쳤기 때문이었다.

그 자리에 있었던 전생자 두 명이 무시무시하게 강해서 4신이 모두 모여도 승산이 없어 보였다.

쓸데없이 힘을 낭비하기도 싫어서 혼란한 전투를 틈타 도망친 것인데, 돌아온 플레이레스와 아쿠이라타가 불같이 화를 냈다.

윈디아는 그 둘처럼 생각이 짧지 않았다. 변덕은 심해도 귀찮은 일을 피할 만큼 냉정했다.

아쿠이라타는 이기적, 플레이레스는 멍청이. 가이라네스는 심각한 게으름뱅이에 윈디아는 마이웨이 행보. 콩가루도 이 여신들보다는 잘 뭉칠 것이다.

그런 여신 중 한 명인 윈디아지만, 지금 그녀는 기분이 언짢았다.

그 이유는──.

『으어어어…… 보내줘…… 우리 세계로…….』

『돌아가고 싶어어어어…… 고향으로오오오오오…….』

『흐하하하하하하! 멸망해라아아아, 저주받아라아아아아아아!』

『케헤헤헤헤헤! 으힛, 크히히히히히!』

그것은 원혼이었다.

이 세계를 얇은 막처럼 뒤덮은 검은 안개, 그것은 모두 소환된 용사들의 말로였다.

이용만 당하다가 처분된 그들은 윤회의 굴레에서 벗어나 이 세계를 침식했다.

그 증오는 4신에게도 향하고 있었다. 하지만 이 안개 같은 모습으로는 아무런 힘도 없었다.

적어도 4신은 그렇게 생각하고 방치했다.

"……시끄럽네."

인간의 육안으로는 볼 수 없는 존재지만, 여신인 윈디아는 그 기이한 모습이 뚜렷하게 보였다.

검은 안개는 무수한 얼굴의 형상을 만들어 그녀 주위로 모여들었다.

고향을 그리는 강렬한 마음, 이 세계와 네 여신을 향한 증오.

그 사념이 윈디아와 가까운 권속인 요정이나 정령에게도 영향을 미쳐 자연계를 망가뜨리고 있었다.

흙이 썩고 물이 마르고 독기가 휘몰아치며 불이 온갖 생명을 얼려 버렸다.

삼라만상이 왜곡됐다. 이토록 경이적인 힘을 발산하고 있지만, 이 원혼들은 윈디아를 해칠 힘은 없었다.

단순한 악의만으로는 신에게 대항할 수 없었다.

윈디아는 귀찮아서 인상을 찌푸렸다.

『죽인다죽인다죽인다죽인다죽인다…….』

『미워미워미워미워미워미워…….』

『원수원수원수원수…….』

언제부터인가 이 세계는 검은 안개에 둘러싸였다.

윈디아는 별로 신경을 쓰지 않았지만, 요즘은 이 세계가 너무 더러워 보였다.

그렇지만 이 검은 안개에는 정화도 통하지 않았다.

약해서 놔뒀던 것인데 점점 손쓸 수 없는 귀찮은 존재로 변하고 있었다.

하지만 왜 이 원혼이 자연 소멸하지 않는지 윈디아는 알지 못했다.

이 악의 덩어리가 원래는 용사들이라는 사실조차 깨닫지 못했다.

아니, 마음에도 두지 않았다고 말해야 옳을 것이다.

소모품 따위 애초에 잊은 지 오래였다.

4신은 지금까지 자신들을 해할 수 있는 존재를 한 번밖에 만나지 못했다.

원혼이 아무리 뭉친들 신인 그녀들을 공격하는 것은 불가능했다.

그래서 이 원혼들이 사실 위험한 존재라는 발상조차 하지 못했다.

이 세계의 섭리를 차츰 침식하고 신도 위협하는 존재를 만들어내고 있으리라고는 그녀들은 상상하지도 못했다.

"……좀 꺼져."

나른하게 중얼거리고 윈디아는 바람을 모아 검은 안개를 한 덩어리로 뭉쳤다.

그렇게 검은 결정 하나가 완성됐다.

"……."

결정화한 원혼.

하지만 이 결정을 어떻게 할지 생각하지 않았던 그녀는 어처구니없는 만행을 저질렀다.

"필요 없어……."

원혼 결정은 던져 버린 것이다.

그리고 조금 깨끗해진 하늘을 보고 만족하며 그곳을 떠났다.

이 결정이 어떤 결과를 초래할지는 생각조차 하지 않고—.

그것은 약한 마물이었다.

자연계에서는 포식당할 뿐인, 이름도 알려지지 않은 작은 동물이었지만, 가혹한 자연에서도 필사적으로 살아갔다.

그런 마물 앞에 검은 결정이 떨어져 있었다.

풍부한 마력으로 구성된 결정을 이 마물은 먹이로 인식했다.

보통 마물은 다른 마물의 마석을 흡수할 수 있고, 마석의 질에 따라서 급속하게 진화하기도 했다. 그것은 이 작은 마물도 마찬가지였다.

생존 경쟁 속에 살아가는 마물은 바로 이 결정을 집어삼켰다.

생존 본능이 그러도록 시켰다.

"찍?!"

그것은 방대한 힘이었다.

작은 마물 체내의 마석은 흘러드는 마력으로 급속히 팽창했다.

육체 또한 빠르게 비대해져 작은 몸은 순식간에 거구로 변모했다.

하지만 거기서 끝이 아니었다.

방대한 힘만큼이나 거대한 증오와 비통한 탄식, 향수가 밀려왔다.

작은 마물이 버틸 수 있는 힘이 아니었다.

『파멸시키리…… 메티스 성법 신국…… 4신…… 밉다, 분하다, 슬프다, 돌아가고 싶다…….』

육체를 얻음과 동시에 하나의 의식으로 통합된 원혼은 명확한 의지를 가지고 거구를 하늘로 띄웠다.

온갖 감정이 뒤죽박죽으로 소용돌이치지만, 파괴하겠다는 의지만은 선명했다.

복수자의 탄생이었다.

훗날 【재버워크】라고 불리는 이 마물은 더욱 강해지고자 다른 마물을 잡아먹었다.

그 몸에 증오의 불길을 품고서—

 ## 제11화 전설은 이렇게 만들어진다

제로스와 아도는 눈으로 한 발자국 나아가기도 힘든 숲 속을 걷고 있었다.

생각보다 적설량이 많아 장소에 따라서는 무릎까지 파묻히기도 했다. 솔직히 설산을 우습게 봤다고 후회했다.

한때는 많은 사람이 오가던 도시도 지금은 폐허로 변했고, 생명력의 상징이라도 되는 양 나무들이 건물을 에워쌌다.

사람이 살지 않게 된 도시가 자연에 파묻히는 줄은 알았지만, 이건 상상 이상이었다.

간신히 남은 활주로는 넓게 트여 햇빛으로 눈이 녹았고 어렵사리 자란 초목이 눈과 얼어붙은 바닥을 뚫고 얼굴을 내밀었다.

파괴된 다각 전차는 마치 시체 같았다.

"활주로인데 왠지 눈이 없는 곳이 있구만. 태양열만으로 길이 드러날 수 있나?"

"태양열 패널 같은 게 묻혀 있는 거 아니에요? 용도는 알 수 없지만……. 만져 본 느낌은 유리 같은데 열이 나와요. 특수한 합금인가?"

"음…… 활주로에 강화 유리를 썼나? 발전용으로는 수가 부족하다고 보는데. 라디에이터인가? 구시대 기술에는 아직 비밀이 많구만."

도구나 시설에 쓸모없는 부분은 없다.

심지어 이 폐허가 된 도시가 군사 시설이라고 가정한다면 더더욱 쓸모없는 기재가 있을 리 없었다.

구시대는 고도의 마도 문명이었다. 마도 동력로가 존재하고 친환경 에너지가 흘러넘치던 시대에 굳이 태양열로 발전할 필요가 있는지 의심스러웠다.

"그나저나 눈 때문에 걷기 힘든걸. 깊은 곳도 있어서 예상보다 사냥하기 힘들겠어."

"마물도 많아요. 지금도 주위에 스노 울프 무리가 있고……."

아저씨 일행은 지금 마물 무리에게 포위되어 있었다.

설산에서는 식량이 적어서 겨울잠을 자는 마물은 긴 잠에 빠진 지 오래다. 겨울에도 활동하는 마물만 열심히 먹잇감을 찾아다니고 있었다.

당연히 아저씨 일행도 먹잇감으로 인식되었다.

"으음…… 아도 군의 생계를 위해서 사냥감은 흠집 없이 잡고 싶어. 손상이 적을수록 좋아."

"활이라도 쓸까요? 이런 경우에 좋은 무기잖아요."

"그렇지. 화살이 소모품이지만, 무기를 고를 상황은 아니니까."

그러면서 스테이터스를 열고 조작 패널을 두드리듯 장비를 변경했다.

하지만 스테이터스 화면은 본인에게만 보이므로 다른 이에게는 괴상한 동작을 하는 것으로밖에 보이지 않았다.

하물며 인벤토리나 창고는 전생자밖에 가지지 않았다.

【아이템 백】이라는 물건은 존재하지만, 이런 도구는 던전에서만 구할 수 있었다.

"일단 철 화살을 쓸게. 무기는 미스릴 보우지만."

"나도 비슷해요. 마개조 무기면 시체까지 파괴될 테니……."

제로스와 아도는 강력한 무기를 가졌지만, 그 무기는 파괴력이 과했다.

전생자의 능력과 무기의 위력이 더해지면 소재를 얻기는커녕 시체도 남지 않는다.

아저씨는 파프란 대산림 지대에서 터져 죽은 토끼를 아직 잊지 않았다.

"이것도 과한 느낌이 든단 말이지~. 【봐주기】는 꼭 써."

"OK."

"정 안 되면 돌멩이만으로도 잡을 수는 있지만."

"돌멩이?! 아니, 그건 무리가 있죠."

아도는 손가락 튕기기나 투석을 한 적이 없나 보다. 사냥에서는 의외로 유용해서 구멍 함정보다 효과적일 때가 있다.

"이빨과 발톱, 모피를 우선적으로 챙기자. 부자에게 짭짤한 가격으로 팔릴 거야."

"목표는 내 집 마련. 그리고 마석도 팔리지 않아요?"

"팔 수는 있지만, 큰 마석은 환금에 시간이 걸리지 않을까~? 돈을 준비하기도 힘들 테고."

"마도구 가게에는 못 팔아요?"

"거기…… 적자 경영이야."

마녀 복장을 한 여자 마도사가 운영하는 가게.

그곳에는 가게 평판 깎아먹는 천재가 있었다. 손님을 범죄자로 만들지 못해 안달이 난 골치 아픈 여성 점원이었다.

"망하지나 않았으면 다행이지."

"얼마나 글러 먹은 가게길래……."

두 사람은 눈을 걷어차면서 늑대 무리에게로 돌격했다.

상식적으로는 죽으러 가는 셈이었다.

흉악한 마도사 두 사람의 마물 대량 학살이 시작됐다.

◇   ◇   ◇   ◇   ◇   ◇   ◇

"엣취!"

마도구 가게 주인 벨라돈나가 요란하게 재채기했다.

"누가 내 얘기라도 하나? 미인은 이래서 문제야~. 아름다운 것도 죄라니까~."

"점장님~, 잠꼬대는 주무시고 하세요~. 닭살이 엄청 돋았다구요~."

"쿠티…… 너 나랑 싸우고 싶니?"

도움이 안 되는 점원의 멱살을 잡고 어린애라면 경기를 일으킬 눈매로 노려봤다.

쿠티는 가게에 오는 손님에게 누명을 씌워서 범죄자로 만들려고 했고, 그때마다 벨라돈나에게 얻어맞았다.

몇 번을 말해도 그 버릇을 고치지 못해 손님의 발길은 뚝 끊겼다. 산토르 대로에 난 입지 좋은 건물인데 이 가게만 돈을 벌지 못했다.

난감하게도 쿠티는 자신을 명탐정이라고 믿으며 걸핏하면 엉뚱한 추리로 손님을 화나게 했다. 이런 점원이 있으면 손님이 올 리 없었다.

벨라돈나도 알고는 있고, 친척이 울며불며 부탁해서 그녀를 어떻게든 갱생하려고 노력했으나, 쿠티의 머리에서는 반성이라는 단어가 완전히 누락되어 있었다.

그런 연유로 오늘도 가게에는 파리만 날렸다.

"손님이 올 때마다 매번 어쭙잖은 트집을 잡아서 쫓아내는 건 너잖아! 반성이라는 말을 모르니? 어린애도 아는 말이야, 알아들어?"

"저, 점장니임…… 얼굴 들이밀면 무섭다구요오……."

"성격 좋은 나도 화를 안 낼 수가 없어! 이게 누구 탓인데? 누.구.탓!"

"그건…… 점장님의 노력이 부족한 게 아닐지……."

"뚫린 입이라고 마음대로 지껄이네, 이 밥벌레가! 해고야! 이제너 필요 없어."

반성하지 않는 멍청한 점원의 얼굴이 웃는 채로 얼어붙었다.

"점장님…… 지금 뭐라고 하셨죠?"

"해고, 모가지, 추방. 뭐든 상관없어. 발목 잡는 것밖에 재주가없는 빈대를 돌봐주는 것도 끝이야. 나도 이제 그럴 여유가 없어."

"장난……이시죠?"

"진지해. 진심이야. 너 때문에 얼마나 손해를 입었는지 알아? 그런주제에 돼지처럼 많이 먹으면서 멋대로 식당에 외상이나 달고……. 돈이 없으면 처음부터 외식을 하지 마!"

"너, 너무해요~! 보호자잖아요~!"

"누가! 그 나이 먹고 남에게 빌붙지 않으면 못 살아? 밥버러지에도 정도가 있지!"

쿠티라는 생물은 한없이 자기중심적이었다.

손님을 화나게 해서 내쫓는 건 일상다반사, 돈도 없으면서 식당

에 눌러앉아 거액의 외상을 달아두고, 그런 주제에 남의 돈으로 해결하려고 한다. 좋게 봐주면 밑도 끝도 없이 기어오르고 뻔뻔하게 재촉까지 한다. 장점이 단 하나도 없는 그야말로 걸신이었다.

"그 나이먹고 자립하지 못하면 어디 가든 못 살아남아. 남의 이야기를 전혀 듣지 않고, 독선적으로 자기 마음대로 행동하니까. 광산 노예가 되는 편이 낫지 않아?"

"말을 어쩜 그렇게 하세요~! 그런 곳에 가면 사흘 안에 임신한다구요!"

"하면 좋지! 어차피 너 같은 건 평생 결혼 못 해."

"그건 점장님도 똑같으면서~."

"……난 남자 있는데?"

가게의 공기가 얼어붙었다.

또 쿠티는 웃는 얼굴인 채로 굳어 버렸다.

"아하하하하, 점장님한테 애인이 있을 리가 없잖아요. 아이참, 허세 부리긴~."

"있어. 너를 고용하지 않았으면 진작 결혼까지 했어."

"……진짜요? 점장님 머릿속에만 있는 남친이 아니라?"

"사람을 뭐로 보고! 진짜 살아 있는 애인이야. 앗, 너 때문에 가게가 망하면 당장 결혼할 수도 있구나. 그것도 나쁘지는 않겠네."

쿠티는 온몸에서 땀이 줄줄 흘렀다.

"나…… 그런 이야기 처음 들었는데요?"

"내가 왜 말해? 너한테 말하면 틀림없이 돈 뜯으러 갈텐데. 그 사람한테 피해 주기 싫은걸. 이름이랑 주소도 절대로 안 알려줘.

염치없고 뻔뻔한 너한테는 특히."

"그런 짓 안 해요~. 정말, 점장님도 참……."

"모험가 시절에 무슨 짓을 했는지 기억 안 나? 너, 동료에게 계속 돈 빌리고 떼먹었잖아. 식당에서는 얻어먹기만 하고 자기가 산적은 한 번도 없다며? 네가 남에게 도움이 된 적이 있기나 해? 의리나 도덕심도 없는 너를 어떻게 믿어?"

"있어요~! 주로 전투에서 사람들의 목숨을 구했다고요~!"

"괴력으로 마물 소재까지 날려먹은 일 말이야? 아니면 동료의 의견을 무시하고 멋대로 위험 지대에 돌진해서 그들의 목숨까지 위험하게 한 일? 그건 발목 잡았다고 말해야 하지 않니? 자각조차 없는 쓰레기는 고쳐 쓰지도 못해."

"너무해!"

열세에 몰린 쿠티는 자칭 회색 뇌세포를 총동원해 현재 상황을 재확인하고 유효한 수단을 모색했다.

자기 때문에 가게가 망한다=벨라돈나가 결혼해서 필연적으로 있을 곳이 사라진다.

가게를 순조롭게 운영한다=돈을 벌려면 나는 필요 없다. 역시 있을 곳이 사라진다.

이미 해고라고 말했다=이 시점에서 이미 있을 곳이 없다.

이대로 가면 젊은 나이에 길거리에 나앉는다고 판단한 쿠티는―.

"점장님은 속은 거예요! 성격이 글러먹은 점장님에게 남자가 생길 리 없죠~. 재산을 노린 게 분명해요!"

―생각 없는 망언을 퍼부었다.

"재산을 노려? 너 때문에 적자 인생인데? 어디에 그런 돈이 있을까~? 나한테 좀 알려줄래? 이 만악의 근원아."

"네? 그거어언, 저어어어……."

"네가 있으면 가게는 확실하게 망해. 없어져도 잃어버린 신뢰는 되찾기 힘드니까 당연히 경영이 안정될 때까지 고생할 거야. 그 전에 망할 가능성이 훨씬 높아. 접객을 우습게 여기는 너한테 말해도 못 알아듣겠지만."

"서, 설마 망하기야 하겠어요~? 장사는 의리와 인정과 신용이에요~."

"의리와 인정을 우선해서 돈을 버리겠다고? 그런 인간은 장사하면 안 돼. 신용이 무엇보다 중요한데, 네가 그걸 박살 냈어! 알아?"

"그, 그건 아니지 않을까요~?"

"슬라임 대가리에 쓸모없는 밥벌레가 이해할 리가 없지. 내가 바보였어. 못 들은 거로 해줘. 이런 인간한테 애인이라니, 천년이 지나도 안 생겨."

"너, 너무해요~! 저도 마음만 먹으면 멋진 남자친구 정도는……."

벨라돈나에게 유도당해 감정적으로 내뱉은 실언.

이 말을 들은 벨라돈나는―.

"푸하하하하하하하하하하하하하하! 너, 너한테 남자친구? 꿈깨, 어림도 없어. 이번 세기 최고의 개그였어. 히힉, 배 아파…… 푸흡!"

―대폭소했다.

이런 말까지 들으면 아무리 쿠티도 분개한다.

"아니거든요? 점장님한테 애인이 생기면 저도 충분히 가능성 있거든요~!"

감정적으로 받아친 말이었다.

자기 무덤을 판 셈이지만, 본인은 전혀 눈치채지 못했다.

"흐응, 그렇게 자신 있으면 만들어 봐. 남·자·친·구."

"네? 어어…… 갑자기요?"

"나한테도 애인이 있으면 너도 가능성 있다며? 그럼 쉽게 찾을 수 있지?"

"지금부터요……?"

"맞아, 지금부터. 어차피 해고됐으니까 부양해달라고 해. 잘해 봐~ ♪"

"큭, 잘난 척은…… 까짓거 한다! 돈 많은 도련님 하나 붙잡아서 점장님 콧대를 꺾어 버릴 거예요!"

"그래그래, 잘 되길 바랄게. 앗, 이제 나한테 뭐 부탁하지 마."

"반드시 후회하게 해줄 거예요오오~!"

말싸움은 이미 돌이킬 수 없는 상황까지 왔다.

결국 화가 난 쿠티는 산토르 거리로 뛰쳐나왔다.

이때 벨라돈나는 잊고 있었다. 쿠티는 답이 없는 쓰레기임을―.

며칠 후, 수많은 식당에서 벨라돈나의 가게로 외상 독촉이 쇄도했다.

쿠티가 해고됐다는 사실을 까맣게 잊고 무전취식으로 체포됐으나, 경범죄라서 노예가 되지도 않고 결국 친척인 벨라돈나에게 책임이 돌아온 것이었다.

　남을 불행에 빠뜨리는 데는 정말로 천재적이었다.

　그 이후, 벨라돈나는 『이 머저리를 어떻게 뒤탈 없이 처리하지?』
라는 말을 입에 달고 살았다고 한다.

　쿠티는 돌아왔지만, 동시에 생명의 위험을 등지게 됐다.

　본인은 전혀 눈치채지 못했지만…….

　그날, 이더 란테를 조사하는 솔리스테어 마법 왕국 조사원이 통
기구 내부를 살펴보고 있었다.

　이 숨겨진 루트를 발견한 학생의 증언을 바탕으로, 도시에 있던
조사단 절반이 이곳으로 배치되어 현재 자재 반입구를 몇 곳 찾아
냈다.

　지상에서 직통인 곳이 있는가 하면 복잡하게 얽혀 계곡으로 나
가는 곳도 있는 등 마치 개미굴처럼 어지럽게 꼬여 있었다.

　이더 란테가 군사 방어 기지였다면 이 복잡한 자재 반입로도 이
해할 수 있었다. 하지만 전모를 파악하기 어려운 이유는 하나 더
있었다.

　사방에 셀 수도 없이 많은 마물 둥지가 있다는 점이었다. 여러
곳으로 연결된 좁은 통기구를 포복전진으로 들어가 봤더니 고블린
과 오크가 배회했고, 특히 산맥 쪽은 수많은 마물의 서식지가 되
어 있었다.

성가시게도 서식하는 마물들이 이상하리만큼 강해서 호위 기사단과 용병들로는 대처가 되지 않았다.

　통기구 내부를 나아가던 조사원도 발각될 것을 우려해 아직 마물이 침입하지 않은 건축물에 거점을 두고 희생자를 내지 않으려고 조금씩 신중하게 조사를 진행했다.

　조사 결과, 이 땅에 사는 고블린과 오크는 금속 가공 기술을 가졌고, 조사원들이 아는 동종 마물보다 훨씬 진화한 개체들이었다.

　기술을 가졌다는 것은 지성이 있다는 뜻이며, 이런 마물은 군사적인 행동을 보이는 것으로 알려져 있었다. 문제는 숫자였다.

　만약 그것들이 이더 란테까지 침입하면 조사단은 틀림없이 전멸한다.

　기사들과 협력해 곳곳을 봉쇄했지만, 뚫리지 않는다는 보장은 없었다.

　앞으로 어떻게 대처해야 할지 골머리를 앓던 조사단 대장은 부관과 함께 바깥 경치를 바라보고 있었다.

　"난처하군…… . 녀석들이 있으면 조사가 진행되지 않고, 무엇보다 바깥 유적도 조사할 수 없어."

　"그러게 말입니다. 오래 방치돼서 마물 둥지가 됐으리라고는 예상했지만…… ."

　"녀석들은 우리와는 달라. 힘의 상한치가 이상하게 높아…… . 젠장, 눈앞에 사람 손이 닿지 않은 유적이 있건만, 손가락만 빨아야 하다니!"

　"분한 마음은 저희도 같습니다. 구시대의 기술을 조금이라도 해명하면 사람들의 삶도 더 나아질 텐데……."

"자료에 남은 생물과 비교하면 왜 저런 괴물이 태어났는지 전혀 모르겠군."

"저걸 진화라고 불러도 될까요? 환경이 급격하게 변했다지만, 저렇게 강력한 개체가 단번에 늘어날까요?"

"그것도 해명하고 싶지만……. 가설은 얼마든지 세울 수 있어도 어차피 억측에 불과해."

얼마 남지 않은 구시대의 자료를 봐도 지금까지 존재하는 동물의 수는 적었다.

비슷한 동물이 있기는 있지만, 마물도 해치울 만큼 흉포하며 언제 마물로 변할지 모를 생물이었다.

원형을 유지하는 동물은 기껏해야 돼지와 소, 말 같은 가축 정도였다. 지금 이 세계의 동물은 마물과 별반 차이가 없었다.

"그레이트 코볼트와 하이 오크가 평범하게 돌아다니는 땅이라……. 여기가 지옥이군."

"어떻게든 저것들을 제거하면…… 아니, 희생이 너무 크겠군요."

구시대 유물을 조사하고 싶은 연구자에게 이더 란테 위에 있는 유적군은 그야말로 보물창고였다. 당장 밖으로 뛰쳐나가고 싶은 충동이 들었다.

하지만 밖에는 무리 지은 마물이 생존 경쟁을 벌이고 있어서 조사는 자살 행위였다.

조사를 강행할 수도 있지만, 개인의 욕심으로 부하를 사지로 내몰 수도 없었다.

"아쉽군, 아쉬워…… 응?"

통기구 외부에는 작업용 통로가 있고, 창에는 경질화한 두꺼운 특수 유리가 있었다. 그 창밖에 펼쳐진 광경 속에 갑자기 흰 기둥이 솟아났다.

"뭐야…… 지금 그거."

"흉악한 마물끼리 싸우는 걸까요? 감정 보유자도 레벨을 알 수 없는 마물들이니까 그 충격으로……."

"아니, 저건 마법 공격이야. 【아이스 게이저】라는 마법이 발동하면 저런 얼음 간헐천이 발생했지, 아마."

"하지만 어떻게 봐도 위력이 달라요. 마치 빙산이 깨져서 호수에 떨어진 것처럼 얼음이 치솟았잖아요?!"

"오, 자네는 빙산을 본 적이 있나……."

"구시대 마도구에 기록된 영상으로요……. 아, 그게 중요한 게 아니잖아요?! 저건 말도 안 되는 괴물들이 전투에 들어갔다는 증거라고요!"

이번에는 거대한 바위가 하늘을 찌를 듯이 솟아났다.

그 위력에 휘말린 마물이 나무 쪼가리처럼 하늘 높이 날아올랐다.

그중에는 몸 정면에 구멍이 난 오크나 몸 앞부분이 사라진 스노 울프가 보였고, 처참하기 짝이 없게 죽은 마물들이 땅으로 떨어졌다.

"저, 저저저거……."

"유적, 괜찮을까요? 저런 공격을 맞으면 멀쩡한 건축물도……."

"그걸 말이라고 해?! 어떤 괴물이야, 귀중한 보물을 파괴하다니!"

이 소동으로 다른 조사원들도 모여들어 창밖을 뚫어지게 바라봤다.

그런 가운데, 공중에 거대한 불덩이가 생겨났다.

직시하기 힘들 만큼 밝은 빛은 불보다도 번개를 응축한 듯 신성하게 빛나고 있었다.

대장의 등에 불길한 예감이 스쳤다.

"서…… 설마……."

거대한 빛 구슬에서 무수한 빛줄기가 대지로 뻗어나갔다.

그리고―.

―콰아아아아아아아아아아아아아아아아아아아앙!

뒤늦게 충격파가 발생했다.

두꺼운 강화 유리가 떨리고 건물은 지진이라도 난 것처럼 흔들렸다. 창밖의 경치는 순식간에 수증기로 휩싸였다.

그것이 무시무시한 열량과 에너지가 내포된 공격임을 이해했다.

단 한 번의 공격으로 대지를 가르고 용암을 일으키며, 충격파는 지상을 유린했다.

마치 드래곤 브레스 같았지만, 그런 마물은 어디에도 보이지 않았다.

"앗…… 아아…… 저거…… 저건, 뭐야……?"

수증기 속에서 거대한 인간의 그림자가 떠올랐다.

입가에 뜬 붉은 빛으로 보아 방금 공격이 거인의 브레스였다고 상상할 수 있었다.

유적 도시가 불길에 휩싸여 무참히 타들어 갔다.

"유, 유적이…… 인류의 보배가…… 아아…….."

"대, 대자아아아아아아아아앙!"

너무 큰 충격으로 조사단 대장님은 기절했다.

구시대 유적은 세계 유산이나 마찬가지였다.

그것이 눈앞에서 빛으로 찢기고 용암에 가라앉으며 폭풍으로 박살 났다.

고고학을 전공한 전문가에게 이 사태는 비극일 뿐이었다.

악몽이라고 바꿔 말해도 좋다.

훗날, 조사단은 이 산악 유적 주위에는 보이지 않는 거인이 있다는 기록을 남겼다.

이것이 민간전승【보이지 않는 거인】전설이었다.

시간을 조금 거슬러 오른다.

스노 울프 무리에게 돌진한 제로스와 아도는 학살을 펼치고 있었다.

애초에 이 둘을 상대할 존재는 에이션트 드래곤이나 신 정도밖에 없을 것이다.

하지만 둘은 여기서 큰 실수를 저질렀다.

산악 지대의 버려진 도시— 바꿔 말하면 야생동물의 생존 경쟁이 가장 격심한 곳이라고 할 수 있었다.

그곳에는 한정적인 식량밖에 없어서 격렬한 생존 경쟁이 펼쳐지고 있었다.

제로스는 자연을 우습게 보지 않았다. 오히려 경계하는 편이었지만, 단순한 착각을 깨닫지 못했다.

그것은 스노 울프를 해체하던 때 일어났다.

"아름다운 모피야…… 어라? 이거 가격이 폭락하는 거 아니야?"

"제로스 씨…… 그건 전멸시키기 전에 말해요. 뭐, 【해체】 스킬이 있어서 편해서 좋지만."

"델사시스 공작…… 아니지, 이럴 때는 회장이라고 불러야 하나? 솔리스테어 상회에 팔면 좋은 가격으로 받아줄 거야. 어느 정도 약점은 잡히겠지만."

"나, 그 사람 껄끄러워요……. 웃는 모습도 무섭고, 가만히 서 있는데 빈틈이 안 보여요."

"귀족이니까. 그것도 공작님이야. 깊게 파고들면 다치는 정도로는 안 끝나."

"관록이 지나쳐요."

스노 울프는 용병 길드에서도 매년 토벌 의뢰가 나왔다.

눈처럼 흰 모피는 귀부인에게도 인기가 많아 한 마리만으로도 상당히 고가로 거래됐다. 하지만 무시무시하게 교활하고 조직적으로 움직이는 마물이었다.

"고기도 맛있다고 들었어. 팔면 꽤 돈이 될 테지만, 그래도 너무 많이 잡은 것 같기도……."

"가볍게 200마리는 되는데 괜찮아요?"

"하하하, 델사시스 회장님에게 맡기면 돼. 용병 길드에는 스무 마리만 보내도 랭크 업은 확정이야."

"그냥 민폐 아니에요? 이만큼 있으면 팔기도 힘들 텐데."

"아도 군, 나는 델사시스 공작과 연결된 게 아니야. 델사시스 회
장과 연결된 거지. 이건 장사야."

"뭐가 다른데요? 잘못하면 귀족에게 잡아먹힐 텐데."

"일에 따라서 입장을 구분할 줄 아는 사람이야. 상인으로 상대
하면 공작가의 권력은 절대로 안 써. 그래도 위험한 사람은 맞다
고 보지만."

제로스도 델사시스 공작도 서로를 사업적인 관계로 보고 있었다.

아도가 상인으로 대할 작정이라면 델사시스 공작도 상인으로서
대할 것이다. 그러면서 서로 이익을 얻도록 배려해준다.

공작과 상인의 얼굴을 나누고 자신이 다스리는 영지를 완벽하게
통치한다. 다른 비밀스러운 얼굴도 있지만, 가장 유명한 것은 호
색한이라는 일면일 것이다.

남자인 제로스에게는 관계없는 이야기지만.

"상인이라면 양심적이겠죠? 속이거나 하지 않겠죠?"

"무슨 소리야? 아도 군…… 상인의 교섭은 속고 속이는 법이야.
네 이익을 챙겨주는 것만으로도 감사하게 생각해야지. 하하하."

요컨대 약점을 잡겠지만, 본인이 모르게 한다. 상품은 조금 더
비싸게 팔아서 자기는 더 크게 번다.

정보를 장악하고 인맥을 동원하며, 때로는 시장의 유통망까지
조종해 돈을 번다.

그것도 공작의 업무를 보면서 손쉽게 해치우니까 무서운 것이다.

"나, 이용만 당하는 거 아니에요?"

"이용하고, 이용당한다. 최고의 관계잖아? 욕심을 부리면 정말로 다칠 수 있으니까 조심해."

"너무 달관했잖아요. 나는 제로스 씨도 무서운데……. 앗, 제로스 씨!"

"……오는구만. 피 냄새를 맡았나? 하지만 이 머릿수는 대체……."

사방에서 마물의 기척이 모여들었다.

흉포하기까지 한 살의와 포악하기까지 한 투지가 느껴졌다.

제로스가 잊고 있던 것.

그것은 설산에는 식량이 적어서 마물이 굶주렸다는 점이었다.

살기 위해서 사냥을 반복하고, 동료의 시체까지 뜯어먹으며 적을 집요하게 공격해 잡아먹는다.

오로지 생명을 이어가기 위한 순수한 살의지만, 그 살의를 내뿜는 마물의 수가 범상치 않았다.

"뭐야, 이거…… 점점 늘어나는데요?"

"난감하네. 자연의 무서움은 알고 있었지만, 이건 조금 이상하구만."

좁은 영역에서 마물은 쉽게 거칠어진다.

대산림 지대와는 달리 한정된 영역에서 소수의 종족이 충돌하기 때문이다.

봄이 되면 동료가 늘어나서 굶주림을 해소하고자 싸우고, 겨울에는 식량이 없어서 싸운다.

마지막에 승리한 종족도 굶주려 결국 수가 줄어들고, 다음 해에도 똑같은 일이 반복된다.

자연이 낳은 순환.

그것은 승자가 없는 싸움, 목숨을 이어가기 위한 약육강식의 섭리였다.

"아하하하하하! 아무래도 우리가 균형을 무너뜨렸나 보네. 지금부터 모든 마물이 싸우려나 봐."

"웃을 일이 아니잖아요!"

마물들은 일제히 행동에 나섰다.

스노 울프가 그레이트 코볼트를 덮치고, 하이 코볼트가 하이 오크에게 달려들고, 오크가 스노 울프를 공격한다.

다른 마물이 죽은 마물을 뜯어먹고, 그 마물을 다른 마물이 물어뜯는다.

삼파전이나 사파전 정도가 아니다. 모든 마물이 살아남기 위해서 서로를 죽이고 잡아먹는다.

말 그대로 지옥이었다. 혹은 혼돈이거나.

제로스와 아도는 그런 싸움에 휘말렸다.

"이 상황, 어쩔 거예요!"

"다 죽이는 수밖에. 【땅에서 불어오는 0도의 숨결】!"

【땅에서 불어오는 0도의 숨결】은 【아이스 게이저】의 강화판으로, 극저온의 냉기를 간헐천처럼 내뿜어 순식간에 얼리는 마법이었다.

다만, 그 범위는 차원이 달랐다.

유적이 된 구시대의 도시에 흰 얼음 간헐천이 하늘 높이 솟아올랐다.

마물 대다수가 말려들어 순식간에 열을 빼앗겨 즉사했다. 공기마저 얼어붙는 온도에서 살아남을 리 만무했다. 그래도 굶주린 마물들은 멈추지 않았다.

"이거 원, 이 공격을 맞고도 계속 덤벼든다고······? 설산에는 괴물이 산다더니, 진짜였네~."

"그게 무슨 의미예요?! 자연의 무서움을 나타낸 비유? 아니면 눈앞에 몰려드는 마물?! 잔인해서 쓰기 싫었지만, 【죄 많은 자는 칼산을 오른다】!"

제로스와 합작한 창작 마법 【죄 많은 자는 칼산을 오른다】.

이름 그대로 이 마법은 【칼산지옥】이었다.

적이 모인 땅을 순간적으로 융기시켜 거대한 얼음산을 만든다. 그 산에는 셀 수 없는 가시가 자라 적을 모조리 꼬챙이로 꿰어 버리는 마법이다.

발동한 뒤 얼음산은 바로 무너져 적을 질량으로 뭉개 버린다.

물론 스치기만 해도 살이 도려져 나가 상대를 빈사에 빠뜨린다.

잘못해서 아군이 말려들면 대참사다.

제로스와 아도는 흉악한 마법으로 마물을 계속 처치하고 있지만, 그래도 몰려드는 적은 줄어들 기미가 보이지 않았다.

"하이고······ 오히려 마물이 늘어나네······."

"이 좁은 땅덩어리에 뭐가 저렇게 많이 살아? 혹시 지금부터가 진짜인가?"

마물들은 굶주렸다. 동료의 시체를 먹어 치울 만큼.

하지만 살아 있는 동포는 절대로 죽이지 않았다. 어떻게 보면 애정이 넘친다고 할 수도 있었다. 하지만 상황이 변했다.

지금 이 땅에 많은 식량이 생겼고, 그 쟁탈전이 시작됐다.

조금이라도 배를 채우고 다음 세대로 피를 잇기 위해서.

솔직하게 말하면 아슬아슬한 균형을 유지하던 땅에서 아저씨와 아도가 괜한 짓을 해서 마물들에게 식량을 제공한 것이었다.

피 냄새에 민감한 짐승은 식욕 때문에 대이동을 시작했고 주변이 마물로 가득 차버렸다.

"이쯤 되면 뭐…… 웃음밖에 안 나오는구만. 큰일이야, 큰일."

"상황도 큰일이지만, 아까부터 우리 큰일 날 마법을 너무 막 쓰는 거 아니에요? 유적을 파괴해도 돼요? 보호 조례 같은 거 없나."

"보호고 나발이고, 이미 다 부숴 버렸는데 뭘. 그냥 포기하고 태워 버리는 게 속 편해."

"막 나가네……."

아저씨와 섬멸자에게는 【소드 앤 소서리스】에서 동료와 싸우다가 몬스터를 아군 플레이어와 함께 화려하게 날려 버린 전적이 있었다.

요새를 파괴해 방어해야 할 도시에 몬스터가 쏟아져 들어와 괴멸적 피해를 내면서도 레이드를 성공시킨 인물이었다. 그때와 똑같은 묘하게 침착한 태도였다.

거기에는 『이미 저질러 버린 건 어쩔 수 없지』라는 일종의 달관 혹은 체념 같은 감정이 엿보였다.

사고방식이 『인적 피해가 없으면 됐지, 뭐』로 바뀌었는지도 모르겠다.

어떤 의미로는 긍정적이지만, 책임 문제에서 도망쳤다고도 볼 수 있었다.

"어차피 맹수 소굴이라서 조사도 못 해. 단번에 태워 버릴 테니까 다가오는 적은 알아서 쓸어줘."

"에휴…… 이제 나도 섬멸자가 되는 건가. 짧았어…… 정상인 생활."

"실례되는 소리. 어떤 머리 이상한 처자한테 코 꿰이고도 기뻐하는 너한테 들을 소리는 아닌 거 같은데~? 마조히스트야?"

"그쪽이 더 실례야!"

남의 아내를 『머리가 이상한 인간』이라고 불렀다.

틀림없이 무례한 발언이지만, 사실이기도 했다. 아도를 향한 유이의 집착은 정상이 아니었다.

"조만간 밀실에 감금되는 거 아니야?"

"……그러지 마요. 정말로 할 거 같아서 무섭다고요."

무리 지은 마물에게 주의하면서도 두 사람에게는 대화를 나눌 여유가 있었다.

그 주위에서는 시체에 달려들어 서로 뺏고 죽이는 마물들로 혼란스러운 광경이 펼쳐지고 있었다.

"그럼 처리해 볼까……. 【휘광섬멸진】."

"그 오글거리는 작명은 어떻게 안 돼요?"

"이세계니까 OK!"

【휘광섬멸진】. 광범위한 마법진 안을 거대한 빛 구슬에서 쏜 레이저로 적을 불태우는 제로스 특제 개조 마법이었다.

전개한 마법진이 자연 소멸할 때까지 주위 마력을 흡수해 파괴의 힘으로 전환하여 적에게 무차별 초대형 레이저를 퍼붓는다.

안전지대는 제로스 주위 5미터 안이며, 그 외에는 공격 대상이 된다. 제어가 되지 않는 광역기와 같다.

하늘에 태양이 늘어난 것처럼 빛 구슬이 생기고 거기서 사방팔방으로 레이저가 난사됐다.

고열 레이저로 마물 무리는 한순간에 재로 변했고, 그 여파로 땅이 용암처럼 녹아 화산이 폭발한 것처럼 치솟았다.

쌓인 눈이 순식간에 기화해 숲을 흰 수증기로 덮었다.

주위에서는 안쪽의 지옥 같은 광경이 보이지 않게 되어 다행일지도 몰랐다.

"제로스 씨…… 이 마법, 원래 위력이 이랬어요? 레이저가 생각보다 멀리 나가는데요?"

"공기 중에서 레이저가 확산되고 마법도 마력으로 돌아가는 성질이 있어서 거리가 멀수록 위력은 떨어져. 환기구 근처는 큰 위력이 안 나올 거야, 아마……."

"……환기구 벽에 직격으로 꽂혔는데요? 수증기 때문에 안 보이지만, 위험하지 않아요?"

"폐허니까 사람도 없지 않을까?"

있었다.

이 참상을 멀리서 지켜보던 이더 란테 조사단이었다.

다행히도 마법이 직격하지는 않았지만, 그들이 보는 창 옆은 레이저에 녹아 공격의 흔적이 남았다.

조금이라도 공격이 어긋났으면 대참사가 벌어졌을 것이다.

"그보다 비행 능력이 있는 마물이 오는데?"

"저거 【돼지곰나비】잖아요! 저 녀석 방귀는 즉사할 수준의 악취예요!"

"똥도 날아오지~. 공중에서도 방귀는 뀔 수 있고…… 아도 군, 처리는 맡길게."

"내가요?!"

아저씨는 귀찮은 마물인 【돼지곰나비】, 【보어헤드 버터플 베어】를 아도에게 떠넘겼다.

"오, 오지 마! 【코로나 노바】!"

초조해진 아도는 공중에 거대한 불덩이를 만들었다.

【코로나 노바】는 공격이 부채꼴로 퍼지는 마법이며, 한 점에서 확산하는 위력은 무시무시하게 높았다.

아도는 그런 마법을 쓸 정도로 【보어헤드 버터플 베어】라는 마물을 싫어했다.

'오? 이게 브로켄 현상인가……. 처음 봤어.'

불덩이의 빛을 받아 아저씨 그림자가 짙게 깔린 수증기에 거대한 모습으로 투영됐다.

지식으로는 알았지만, 지구에서도 본 적 없는 희귀한 현상이라서 재미 삼아 움직이며 장난을 쳐 보았다.

─쿠우우우우우우우우우우우우우우우우우우우우우우웅!

그 사이에 어마어마한 위력의 마법이 유적이 된 도시에 꽂히며 가까스로 원형을 유지하던 건물까지 산산조각 내 버렸다.

"아도 군…… 광범위 공격 마법을 쓸 만큼 저 마물이 싫었어?"

"좋아하는 사람이 있기나 해요? 저건 고기도 역하고 체취도 독해요. 심지어 무리로 나타나는 바람에……."

"축하해. 이제 너도 어엿한 섬멸자야."

"안 기뻐요!"

아저씨는 묘한 미소를 지으며 아도의 어깨에 가볍게 손을 올렸다.

하지만 아도는 전혀 기뻐 보이지 않았다.

정상인이 없는 설산에서 비상식적인 전투력을 가진 괴물이 전력을 다해 날뛰었다.

박살 난 유적들은 아깝지만, 형태를 유지한 유적이 조금은 남은 게 그나마 위안이었다.

"……도망칠까."

"그러죠."

돌이킬 수 없는 참상을 겪은 유적에 식은땀을 흘리면서도 챙길 것은 모두 챙겼다. 목격자가 없어서 천만다행이라며 안도한 둘은 이곳에서 당장 이동하기로 했다.

아저씨와 아도는 수증기에 숨어 도망쳤다.

이상한 전설이 생겼다는 것도 모른 채―.

제12화 행동에 나선 것은 아저씨만이 아니다

유적을 불태운 제로스와 아도는 초토화된 그곳을 벗어나 숲 속에서 채집을 하고 있었다.

루세리스에게 【설소초 뿌리】를 구해달라고 부탁받아서 일정 수량을 확보하기 위함이었다.

이 【설소초 뿌리】는 약사에게 제법 인기 있는 약초였다.

수요는 많지만 겨울에만 나서 수가 적고, 땅속줄기로 번식해서 모든 뿌리를 캐내서는 안 된다.

만드라고라와 더하면 영양제가 되기 때문에 노동자도 가게에서 많이들 사간다.

특히 산토르에서는 햄버 토목 공사가 싹쓸이한다.

"이게 효과도 아주 좋고 다양한 약에 사용돼서 편리해."

"그건 카논 씨에게 배웠어요?"

"아니, 나는 혼자 플레이할 때부터 알고 있었어. 카논과는 제5기 버전 업 때 동료가 됐어. 그때가 현실에서 중학생이라고 했던가?"

"오, 혹시 제로스 씨 제자였어요?"

"아니, 케모 씨. 굳이 따지면 제자는 간테츠 씨였지? 처음에는 무기 대장장이가 목표였는데…… 【보머 고롱】에게 날아간 뒤로 자폭 마니아가 됐어."

"그 취향…… 그런 이유로 생겼나."

같은 섬멸자인 자폭 무기 장인 간테츠.

그와 알게 되고 소재 모으기를 돕던 제로스는 【보머 고룡】이라는 아르마딜로 골렘 같은 마물과 싸우다가 자폭 공격을 맞고 날아갔다.

그 이후, 간테츠는 『예술은 자폭(발)이다!』라며 괴상한 무기를 만들게 됐다.

"보통은 말리지 않아요? 자폭 무기는 위험하고 쓸모도 없잖아요. 거기다 민폐예요."

"게임을 즐기는 방법은 사람마다 다르니까. 나도 재미있어 보여서 협력했지~. 그 무기가 PK 유저에게 넘어갔을 때는 쾌감이었어……. 파티가 전부 날아갔거든."

"들은 적 있어요. 어느 필드에서 단체로 PK하던 녀석들이 갑자기 폭발했다는 이야기……. 그것도 실화였구나."

"맞아, 그거. 테드도 도왔는데, 히든 스킬로 【악행 카운터】라는 저주를 걸었어. PK를 계속하면 발동해서 간테츠 씨 【자폭】으로 날아가는 거지. 게다가 같은 장비가 옆에 있으면 연쇄 폭발하도록 설정하고 말이야~. 설마 PK 클랜이 연쇄 폭발을 일으킬 줄은 몰랐어."

"테드……."

"【리얼충 카운터】라는 저주도 만들었다나? 몰래 아도 군 장비에 넣으려고 하던데?"

"그 자식이 진짜!"

유이에게 차인 테드는 괜히 죄 없는 아도를 원망했다.

그 집념으로 만든 저주였지만, 저주 효과를 확인하기 위해 희생된 커플 플레이어도 많이 있었다. 모든 것은 아도를 말살하기 위해서였다.

　실로 부정적인 노력에 의한 집념의 결정체였다.

　"어이쿠, 설소초 발견. 흙을 파서 뿌리째 들고 가야겠구만."

　"땅속줄기로 번식하죠? 얼마나 가져가요?"

　"지금 파고 있는데…… 오오, 제법 긴데? 5미터는 되겠어."

　"길게도 자랐네. 하긴, 여기는 아무도 캐러 안 올 테니까."

　【설소초】는 씨앗과 땅속줄기로 번식한다.

　여름에는 휴면 상태에 들어가서 번식력이 강한 식물이 줄어드는 겨울, 경쟁 상대가 줄었을 시기에 활동을 시작해 번식한다. 머위 같은 잎과 연꽃이 연상되는 작은 흰 꽃이 특징이다.

　눈 속에서 살며시 얼굴을 내밀고 피는 그 자태는 아름답지만, 꽃과 줄기에는 맹독이 있어서 실수로라도 먹어서는 안 된다. 쓸 수 있는 부위는 뿌리뿐이다.

　"큰 소쿠리에 왕창 담아 가면 충분하겠지. 무분별하게 캐도 다 못 써."

　"그래도 작업이 귀찮겠네요."

　"말라 죽지 않게 1미터씩 뿌리를 남겨야 하니까. 그래도 이 인근은 굉장히 많이 자생하니까 마음껏 가져가도 돼."

　"그때마다 구멍을 파요? 그리고 다시 묻고 다른 구멍을 파고."

　"우엉 수확보다는 편해. 뿌리는 옆으로 자라고 부엽토라서 흙은 부드럽지. 다설 지역도 아니라서 파이어로 언 땅도 쉽게 녹아."

　"……눈이 내리기 전에는 돌아가고 싶네요…… 오?"

　숲 안쪽에서 검은 그림자가 꿈틀거렸다.

바위 같은 몸을 가진 거대 멧돼지【록 보어】였다.

"……록 보어. 멧돼지…… 돼지고기."

"헷, 형씨. 사냥할 텐가? 저 녀석 고기는 맛있다구~."

"제로스 씨, 괜찮아요? 설소초는 어쩌고요?"

"저 녀석은 잡식이야. 설소초 뿌리도 먹지. 방해하기 전에 잡는 편이 좋아."

아도의 뇌리에 돈가스, 곱창전골, 돼지고기 생강구이, 소시지, 베이컨 등등 그리운 지구의 먹거리가 차례차례 스쳐 지나갔다.

몸을 덮는 바위 같은 가죽은 가공하면 제법 좋은 방어구가 되며 그만큼 비싸게 팔린다. 하지만 지금 아도의 머리에는 음식에 대한 욕망뿐이었다. 이제 와서 마물 소재를 더 구할 필요도 없었다.

그렇다면 식욕을 채워야 한다고 결론 내렸다.

착각일까, 아저씨 귀에 주르륵 침 흐르는 소리가 들린 것 같았다.

"내 고기 내놔아아아아! 히얏하아아아아!"

"아아…… 아도 군이 카이 군 같은 고기 마인이 되다니……."

착각이 아니었다.

최근 지구의 맛을 떠올리게 된 아도는 이제 멈출 수 없었다.

3미터를 넘는 거대 멧돼지에게 아도가 사나운 육식 동물처럼 달려들었다.

아저씨의 엄호 따위 필요도 없으리라.

"꾸히이이이이이이이이이익?!"

"고기고기고기고기고기고기고기이이이, URYYYYYYYYYYYY!"

"돼지야, 도망쳐어어어어어어!"

가벼운 마음으로 『사냥할 텐가?』 같은 소리를 하는 게 아니었다
고 아저씨는 급격하게 후회했다.

마물을 대량 학살 했을 때는 죄책감에 시달렸는데, 지금은 전혀
그때의 비장감이 느껴지지 않았다. 아도도 이 땅에 사는 마물과
똑같이 한낱 굶주린 짐승에 불과했다.

어차피 인간도 동물이니 광대한 대자연에서 야성이 깨어나기도
하리라.

몇 분 후, 록 보어는 말 없는 고기가 되었다.

그러는 동안에도 아저씨는 설소초 뿌리를 캐고 다녔다.

자연은 약육강식. 록 보어를 돕겠다는 생각은 들지 않았다.

비정한 세상이었다.

◇　　◇　　◇　　◇　　◇　　◇　　◇

어느 도시에서 한 남자가 자기 곁에서 사라진 여성을 찾고 있었다.

그의 이름은 【자봉】.

그는 어부였고 오러스 대하에서 그물을 거두다가 한 여성을 건
져 올렸다.

그녀는 여행 도중 마물에게 공격받아 벼랑에서 오라스 대하로
떨어졌다고 했다.

그 후 그녀와 친해진 어부는 이 여성을 돌봐줬다.

미인에 몸매도 좋아 그는 한눈에 반했지만, 자신과 이어질 리는
없다고 생각했다.

불가능하다고 생각한 일이 현실이 되어 살과 살을 맞대는 관계가 됐을 때는 며칠이나 마음이 들떴다.

마음씨도 곱고 흘러넘치는 모성으로 자신을 감싸준 사랑스러운 여성에게 그는 푹 빠지고 말았다.

하지만 그 여성이 갑자기 모습을 감추었다.

그가 집으로 돌아오자 방이 어질러져 있고 돈 되는 물건이 싹 사라진 뒤였다.

물건은 아무래도 상관없었다.

자봉에게는 자신이 사랑한 여성도 사라졌다는 게 문제였다.

그는 도시를 샅샅이 뒤졌고 동료 어부에게도 부탁해 정보를 모았다.

그리고—.

"하아…….."

"그렇게 낙담하지 마. 희망을 가지지 않으면 네가 먼저 뻗어."

"하지만 아직도 정보가 안 모이잖아. 어쩌면 지금쯤……."

"불법 노예 매매는 단속이 엄격해. 경비대에도 수색을 요청했지? 금방 찾을 거야."

"그 녀석들이 무슨 도움이 된다고……. 아아…… 샤라."

오늘도 술집에서 술을 마시고 비관에 빠져 있었다.

자봉은 동료 중에서 유일하게 독신이었고 솔직히 빈말로도 잘생겼다고 하기 어려웠다. 오히려 추남에 들어갔다. 그런 남자에게 여자가 생겼다고 알았을 때, 동료들은 진심으로 자봉을 축하했다.

자봉 본인도 꿈이 아닌지 의심했을 정도로 기뻤다.

하지만 하루하루가 행복했기에 그것을 잃은 반동은 컸다.

아직 아무런 정보도 들어오지 않았다.

그러던 때, 동료 한 명이 서둘러 술집으로 뛰쳐 들어왔다.

"허억허억…… 야, 이거 봐…….."

"응? 이게 뭐야……. 수배서?"

"바보야, 그 수배서에 그려진 얼굴을 잘 보라고!"

"…………아아앗?! 샤, 샤라!"

수배서에는 자봉이 잘 아는 여성의 얼굴이 묘사되어 있었고, 죄목은 고귀한 인물의 암살 미수였다.

거액의 현상금도 모자라 생사불문의 중범죄자였다.

"어이, 이거…… 최근에 죽은 상인 사건에 관여된 거야?"

"무시무시한 여자군. 설마 우리를 속였어……?"

"목격자 말로는 산토르 쪽으로 갔다고 해. 후드 달린 망토를 머리에 눌러쓰고 상인 마차에 올라탔다고 해…….."

어부 동료가 탁상에 엎드린 그를 돌아봤다.

"거, 거짓말이야……. 나의 샤라가…….."

"이름이 샤란라인가……. 벌레 하나 못 죽일 얼굴로 범죄 조직 보스의 애인이었다고? 이 수배서, 꽤 예전에 나온 거야…….."

당연하지만 어부들도 샤라와 평범하게 대화를 나눴다.

친절하고 배려심도 있었으며, 무엇보다 아름다운 여성이었다.

그러나 현실은 정반대였다. 그녀는 남을 속여서 가까워진 후 금품을 강탈하는 도둑이었다.

심지어 고귀한 인물을 죽이려고 한 능숙한 암살자이기도 했다.

"아, 아니야…… 샤라는……. 샤라는 그런 여자가 아니야!"

하지만 속은 자봉은 아직 꿈속에 있었다.

행복한 환상에 빠져 현실을 받아들이지 못했다.

그만큼 그는 행복했던 것이다.

하지만 이것이 샤란라라는 여자의 무서운 점이었다.

남의 약점을 파고들어 교묘한 언사로 마음을 휘어잡아서 자기 뜻대로 움직이는 꼭두각시로 만든다. 그리고 이용 가치가 없어지면 바로 버린다.

설령 거짓으로 점철된 일상이었다고 해도, 행복으로 가득한 달콤한 생활을 맛본 그는 추억 속 시간에 매달렸다.

그것이 환상임을 외면한 채—

"아니야…… 이 여자가 아니야. 나의 샤라는……."

이날, 인생이 뒤틀려 버린 남자는 도시에서 자취를 감췄다.

샤란라는 마차를 타고 산토르 방면으로 가고 있었다.

목적은 【회춘의 비약】의 효과를 없앨 마법약을 어떤 인물에게서 빼앗는 것이었다.

그 상대는 친동생이며, 샤란라를 주저 없이 죽이려고 할 만큼 원망하고 있었다.

원망받을 짓을 한 샤란라의 잘못이지만, 안타깝게도 그녀는 한없이 자기중심적인 사고방식을 가졌다.

세계의 중심이 자신이라고 믿어 의심치 않을 만큼 그녀는 오만했다.

그런데 샤란라는 동생의 정확한 소재지를 몰랐다.

섣불리 모습을 드러내면 옳다구나 하고 죽이려 들 것이 틀림없었다.

그래서 숨어서 위치를 알아낼 필요가 있었다.

'어이가 없어…… 누나가 위기에 빠졌는데 구하기는커녕 죽이려고 해?'

그녀에게 남자와 동생은 편리한 돈주머니일 뿐이었다.

혈연을 방패로 세우고, 주위 사람을 끌어들여 억지로 돈을 끌어냈다.

지금까지는 그게 잘 통했다.

하지만 이 세계에 오고 입장이 역전되고 말았다.

목숨이 가벼운 이 세계는 지구보다 법률이 어설펐다.

그래서 인간의 의지에 따라 판결이 정해지는 경향이 강했다.

예를 들면 지구에서는 판결을 내리기 전에 법률에 대조해 죄질을 판단한다. 그래서 인간성과 범행 방법 등을 조사하는 게 중요하며, 판결이 결정될 때까지 시간이 걸린다.

하지만 이세계에서는 그런 조사는 필요하지 않았다. 범죄를 조사하기는 하지만, 저지른 죄에 따라서는 즉결 처형도 쉽게 벌어졌다. 오판도 빈번하게 벌어질 정도였다.

샤란라의 경우 『공작가 자제 암살 미수』라는 죄목이 있었다. 이 시점에서 이미 사형은 확정인데, 심지어 증인도 많았다.

그중 한 명이 친동생인 사토시— 제로스였고 그 자리에서 사형을 집행하려고 했다.

'요컨대 공작가와 이어졌다는 말이야. 귀찮게……. 옛날부터 요령은 좋았으니까 그 정도는 쉽게 해낼 것 같기도 해.'

공작가와 이어졌다는 사실이 골치 아팠다.

샤란라는 지금 이 나라에서 지명 수배자였다. 이러는 사이에도 현상금 사냥꾼이 자신을 찾고 다닌다고 생각하면 함부로 움직일 수 없었다.

게다가 공작가에 정보를 제공한 사람이 제로스였다.

'일을 귀찮게 만들어서 도시를 돌아다닐 수도 없잖아! 그 덕에 남자한테 안겨야 했고, 으으— 그때 일은 떠올리기도 싫어!'

그녀는 자봉이라는 남자 어부를 이용했다.

솔직히 살을 맞대는 것 자체가 불쾌한 경험이었다.

'조금 잘해주니까 어찌나 들이대던지, 역겨워서 정말! 돈이라도 많으면 그나마 다행이지만 가난하기까지…… 이것도 사토시 때문이야!'

편리하고 이상적인 남자에게 안긴다면 몰라도, 정반대로 가난한 남자에게 안기니 불쾌해서 참을 수 없었다.

심지어 얼굴도 못생겼다. 그 사실이 그녀의 기분을 더더욱 나쁘게 했다.

'그래도 됐어. 다음 도시에서 상인 집에 숨어들어서 돈 되는 물건을 받아갈 테니까. 정말 인벤토리는 편리해.'

흔들리는 마차에서 샤란라는 절도 계획을 짜고 있었다.

주변 용병들은 그런 줄도 모르고 그녀의 용모에만 눈길을 빼앗겼다.

본성을 모른다는 것은 행복한 일이었다.

시선을 보내는 남자들에게 미소 짓자 모두 흥분해서 헤벌쭉한 표정을 지었다.

'후후…… 당분간 돈 걱정은 없겠어.'

여행비가 없는 샤란라에게는 흑심 있는 남자들은 정말 벗겨 먹기 좋은 호구였다.

설산에서 채집을 끝낸 제로스와 아도는 산속 깊숙한 곳으로 들어갔다.

숲과 유적을 불태우고 마물을 대량 학살한 죄책감 때문은 아니고 【소드 앤 소서리스】의 지식에 있는 던전을 확인하기 위해서였다.

그리고 결국 목적지에 도착했다.

"……있네요."

"있네, 있어~."

바위산에 사람이 아슬아슬하게 통과할 크기의 균열이 있었다.

문제는 이곳이 던전인가 아닌가였다.

"이곳은 고정 던전이었는데, 실제로는 어떠려나? 기억으로는 약초의 보고였는데."

"나한테 묻지 마요. 들어가보면 알잖아요."

"그건 그래……. 들어간 순간 갑자기 비명횡사하지는 않겠지?"

"그러지 마요. 한 번 양산형 던전에 들어간 적이 있었는데, 대뜸 보스방이 나온 적이 있어요."

"그 보스, 강했지? 야아, 그립다. 나도 그런 적 있었지."

제로스는 담배를 피면서 태평하게 앞을 걸었다.

아도는 불안해서 죽을 맛이었다.

양산형 던전에서 갑자기 튀어나오는 보스는 대부분 무섭도록 강했다.

던전을 형성할 때 마력이 모두 마물에게 흘러들어서 필연적으로 강력한 보스가 탄생하는 원리였다. 잘못하면 레이드 보스전이 벌어지기도 했다.

"아슬아슬하게 이겼지만, 다들 지쳐서 나가떨어졌어요. 마왕 클래스였다고요."

"이해해~. 전멸하면 재수가 없었다고 생각할 수밖에 없지만, 이겼을 때 드롭템이 쏠쏠했지."

가벼운 말투로 수다를 떨며 나아가던 두 사람은 도중에 넓은 장소로 나왔다. 고정 던전이 틀림없어 보였다.

하지만 그곳에는 거대한 그림자가 앞을 가로막고 있었다.

아저씨의 입에서 담배가 툭 떨어졌다.

"……자이언트 코볼트."

"……정말로요?"

입구 대기 보스를 만나고 말았다.

―크오오오오오오오오오오오오오오오오오오오오!

저절로 귀를 막고 싶어지는 포효와 함께 거대한 검으로 땅을 휩
쓸었다.

두 사람은 반사적으로 뛰어올라서 벽을 차고 앞으로 날아올랐
고, 그 뒤로 거대한 검이 지나갔다.

대검은 바위벽을 부쉈고 파편이 무서운 속도로 튀었다.

"말이 씨가 됐어?! 뜬금없이 거물이 나와?!"

"하하하하하, 게임 밸런스가 나쁜 던전이야. 모르면 죽어야지도
정도가 있지. 이거 운영진에게 따져야겠는걸?"

"웃음이 나와요?! 애초에 어디에 따져야 하냐고요!"

게임과 현실은 박력이 달랐다.

아무리 사기적인 능력을 갖췄어도 현실에서는 두려움이 따라붙
었다.

게다가 거구는 자연환경에서 유리하게 작용한다.

식량 확보가 힘들다는 단점도 있지만, 힘과 체력이 있어서 쉽게
쓰러지지 않아 생존 경쟁에서는 덩치가 곧 힘의 상징이기도 하다.

"정석대로 속도로 농락할까. 훅!"

"그것밖에, 방법이 없네요!"

아도가 자이언트 코볼트 발치에서 교란하고 제로스는 벽을 차며
활을 쐈다.

하지만 속도를 중시한 공격은 큰 효과가 없었다.

자이언트 코볼트는 몸이 큰 만큼 방어력도 좋았고, 거구에 어울

리지 않는 반사 속도를 가졌다. 폐쇄적인 장소에서는 제로스와 아도의 움직임도 제한되어 전력을 다하기가 어려웠다.

"예상보다 훨씬 단단해. 칼이 안 듣잖아…….."

"화살도 별 효과가 없구만. 꽂히기는 하는데 가시에 찔린 정도인가?"

"뭐, 보통은 그렇겠죠!"

거구로 휘두른 대검은 위협적이었다. 아무리 제로스와 아도의 스펙이 괴물 같아도 직격으로 맞으면 무사하지는 못할 것이다.

이 세계에서도 체격 차이를 이용한 간단한 물리 법칙이 위험하게 작용하며, 한 방이라도 맞으면 쥐포가 된다. 거기에 레벨이라는 법칙이 더해지면 손쓸 방도가 없다.

마구 날뛰는 자이언트 코볼트는 그만큼 위험한 존재였다.

"어떻게 해요? 이대로 가면…… 큭! 시간만 걸리는데……."

"마법으로 처리하자. 관통해서 동굴이 무너지면 난리 나겠지만……."

"불길한 소리 좀 하지 말라니까요……【레이】!"

"【선더 볼트】."

자이언트 코볼트에게 전기 구슬과 광선이 발사됐다.

고압 전류가 자이언트 코볼트의 몸에서 날뛰고 광선이 심장을 꿰뚫었다.

그 여파로 뒤쪽 바위벽이 폭발한 것은 사소한 일이니 넘어가자.

"처음부터 이렇게 했어야 했나?"

"그렇기는 한데…… 무너질까 봐 겁나잖아. 잘 생각해보면 아직

던전이라고 정해진 것도 아니고, 어쩌면 여기가 그냥 집이었는지
도 몰라."

"피곤한 것보다는 낫다고 보는데요."

"그러다가 만에 하나 생매장당하면 어쩌려고?"

제로스와 아도의 전투력은 과했다. 비정상적인 힘인 만큼 그 힘
이 자기 목을 조를 수도 있었다.

강대한 힘은 양날의 검이었다.

"무서운 소리 하지 마요. 그렇게 되지 않게 평범한 마법이나 쓸
까……."

"그러는 편이 나아. 전에 던전 안에서 오리지널 마법을 썼다가
실제로 죽을 뻔했거든."

"뭐 하고 다닌 거예요, 제로스 씨……."

제로스는 어느 갱도에 채굴하러 갔을 때, 그 갱도 안에서 위험한
마법을 썼다.

그리고 그 마법의 여파로 죽을 뻔했다.

【소드 앤 소서리스】와는 달리 실제로 그런 상황이 벌어지면 죽을
지도 모른다. 그래서 신중해질 수밖에 없었다.

애초에 현실 던전에 보스방 따위 존재하지 않았다.

항상 던전 안을 배회하며 탐색 중에 마주칠 가능성도 컸다.

"이것도 조사한 지식이고 실제로 체험하지는 않았지만."

"그럼 자이언트 코볼트는 여기 보스예요?"

"글쎄? 어쩌면 더 흉악한 녀석도 있을지 모르지?"

"불길한 소리 하지 마요, 제로스 씨……. 뭐가 됐건 마물을 죄다

사냥해야 하는 건 똑같지만."

【알피아 메이거스】가 완전 부활하기 위해서는 반드시 대량의 마물을 해치워야 했다.

그녀는 현재 존재가 희박했다. 그 존재를 현세에 고정하기 위해서는 많은 제물을 필요로 했다.

이상 성장한 마물은 딱 좋은 제물이었다.

원래 신은 고위 차원의 존재였다. 법칙이 다른 저차원에 형상화하려면 그 세계에 맞는 육체를 구축하고 힘을 조절해야만 했다.

하지만 알피아에게는 보유한 힘이 적고 육체 구축에도 막대한 에너지가 필요했다.

제로스와 아도는 그 에너지를 확보하기 위해 움직이고 있었다.

"……여기가 던전이면 공략할 거예요?"

"공략할 수밖에. 사신 아가씨가 완전히 부활하려면 이상 성장한 생물의 【존재력】, 다시 말해 경험치가 필요해. 제물은 많을수록 좋지."

두 사람은 대화하며 앞으로 나아갔다.

처음에는 착각인 줄 알았으나, 동굴 안에는 검은 안개가 깔려 있었다.

"이건…… 독기인가?"

"어쩐지 우리한테 모이는 것 같지 않아요? 위험한 거 아니에요?"

위험해도 뒤로 물러날 수는 없었다.

쉽게는 죽지 않는 몸이라도 생물의 본능이 위기감에 경종을 울렸다. 검은 안개에는 마음에 간섭하는 의지 같은 힘이 있는 느낌이었다.

그래도 걸음을 멈출 수는 없었다.

제로스 집 지하 창고.

배양액 안에서 무료함을 달래던 【알피아 메이거스】는 자신에게 흘러드는 힘을 느꼈다.

『음? 아무래도 그 둘이 시작한 모양이구먼.』

미미했지만, 필요한 것은 힘— 에너지의 양이 아니었다.

자동차를 예로 들면 플러그를 점화시킬 정도의 힘이면 충분했다. 한 번 활동이 활성화하면 알피아 메이거스는 세계에서 막대한 에너지를 흡수할 수 있었다.

하지만 그러기 위해서는 지금 육체를 재구축할 필요가 있었다.

육체 재구축과 힘 흡수를 동시에 진행해야만 했다.

『호오…… 소환된 자들의 혼이군. 이건 흡수해 두는 게 좋겠어.』

혼이라는 힘의 결정체가 흘러들었다.

그것은 작지만 무한한 가능성을 내포했다.

하지만 다른 차원의 혼은 이 세계에서 이물질에 지나지 않았다.

이들에게는 세계의 섭리에 적응하는 프로그램이 있고, 이 프로그램이 지금 세계에 간섭해 침식하고 있었다.

『흠…… 다섯 명 정도인가? 그것도 모두 프로그램이 변질됐어. 정상화 시스템을 구축해야겠지만, 지금 나로서는 무리군.』

용사는 여러 세계에서 소환됐고 죽은 용사들의 혼에 새겨진 이 세계의 섭리가 오류를 유발하고 있었다.

　아니, 항체 시스템 프로그램이 치명적인 버그를 일으켜 이 세계의 삼라만상에 개입하는 악성 종양이 되었다.

　심지어 알피아가 예상을 능가하는 심각한 변질이었다.

　『다른 혼에도 퍼지며 침식하나……. 다행히 손에 넣은 혼은 모두 다른 세계의 섭리를 가졌나 보구면. 허나 가까운 세계이기도 해. 우선 이 프로그램을 흡수하고 해석해 나 자신을 항체로 만들어야겠어. 얼마나 많은 혼이 이세계에서 소환됐는지 모르지만, 잘하면 '내 힘을 회복하는 데 도움이 될지도 몰라.』

　용사들의 변질된 혼은 어떤 의미로는 【신】에 가까운 존재였다.

　알피아의 하위 존재라고 할 수도 있었다.

　하지만 거기에 깃든 의식은 단순해서 분노와 증오, 그리고 향수밖에 느껴지지 않았다.

　알피아는 혼만 잠재우고 항체 프로그램을 이용하기로 결정했다.

　『이 항체 시스템은 세계에 간섭할 수 있고 세계도 거절하지 않아. 그렇다면 육체 재구축에 이 시스템을 이용하면 편해지겠지. 그리고 놈들이 있는 성역에 간섭할 수 있을지도 몰라.』

　변질한 항체 프로그램은 이 세계 섭리의 일부였다.

　하지만 본래 이물질을 배제하는 방어 시스템이라서 섭리의 강제성에서 다소 자유로운 편이기도 했다.

　그래서 알피아는 용사들의 혼에서 프로그램을 분리해 자기 전용으로 조정하기로 했다.

바로 용사들의 혼을 종류별로 보존하고 자신의 육체를 프로그램에 짜넣기 시작했다.

이로써 관리 권한이 없어도 외부에서 시스템을 장악할 수 있게 된다.

그동안에도 많은 에너지가 알피아에게 전달됐다.

『으음…… 너무 열심히 하는 것 아닌가?』

제로스, 아도와 나눈 성약은 지금도 고차원 라인을 통해 에너지를 보내왔다. 그것이 설마 처리 능력이 따라가지 못할 양이라니. 오산이지만 오히려 좋았다.

『나는 생각보다도 빨리 밖으로 나가게 될지도 모르겠군.』

사신의 완전 부활은 머지않았다.

 ## 제13화 이 사람들 짓이에요

루세리스의 하루는 규칙적이다.

새벽 예배, 아침 식사 준비, 아이들과 청소를 하고 거리로 나가 신성 마법으로 치료 활동. 매일 행동이 루틴처럼 정해져 있다.

평범한 하루를 평온하게 보내는 것은 어떻게 보면 행복이다.

날마다 같은 일과를 보내기 때문에 사소한 변화를 깨닫기도 하며 신선하게 느끼기도 한다. 그것을 재미있다고 생각하는 것은 정서가 풍부하다는 뜻이리라.

오늘도 평소와 다를 바 없는 나날 속에서 소소한 변화가 찾아왔다.

"……귀찮아. 약 조합이 이렇게 번거로워?"

"쟈네 씨……. 우리는 가난하니까 회복약 절약은 필수야. 작은 것부터 아끼지 않으면 금방 길거리에 나앉을지도 모른다구."

"나도 알지만, 성미에 안 맞아. 나는 좀 더, 뭐라고 해야 하지, 『파밧!』하고 간단하게 해치우는 게 좋은데……."

"약초를 끓이고 마석을 넣어서 병에 담으면 끝이야. 간단하잖아?"

"마석을 빻아서 더하는 양이나 약초의 배합률 같은 게 너무 복잡하다고. 연금술사나 약사는 매일 용케 이런 짓을 하네."

"생계가 걸렸는데 당연하지 않아?"

'……'

요즘 양육원에 눌러앉다시피 한 이리스와 쟈네는 자주【포션】제작에 빠져 있었다.

용병 생활은 돈이 많이 들어서 허리띠를 꽉 졸라매지 않으면 생활이 어려웠다. 물론 쟈네 파티도 예외는 아니었다.

루세리스는 이 둘을 보면 옛날 일이 떠올랐다.

『쟈네, 뭐 해?』

『……쿠키 만들어.』

『흐음. 귀찮아 보여.』

『맛있는 쿠키를 만들려면 수고를 아끼면 안된다고 사제님들이 말했어. 나, 크면 과자 가게를 하고 싶어.』

어릴 적 기억 속 어린 소녀들도 지금은 어엿한 어른이 됐다.

'……쟈네. 왜 그렇게 거칠어졌어? 과자 가게를 열고 싶다던 그 시절의 순수함과 부지런함은 대체 어디로 사라졌어?'

"……왜 울어, 루?"

서투른 솜씨로 열심히 쿠키를 만들려던 소녀가 지금은 귀찮은 일을 내던져 버리는 어른으로 성장했다. 그게 조금 슬펐다.

"아뇨…… 세월이 잔인하다고 생각해서……. 쟈네는 여성으로서 중요한 것을 던져 버렸네요."

"무슨 뜻이야!"

"과자와 인형 만들기를 좋아하고 모든 사람에게 만들어주던 순수한 쟈네는 어디로 가 버렸는지……. 나는 슬퍼요."

"어릴 적 이야기잖아? 그렇게 한탄할 일이야?!"

"취해서 가로등에 안기거나 홀랑 벗고 돌아다니고, 이를 갈면서 침대에서 떨어질 듯 말 듯한 자세로 자는 모습은 빈말로도 여성스럽다고는……. 옛날에는 그렇게 귀여웠는데……."

"쟈네 씨, 왜 이렇게 망가졌어?"

"……너무하지 않아? 말이 좀 심하다고 생각하는데."

매일 생활하다 보면 알고 싶지도 않은 현실을 보게 되기도 한다.

남자인지 여자인지 구분이 안 될 정도로 거칠어진 소꿉친구는 도저히 두 눈 뜨고 못 봐줄 수준이었다.

"현실이란 잔인해요. 옛날에는 그렇게 성실했는데 지금은 씀씀이도 헤프고……. 산더미처럼 사들인 인형은 앞으로 어디에 둘 생각인가요?"

"윽……."

"그 무렵에는 절약해서 살림에 보탬이 되어야 한다고 어린아이 답지 않은 말을 했는데⋯⋯."

"아니, 남 말 할 처지야? 너도 너무 변했어."

"뭐? 그래?!"

"그렇다니까⋯⋯ 옛날 루는──."

그리고 쟈네는 이야기했다. 루세리스의 과거를──.

『응? 괴롭힘당했어? 그럼 적을 쳐야지!』

『루, 나무 막대기 들고 어디 가?!』

『당연히 혼쭐내러! 폭력으로 사람을 지배하면 폭력으로 맞아 죽어도 할 말 없다고 사제님이 말했어. 서치 앤 디스트로이!』

『그, 그러면 안 돼~! 정말로 죽으면 어떡해!』

『인과응보! 정의는 우리의 것!』

그리고 루세리스는 동네의 악동을 때려눕혔다.

그 결과, 루세리스는 악동들의 대장이 되었지만, 그 덕분에 양육원 주변에서 아이들의 괴롭힘은 사라졌다.

오히려 루세리스 산하의 악동 집단이 세력권을 확대했을 정도였다.

"그 무렵 루의 말버릇은 『악은 폭력으로 다스린다』였어. 멍석말이를 당해서 나무에 매달린 멍청한 꼬마가 꽤 있었지⋯⋯. 옷을 전부 벗기고 방치한 적도 있어."

"루, 루세리스 씨? 말괄량이를 넘어서 이미 갱스터잖아?! 어리다고 용서될 수준을 넘었어!"

"그 무렵에는, 저도 젊었으니까요……."

"당나귀를 훔쳐 타고 여러 스트리트 갱단을 격파하며 세력을 확대해 산토르의 뒷골목을 주름잡았어. 참고로 팀 이름은 【블러드 크루세이더즈】였지……."

"그 시절 뒷골목은 난세였으니까요. 싸우지 않으면 살아남을 수 없었어요."

"그래서 붙은 별명이 【광란의 처녀】였지~."

"어린 시절 이야기지?! 왜 그런 별명이 붙어?!"

아련한 눈으로 말하는 쟈네와 고개를 돌려 버리고 모른 척하는 루세리스.

쟈네의 이야기를 조금 보충하면 루세리스는 자기와 다른 고아들의 차이를 깨닫고 고민하고 있었다.

고아들은 병으로 가족을 잃거나 생활이 어려워 맡겨진 아이가 대부분이고, 모두 가족이 무엇인지 알고 있었다. 부모에 관해 전혀 아는 게 없는 사람은 루세리스뿐이었다.

『나는 버려진 아이?』라거나 『부모는 나를 버릴 만큼 싫어했나?』라며 어린 머리로 생각했다.

하지만 신관과 다른 아이들 앞에서 그런 이야기는 한마디도 하지 않았다.

그렇게 억누르던 감정과 짜증이 양육원에 시비를 걸던 스트리트 갱단에게 향했고, 모 사제장에게 단련받은 호신술로 그들을 격파했다.

물론 짜증만이 아니라 친구를 지키고 싶다는 어린아이 나름의 정의감도 있었기에 딱히 엇나간 것은 아니었다. 조금 말썽꾸러기일 뿐이었다.

이 도시의 뒷골목 아이들은 다른 곳에 비하면 평화로운 편이어서 싸움이라고 해봤자 울 때까지 치고받는 게 다였다.

무기를 쓰는 것은 외부에서 유입된 스트리트 갱단을 상대할 때 정도고 모두 이 도시 특유의 규칙을 따르고 있었다. 참고로 이 규칙을 만들 때 배후에서 방탕 사제가 관여했다고 한다.

말썽을 부리며 어린 시절을 보낸 루세리스도 지금은 어머니— 메이아의 사랑을 알았고 언니 루세이와는 편지로 교류하고 있었다.

남은 문제는 아버지와 다른 일족과의 반목이었지만, 그녀는 딱히 신경 쓰지 않았다.

애초에 그녀는 이미 자신의 길을 걷고 있었고, 어릴 적 품은 복잡한 마음도 진작 극복했다.

"그래서 루세리스가 신관 수행을 떠난 뒤, 왠지 내가 다음 리더가 됐어."

"아…… 쟈네 씨 성격이 변한 건 그게 원인이었구나."

"그리고 사제님 영향도 받았어요. 그분을 존경했으니까……."

"지금 생각하면 인간적으로 칭찬할 사람이 못 돼. 술에 도박에, 싸움은 일상이고 지금도 범죄 단체를 휘젓고 다녀."

스트리트 팀 【블러드 크루세이더즈】의 2대 리더가 된 쟈네는 열심히 노력했다. 너무 노력했다.

강한 리더가 없어지면 당연히 조직은 공중 분해되고, 다시 전쟁의 시대로 변한다.

루세리스가 사라진 양육원 팀은 집요하게 표적이 됐고 쟈네는 동료를 지키기 위해서 루세리스가 애용한 각목을 들고 울면서 반격에 나섰다. 어디 사는 방탕 사제에게 호신술을 배운 덕도 있지만, 어차피 어린애들의 싸움. 결판은 금방 났다.

그 후 쟈네에게 붙은 별명은【울보 리더】였다.

두 사람은 어릴 때와는 정반대로 성장해 루세리스는 성녀 같은 여성이, 쟈네는 야성적인 분위기가 매력인 여성이 되었다.

인생이란 참 어떻게 될지 모르는 법이다.

"……환경은 중요하구나. 상황에 따라서는 착한 아이도 나쁜 아이가 돼."

"그만해, 이리스……. 나한테는 흑역사야."

"그 시절 저는 예민했죠……. 『힘없는 정의는 정의가 아니다』가 좌우명이었어요."

"그렇다고 왜 후계자로 나를 골라? 아무리 생각해도 사람을 잘못 골랐잖아!"

"다 들었어요. 전쟁에서 농땡이 피운 동료를 울면서 패며 설득했다고. 강해졌네요~."

"그 말투, 아저씨 같아."

"이솝이 집단 구타를 당했을 때, 다 같이 복수하러 갔다고도 들었어요. 『하나는 모두를 위해, 모두는 하나를 위해』가 암호였다면서요?"

"얼레? 그 이야기, 어디서 들어본 기분이……."

사람에게는 누구나 역사가 있는 법. 변해 버린 두 친구의 과거에는 상당히 개성 넘치는 역사가 숨겨져 있었다.

　루세리스가 패도를 걸었다면 쟈네는 왕도를 갔다고 할 수 있으리라.

　뒷골목에서 펼쳐진 아이들의 통일 전쟁이었다.

　물론 이리스는 살벌한 갱 전쟁을 떠올렸지만, 실제로는 흘러든 고아 갱단이 아니면 『으아앙!』, 『좋아, 울었으니까 내가 이겼다!』라는 수준의 싸움이었다.

　"그보다 손이 멈췄어요. 【포션】을 만들어서 의뢰를 편하게 하겠다면서요?"

　"네가 탈선시켰잖아. 그런데 너는 뭘 만드는 중이야?"

　"평범한 위장약이에요. 용병분들에게 잘 팔려요."

　"매일 술집에서 술을 퍼마시니까 당연히 속이 망가지지."

　"왜 좀 더 건강에 신경 쓰지 않을까요? 용병은 몸이 재산이잖아요."

　"그 말은 레나한테도 들어맞지. 술에 강하고 성적으로도……(우물우물)."

　"여관비는 어떻게 해결하지? 소지금은 우리랑 같지?"

　레나의 행동에도 수수께끼가 많았다.

　미소년과 늘 여관에서 뒹굴려면 어디서 따로 돈을 벌어야 했다.

　하지만 부업을 가졌다는 이야기는 들은 적도 없었다.

　부족한 돈을 어디서 메꾸는지 쟈네와 이리스는 알지 못했다.

◇ ◇ ◇ ◇ ◇ ◇ ◇

교회에서 입방아에 오르던 그 무렵, 레나는 산토르에 있는 공인 카지노에 있었다.

그녀는 카드 다섯 장을 보며 의미심장하게 웃고 있었다.

"받고, 금화 다섯 닢 추가할게."

"큭…… 그렇게 강한 패인가?"

호화롭게 차려입은 남자가 괴로운 표정으로 노려보았다.

레나는 그 앞에 판돈을 더 올렸다.

"……승부하지. 4 트리플."

"어머, 아쉬워라. 풀 하우스."

"""""우오오오오오오오오오오오! 역시 퀸이야!"""""

레나는 카지노에서 도박사로 유명했다.

그녀는 지는 법을 몰랐다. 보통은 카지노에서 싫어할 인재지만, 그러지 않는 이유가 있었다.

"그럼 평소대로 3분의 1은 내가 받을게. 남은 돈으로는 다 같이 술이라도 마셔."

"얏호~! 언제나 그렇지만 통이 크셔!"

"역시 퀸이야! 그 점에 전율해, 동경하게 돼애애애애애애!"

딴 돈의 3분의 2를 카지노에서 쓴다. 그것도 다른 손님들에게 크게 쏘는 것이다. 카지노 입장에서도 수익이 늘어나므로 꾐장히 좋은 손님이었다.

하지만 카지노에는 성가신 손님도 있었다.

"어라~, 레나잖아? 오늘도 화려하게 돈을 긁어모으고 있어?"

"어머, 메를라사 사제장. 카지노에서 만나는 건 오늘로 세 번째네. 이것도 인연인가?"

"하하하, 직감적으로 여기에 와야겠다는 느낌이 들어서 말이지. 그랬더니 아니나 다를까 공짜 술을 준다네? 고맙게 마실게."

"그 직감, 정말로 신이 도운 것 같네. 역시 사제장이라 그런가?"

"글쎄, 신이 아니라 악마일지도 모르지? 아하하."

레나와 메를라사 사제장의 대화에는 미묘한 거리감이 있었다.

두 사람은 얼마 전 다른 도박장에서 우연히 마주쳐 카드 게임으로 역사에 남을 명경기를 펼쳤다.

앞날이 불투명한 용병과 업무를 내팽개치고 도박장에서 한탕하려는 도박꾼 사제장. 지금까지 만날 일 없었던 두 명이 그 승부 이후로 신기할 만큼 자주 마주쳤다.

"사기는 안 쳤는데 왠지 출입금지를 당해. 승부를 해서 계속 이겼을 뿐인데, 인정머리 없는 녀석들이야."

"상대방 돈을 모조리 빼앗아서 그런 거 아니야?"

"그럼 도박을 하지 말아야지. 즐기지 않고 일확천금이나 노리니까 천벌을 받는 거야. 도박은 승자가 모든 것을 가지는 세계야."

두 도박사는 가볍게 술잔을 나누며 잡담을 나누었다.

같은 도박사라도 이 둘은 대척점에 있었다.

도박에서 이기면 전부 환금해서 돌아가는 메를라사와 가게에서 돈을 대부분 사용하는 레나.

술값으로 매상에 공헌하는 레나가 환영받는 것은 당연한 이치였다.

그래서 사람들은 이들을 몰래 【수전노 여교황】과 【여제】라고 불렀다.

 이 만남은 역시 인연인지도 몰랐다.

 "후후, 전에는 무승부로 끝났지만, 오늘 한 번 더 붙어 볼래?"

 "오늘은 됐어. 같은 파티에게 들키면 시끄러워지니까."

 "성실하네~. 도박은 하고 싶을 때 자유롭게 하면 돼. 남에게 들킨다고 부끄러워할 위인도 아니잖아? 이런 곳에 드나들 정도로 뻔뻔한 성격이면서."

 "도박으로 신세 망치기는 싫어. 돈을 뿌리는 것도 일종의 행운 기원이야."

 "그 덕분에 나는 맛있는 술을 얻어먹을 수 있지. 고마운 일이야."

 "천만의 말씀."

 레나는 미소 지으며 테이블을 떠났다.

 그 뒤에서는 도박사의 폭군이 날뛰려고 하고 있었다.

 "이게 다 뭘까……?"

 "판타지에 이상한 생물이 있는 줄은 알았지만……."

 넓은 밭의 식물 사이에 몸을 숨기고 아저씨와 아도는 머리를 감싸 안고 있었다.

 그들이 들어간 곳은 역시나 던전이었다.

 하지만 그들 눈앞에는 너무나도 끔찍한 광경이 펼쳐지고 있었다.

—냐아옹—! 하악—!

—그워어어어어어어!

—꾸히히히히이이익!

고양이와 개, 돼지, 말, 곰, 쥐 따위의 머리가 자란 식물이 넓은 면적에 자라나 있었다.

그리고 코볼트들이 그것을 재배하는 광경이었다.

마치 『게슈탈트 붕괴의 세계에 어서 오세요』라고 누군가가 속삭이는 듯한 머리 아픈 세계였다.

"이 괴상한 식물은 식용인가?"

"동물일지도 모르지. 일단 머리가 있으니까."

한마디로 요약하면 악몽 같았다.

식물인지 동물인지 잘 모를 생명체가 밭을 이루고 코볼트들이 땀을 뻘뻘 흘리며 그것을 돌봤다.

그러던 중 코볼트 한 마리가 이 영문 모를 생명체를 뽑았다.

『음머어어어어!』 하는 울음소리를 내며 괴생물체는 숨이 끊겼다.

아마도 소였나 보다.

"뿌리가 고구마 같은걸……."

"역시 식용이구나……."

코볼트는 고구마 같은 뿌리를 덥석 물었다.

그러자 거기서 붉은 액체가 터져 나왔다.

"도, 동물이었어?!"

쇠 비린내가 떠돌았다.

정체 모를 고구마를 맛있게 먹던 코볼트가 다른 코볼트에게 둘러싸여 뭇매를 맞았다.

아마 몰래 뽑아 먹다가 혼난 모양이었다.

"잘 보니까 머리가 다른 식물(?)은 전혀 다른 종인가 보구만."

"이거, 유글레나 같은 생물일까요?"

"글쎄……. 뭐가 됐든 징그러운 생물인 것만은 확실해."

이세계 생태계는 인간의 지식을 뛰어넘은 데인저러스 월드였다.

더 자세히 보니 인간 머리를 가진 식물까지 있었다.

심지어 재수 없게 해죽해죽 웃고 있었다.

이것이 식물의 의태라면 두 사람의 정신 건강이 지켜지겠지만, 감정을 써도 【정체불명】이라고 표시되니 확인할 방법이 없었다.

"……태워 버려요?"

"코볼트가 피땀 흘려 키웠을 텐데. 같은 농사꾼으로서 마음이 아프지만……."

"애초에 이거 채소예요?"

"어려운 질문이야……. 확실한 건 이대로 두면 우리 정신이 게슈탈트 붕괴를 일으킨다는 거겠지."

"어쨌거나 마물은 섬멸할 거죠? 정신이 붕괴하기 전에 처리하지 않을래요?"

"그러게~. ……태울까…… 응?"

문득 아저씨가 왼쪽을 보자 민머리에 밉상스러운 얼굴을 한 남자와 눈이 맞았다.

아니, 그 남자의 목부터 아래는 무 같은 식물이었다.

뭐라고 말하기 힘든 분위기가 세 사람 사이에 흘렀다.

"……뭘 봐?"

""마, 말했어?!""

"말하면 안 되냐? 너희도 말하잖아. 너희는 되고 내가 안 되는 이유라도 있냐?"

"말도 안 돼……. 저쪽 녀석은 실실 웃고 있는데……."

"아, 그람베르드 말인가. 저 녀석은 사흘 전에 비료를 받아서 뿅 갔어. 그때부터 쭉 흥분 상태지. 누구는 성장 속도도 느린데."

"……그람베르드. 거창한 이름이구만~."

기분 나쁘게 생겼는데 이름은 쓸데없이 멋졌다.

이상하게 식은땀이 흘렀다.

"뭐, 아무렴 어때. 침입자라면 알려야지. 귀찮게시리."

""……뭐?!""

"여기 침입자다아아아아아아아아!"

─워우우우우우우우우우우우우우우우우우우우우!

기분 나쁜 생물의 목소리에 반응해 코볼트들이 일제히 하울링을 시작했다.

저마다 농기구나 무기를 들고 제로스와 아도에게로 부리나케 달려왔다.

"이, 이 괴생물이 우리를 팔았겠다?!"

"헹, 이런 곳에 기어들어온 너희 잘못이지. 재수 없는 너희 팔자를 탓해."

"【에어 버스트 디스트럭션】."

—콰과아아아아아아아아아아아아아아아아아아아앙!

【에어 버스트 디스트럭션】. 초고밀도로 압축한 공기를 단번에 해
방하는 마법으로, 밀폐 공간인 던전에서는 그 위력이 증폭된다.

　폭발이란 요컨대 충격의 순간적인 확산이다. 천장이 막힌 장소
에서 이 마법을 쓰면 충격파가 자연스럽게 밀폐되지 않은 곳을 향
해 퍼져나간다.

　그곳이 좁은 통로라면 충격파가 벽에 막혀 집중되므로 충격의
위력이 증폭된다.

　거기에 더해서 충격파가 천장에 반사되거나 벽을 통해 가속해
다시 한곳으로 돌아오는 현상까지 일어났다.

　충격은 난류처럼 땅을 유린하고 코볼트가 지은 집과 밭을 쓸어
버렸다.

　"이, 이게 무슨……?!"

　"훗…… 상대방의 역량을 알아보지도 않고 동료를 부른 네 잘못
이지. 네 멍청한 머리를 탓해. 재수가 없었구나, 괴생물아."

　"역시 원조 섬멸자……. 파괴 활동에는 도가 텄어."

　"이, 이 자식…… 인간. 저주받아라……. 아아…… 한 번이라도
좋으니까 맛있는 비료를 먹고 싶었는데……. 나도 천국을 맛보고
싶었……어……."

　폭풍과 충격파로 뿌리째 뽑힌 괴생물은 그 자리에서 사망했다.

아마 뿌리가 뽑히면 죽는 것 같았다.

"……이 녀석들에게 비료는 술이나 마약인가?"

"……글쎄다."

수수께끼가 많은 생물이지만, 조사할 생각은 들지 않았다.

그리고 이 지역에 사는 코볼트는 모두 쓰러져서 비참한 시체가 되었다.

"살아남은 괴생물도 처분할까. 【다크니스 홀】."

아도는 어둠 계통 마법 【다크니스 홀】로 괴생물을 칠흑의 어둠 속으로 빨아들였다.

이 마법은 쉽게 말하면 블랙홀과 화이트홀 같은 효과를 지녔다.

중력 마법의 일종으로 모든 것을 초중력으로 압축해 양자 단위로 분해해 버린다.

그런데…… 이론적으로는 그럴 테지만, 아저씨는 여기에 의문이 생겼다.

"아도 군, 다크니스 홀 너머가 어떤지 궁금하지 않아?"

"응? 왜요?"

"간단하게 말하면 이 마법은 순간적으로 초중력 역장을 만들어서 공간을 왜곡시켜. 중력이 공간을 비틀어서 시공간에 구멍이 뚫린다는 말이야. 거기에 마물을 강제로 버리는 건데……."

"아니, 이론은 넘어가고 결론부터 말해줄래요? 복잡한 이야기는 들어도 잘 모르니까."

"저기 들어간 물질이 특이점을 넘었을 때, 그 앞은 이세계야. 만약 그 괴생물이 산 채로 이세계에 도착하면 어떻게 될까?"

"……?!"

생물의 머리가 피는 기분 나쁜 식물. 그런 것이 이세계에 도착해서 번식하면 어떻게 되는가.

심지어 진화까지 한다면 생각만 해도 무시무시했다.

"지금은 꽃 크기지만, 진화하면 거목이 될 가능성도 있겠지. 그런 게 하나의 혹성에서 번식하는 거야. 무섭지 않아?"

"하하하…… 제로스 씨, 무슨 소리예요? 그건 그냥 가능성이 있을 뿐이지 확률적으로는……."

"그래, 확률적으로는 소수점 이하야. 우주는 무한하게 넓으니까. 하지만 절대로 0은 아니란 말이지."

"아니, 이 사람이 왜 무서운 소리를 하고 그래?! 나 겁주고 즐기는 거죠?!"

"……지금 생각하면 우리는 그 짓을 꽤 많이 저질렀어. 【어둠의 심판】이나 【폭식의 심연】으로."

【어둠의 심판】과 【폭식의 심연】. 어느 쪽이나 초중력 마법이었다.

적과 마력을 초중력 역장의 매개체로 삼아서 중력 붕괴의 충격파로 모든 것을 소탕하는 위험한 마법.

중력장을 만들면 짧은 순간이나마 공간이 왜곡된다.

최대 위력을 발휘할 때 시공간에 구멍이 뚫린다면 이세계에 마물을 던져 넣는 셈이었다. 그러나 초중력 역장 속에서 살아남을 수 있는 생물이 있을 리 없었다.

"확률로 따지면, 말이 안 되지만……."

"가, 가능성은……."

"0퍼센트가 아니야."

""………….""

잠시 두 사람은 말이 없었다.

만약 이세계에 괴생물을 보냈다면 4신을 비난할 자격이 없었다. 자기 편하자고 다른 세계 생태계에 혼란을 초래했으니까.

고블린 정도라면 자연에 도태될 가능성도 있지만, 괴생물은 식물의 특성을 가졌다. 대량 번식할 가능성도 충분히 고려할 수 있었다.

게슈탈트 붕괴에 이은 악몽은 끝나지 않았다.

"……생각하지 말까. 던전 공략하고, 채집하고, 돌아가서 술 마시고 자자."

"그……러네요. 이참에 챙길 건 전부 챙깁시다."

"많아서 곤란할 일은 없으니까. 생계를 위해서 포션을 팍팍 팔아 보자고!"

이날 평화로운 던전에 두 침입자가 재앙을 불러왔다.

코볼트 가족은 숨어서 공포가 지나가기를 기다렸고, 강한 마물은 보금자리를 어지럽히는 침입자에게 분노해 용감하게 덤볐으나 오히려 당하고 말았다.

던전은 마물들의 단말마가 울려 퍼지는 지옥이 되었다고 한다.

태풍이 지난 후, 지혜를 가진 마물은 상형 문자 같은 독특한 문자로 이렇게 기록을 남겼다.

그 괴물들은 무언가를 두려워했다.

단순히 그 두려움을 잊기 위해서 우리를 덮친 것이다…….

무엇을 두려워했는지는 모른다.

하지만 그 힘은 무시무시하게 강했고, 많은 동포가 참혹하게 목숨을 잃었다.

그 괴물들을 떨게 하는 자가 누구인지 우리는 알 수 없었다.

다만, 가공할 만큼 강하다는 것만은 확실하다.

바깥세계는 얼마나 무서운 곳일까—.

그 원인이 이 던전에서 재배하던 괴생물이라고는 마물들이 어찌 알았겠는가.

그들은 살기 위해 이상한 생물을 재배했을 뿐이거늘…….

이 기록이 발견된 것은 그로부터 300년 뒤였다.

그리고 마물에게 지성이 싹텄다는 사실을 증명하는 유일한 기록으로 전 세계에 알려졌다.

 ## 제14화 아저씨, 신에게 지령을 받다

신역 장악에 고전하는 루시펠 일행은 모니터 화면을 보고 할 말을 잃었다.

지금까지 실컷 애먹이던 프로텍트가 이미 약 15퍼센트 해제됐다. 이것은 관측자의 후계자【알피아 메이거스】가 은하 하나를 제어할 힘을 되찾았음을 의미했다.

하지만 세밀한 제어는 불가능해서 신역을 맡기기에는 아직 역부족이었다.

그래도 【이름】을 부여받아 【신】으로서 존재를 확립한 덕분에 차원 관리 기구가 급속하게 관리 시스템을 해제하고 그 권한을 새로운 관리자에게 이양하기 시작했다.

하지만 정작 중요한 세계— 혹성 관리 시스템의 프로텍트가 해제되지 않아 아직 차원 붕괴의 특이점이 될 위험성을 품었다.

"이상하네요. 이만큼 프로텍트가 풀리면 혹성 하나의 관리 권한쯤은 쉽게 장악할 수 있을 텐데……."

"추측이지만, 한 번 모든 시스템을 장악하지 않으면 관리 권한에 간섭하지 못하는 거 아니야? 그 사람도 정말 번거로운 수단을 썼어……."

루시펠의 의문에 대답한 소우라스는 최신예를 능가하는 시스템을 짜면서도 이상한 곳에 쓸데없는 기능을 집어넣는 전 선배에게 살의까지 느꼈다.

이 불필요한 시스템이 없었다면 지금 당장 문제가 해결되겠지만, 성가시게도 모든 시스템 프로그램이 캐스트 퍼즐처럼 풀릴 듯 말 듯 서로 간섭했다.

"여기까지 왔는데 귀찮군. 아무리 생각해도 성격이 꼬였어."

"동의. 시스템 자체는 정교해서 놀랍지만, 동시에 불명확하고 쓸모없는 시스템이 다수 확인된다. 섣불리 프로텍트를 해제하면 위험하다고 판단한다."

벨사시스와 프로토 제로도 같은 의견이었다.

이쯤 되면 일부러 옛 먹이려는 수작이라는 생각만 들었다. 전 관측자가 자신들을 비웃고 있다는 생각을 떨쳐낼 수 없었다.

그만큼 이해되지 않는 시스템으로 구성되어 있었다.

"그 사람, 예술에는 불필요한 부분을 넣어야 제맛이라고 생각했으니까. 분명히 이 세계에서 좌천— 다른 관리 영역으로 이적됐을 때 뿌듯해했을 거야."

"후계자를 봉인한 것도? 그 일만 아니었으면 다른 세계도 행복했을 텐데 말야."

"그건 틀림없이 그 사람의 실수야. 독도 잘 쓰면 약이라지만, 잘못 다루면 나중에 상상하지도 못한 타격을 주는 사람이야……."

"그래서 좌천됐군요. 민폐 덩어리네요……."

전 관리자는 약은커녕 맹독 같은 존재였다.

소우라스나 벨사시스는 분체라서 정보 처리 능력이 부족했고, 사도와 가디언인 루시펠과 프로토 제로는 감당할 능력이 없었다.

이대로 관측자가 탄생할 때까지 기다리기도 문제가 있어 보였다.

현재 진행형으로 한 혹성이 소멸할 위기이며, 대규모 차원 붕괴를 일으킬 특이점이 될지 모를 사태였다.

문제 해결은 쉬울 텐데 손을 댈 수 없어서 몹시 애가 탔다.

"쓸데없이 우수해서 문제였어. 옛날부터 여러 사고를 쳤거든."

"어이, 소우라스…… 아무 상관 없는 이야기지만, 그 모습으로 옛날이야기를 하면 인지 부조화가 올 거 같아……."

"우리에게 나이는 무의미. 그보다 인원 확보가 우선이다."

"그러게요……. 차세대 관측자가 완전히 부활할 때까지 바보들에게서 정보를 은폐해야 하니까요."

"한 번 더 정의의 사도 해볼래? 헌터가 있으면 무능아들은 도망다니기 바쁘니까 정보를 숨기기 편하잖아. 어차피 세계 관리도 제대로 안 하고."

"그 이야기는 꺼내지 마세요!"

루시펠은 두 번 다시 흑역사를 만들고 싶지 않았다.

하지만 자신에게 【정의의 사도】 프로그램이 내포된 것도 알고 있었다.

케모 씨의 변덕에 따라서 언제 정의의 사도로 변모할지 모를 일이었다.

"중력 진동 감지. 누군가가 전이해 올 가능성 큼. 경계 레벨을 올린다."

"전이?"

"여기로? 도우미라면 좋겠는데……."

"시스템 관리가 특기인 분이면 좋겠어요. 오딘 님이나 오모이카네 님처럼……."

"관측자 완전 부활이 최우선. 적당한 제물을 토벌시킬 것을 추천."

"그러게. 그럼 그 두 사람에게 근처 마물을 해치우게 시키자. 다행히 가까운 곳에 팔팔한 사냥감이 있으니까."

"그럼 지금 당장 연락을……. 그나저나 누가 도우미로 와준 걸까요?"

지금 도우미가 와준다면 큰 도움이 된다.

하지만 어느 세계나 차원 세계 관리는 일손이 부족했다.

공간을 일그러뜨리며 나타난 것은—.

"히하하하하! 악신 로키, 등장이오!"

"아레스다……. 적은 어디 있지?"

"으하하하하하하! 뇌신 토르가 오셨다! 빨리 싸우게 해줘!"

"스사노오다. 한가해서 와줬으니까 고마운 줄 알라고."

"나는 포세이돈. 그래서 어디부터 때려 부수면 되지? 그리고 술은 없나?"

"""돌아가!"""

하필이면 문제아와 전투광이 도우미로 도착했다.

난동 부리는 재주밖에 없는 도우미는 당장 반품했다.

군신 아레스는 그나마 나은 편이지만, 다른 넷은 너무 문제가 많았다.

문제밖에 일으키지 않는 단세포라서 도저히 시스템 장악에 쓸 인재가 아니었다.

특히 로키가 있으면 도움은커녕 최악의 상황으로 치닫는 수가 있었다.

『귀찮으면 일단 부숴라』가 그들의 좌우명이니 근본부터 잘못된 인선이었다.

그들을 돌려보내는 데도 한바탕 소란을 피워야 했다.

그 후, 루시펠과 기존 멤버들은 사이좋게 소금을 뿌렸다고 한다.

◇　◇　◇　◇　◇　◇　◇

　머리가 아파지는 던전에서 날뛴 제로스와 아도는 전리품이나 보물 상자에 든 아이템도 확인하지 않고 악몽에서 도망치듯 던전을 빠져나왔다.

　그들 앞에서 던전은 무력했다.

　대리 신조차 죽일 수 있는 두 사람의 힘 앞에 마물이나 보스 따위 의미가 없었고, 불쌍할 정도로 허무하게 시체가 되어 버렸다.

　시체를 먹이로 삼는 던전에게는 반가운 상황이지만, 아저씨와 아도는 반대로 정신이 나갈 것 같았다. 주로 죄책감 때문에.

　신이 보낸 처형인은 던전에서 나올 때 이미 정신적으로 피폐해져 있었다.

　반면, 이 두 초인은 지칠 줄 몰라서 여유롭게 던전을 제패하고 말았다.

　마물들에게는 악마였다.

　"제로스 씨…… 우리 엄청난 잘못을 저지른 거 아니에요?"

　"……저질렀지. 불필요한 살육을 벌였어……. 우리는 신도 악마도 될 수 있겠어~."

　"무슨 인조인간 로봇이에요?"

　아저씨는 아도의 태클도 받아주지 않고 담배를 물어 불을 붙였다.

　하지만 그 손은 살짝 떨리고 있었다.

　살기 위해서 죽이는 것은 자연의 이치지만, 이번 일은 두 사람의 현실 도피였다. 도저히 용납될 일이 아니라서 죄책감에 시달렸다.

【소드 앤 소서리스】에서는 경험치를 벌기 위해 자주 몬스터를 소탕하고 다녔지만, 현실에서 하니 죄책감이 장난 아니었다.

그들은 자신이 악이라고 확실하게 자각했다.

힘에 도취하는 것보다는 낫지만, 반대로 이 힘에 익숙해져 가는 자신들이 무서웠다.

도적 같은 범죄자를 죽이는 것과는 또 다른 느낌이었다.

"감정 폭주…… 무섭네요."

"……윤리관이 망가지고 있는지도 몰라."

"일방적인 학살이었죠. 돌이켜보면 무시무시한 짓을 했어요…….."

"괴생물을 보고 다른 방향으로 게슈탈트 붕괴가 일어났어. 이거 위험한걸……."

악몽을 잊기 위해 힘에 취한다.

도피라고 하기에는 끼친 피해가 너무 컸다.

존재 자체가 재앙이었다.

"남에게는 잘난 체 훈계했지만, 나도 게임 감각에서 못 빠져나왔나……. 이거 문제로구만."

"이게 인간을 향한 공격이었으면 우리는 바로 인류의 적이라고요."

"4신을 해치우기 전에 우리가 고립되려나……. 사신 아가씨가 부활할 정도의 경험치는 벌었으니까 목적은 달성한 셈이지만, 이대로는 우리 정신이 못 버틸지도 몰라."

자기 힘의 위험성은 알고 있었지만, 약간의 실수로 자제력을 잃고 만다.

인간은 감정을 가진 생물이고 힘에 따른 책임은 굉장히 무겁다.

이 당연한 사실을 잊었다는 것이 자책의 원인이기도 했다.

"힘에 제한을 걸 수 있으면 좋겠는데…… 응?"

─띠로리로링~♪『메일이 도착했어. 긴급 지령 같아.』

""……뭐야? 이런 기능이 있었어?""

【긴급 지령】

현재 차세대 관측자가 급속도로 활성화 중.

완전 소생을 더욱 원활하게 진행하기 위하여 계속해서 이상종 토벌을 권장.

관리 시스템의 권한을 장악하기 위해서는 방어 프로그램 해제가 급선무. 협력해주시기 바랍니다.

현재 위치에서 북동쪽 약 10킬로미터 지점에 이번 표적인 이상종이 있으므로 퇴치해주십시오.

""…….""

사신 아가씨의 부활은 순조롭게 진행 중인가 보다.

상황은 잘 모르겠지만, 관측자를 더욱 완전하게 부활시키기 위해서 소우라스가 지령을 보낸 것이리라.

하지만 본심을 말하면 지금은 더 싸우고 싶지 않았다.

"……이거 안 하면 안돼요?"

"안되겠지~. 진짜 신이 보낸 지령이고, 우리 목적도 이뤄야 하니까."

"솔직히 그럴 기분이 아닌데⋯⋯."

"그래도 4신에게 세계를 맡긴 신이랑 동족이잖아? 이걸 무시하면 나중에 무슨 짓 당할지 몰라."

"그건 무섭네요⋯⋯. 아무리 아군이라도 인간은 아니죠. 우리랑 윤리관이 다를지도 모르고요."

"최악의 경우, 죽으면 이상한 벌레로 환생할지도 모르지~. 어딘지도 모를 세계에서⋯⋯."

"불길한 소리 하지 마요⋯⋯."

두 사람에게 선택권은 없었다.

메일을 보낸 자가 4신이라면 무시하겠지만, 이 지령은 진짜 신이 보낸 명령이었다. 무시하면 뒤탈이 있을까 봐 무서웠다.

심지어 세계를 넘어 차원 규모의 소란이 벌어지는 중이었다. 피해자이자 당사자인 제로스와 아도는 갈 수밖에 없었다.

여담으로 루시펠이 보낸 메일은 어디까지나 부탁이지, 명령이 아니었다.

하지만 두 사람은 이 사실을 깨닫지 못했다.

"⋯⋯갈까."

"그러죠. 돈 안 주는 악덕 기업에 취직한 기분이에요."

"그거 노예랑 동의어 아니야? 하긴, 회사의 노예니까 그게 그건가⋯⋯."

이리하여 두 사람은 지령대로 북동쪽으로 향했다.

◇　◇　◇　◇　◇　◇　◇

강력한 냉기 브레스가 설원을 통과했다.

방출된 마력이 어느 정도였는지는 알 수 없으나, 산간 지역의 계곡을 일직선으로 빠져나가고 뒤늦게 강렬한 충격파가 주변을 휩쓸었다.

"으어어?!"

"큭, 역시 용왕인가…… 벌써 우리를 발견했어."

충격파로 설원에 쌓인 눈이 날려서 일시적으로 두 사람의 모습을 감춰줬다.

적을 놓친 그 생물은 웅장한 날개를 펼쳐 구름 낀 하늘로 날아올랐다.

그 모습을 숨어서 지켜보던 아저씨와 아도는 귀찮은 지령을 받았다며 이를 갈고 후회했다.

은백색 비늘로 덮인 거구.

그 몸을 충분히 지탱하는 팔다리와 긴 꼬리를 가졌고 예리한 이빨이 빼곡하게 자란 악어 같은 턱.

자연의 위협 그 자체라고 말해도 과언이 아닌 그 모습은 웅장하면서도 아름다웠다.

그렇다, 제로스 일행이 상대하는 적은 드래곤.

그것도 용왕이라고 불리는 레벨까지 진화한 【블리자드 카이저 드래곤】이었다.

"저기요, 제로스 씨…… 우리가 채집하고 마물 퇴치하러 온 건

295

알지만, 이건 좀 아니지 않아요? 온 김에 곁다리로 잡을 적이 아니잖아요…….”

“나한테 말한들 아~무 소용없어. 신이 보낸 의뢰니까…….”

“이러다 진짜 죽겠어요…….”

“……4신보다 강한 생물은 의외로 많은 거 아닐까?”

두 사람은 바위 뒤에 숨어서 이 세계에 오고 처음으로 만난 강적을 관찰했다.

드래곤은 애초에 쉽게 이길 수 있는 생물이 아니었다. 이 세계에서 최강의 생물 중 하나며 레벨1이라도 상당히 강했다.

인간의 최고 레벨인 500으로도 드래곤은 결코 만만한 적이 아니었다.

인간과 드래곤은 기본적인 체력도 비교할 수 없을 만큼 차이가 나며, 거기에 레벨이라는 개념이 더해지면 살아 있는 재앙이었다.

드래곤 단 한 마리에게 나라가 멸망했다는 이야기도 이제는 이해할 수 있었다. 그야말로 생물의 정점에 군림하는 왕이었다.

“아도 군…… 저거한테 이길 수 있겠어? 예상보다 강해 보이는데…….”

“솔직히 말하면 어렵겠네요……. 무엇보다 선제공격을 당했어요. 이미 놈의 영역 안이라는 뜻이죠. 도망치기도 어려울걸요?”

드래곤은 영역 의식이 강한 마물이다.

먹이가 되는 하위 마물을 불필요하게 잡아먹지 않고, 행동 범위도 넓어서 생태계를 망가뜨리지도 않는다. 하루 대부분을 자면서 보내지만, 배가 고프면 무섭도록 사나운 포식자가 된다.

또한, 여타 짐승보다 높은 지능과 마법 내성을 가졌으며 체력이 어마어마해서 쉽게 잡을 수 있는 존재가 아니다. 용왕 클래스라면 더 말할 필요도 없다.

『드래곤을 만나면 도망칠 수 없다』라는 말이 있는데, 그 가장 큰 이유가 그들이 절대적인 사냥꾼이기 때문이다. 이 공격성 강한 초대형 육식동물은 사냥감을 처치할 때까지 집요하게 노린다.

"나는 돌아가서 마누라랑 아이를 안아줄 거야……. 이런 곳에서 죽을 수는 없어."

"아도 군…… 그거 사망 플래그야. 그리고 아이는 아직 태어나지도 않았잖아? 재수 없는 소리 하지 말아 줄래?"

"저 녀석을 해치우면 아껴 뒀던 버번으로 건배하죠."

"이거 말기구만……. 말이 씨가 되지 않게 조심해. 네가 죽으면 내가 원망받으니까…… 윽, 왔다!"

—쿠구우우우우우우우우우우우우우우우우우우우우우웅!

아저씨와 아도가 숨어 있던 바위를 향해서 다시 브레스가 날아들었다.

고압축한 공기압 브레스지만, 동시에 영하의 온도를 지닌 냉기이기도 했다.

브레스는 바위를 부수면서 대기의 수분이 응결해 거대한 얼음덩어리로 만들었다.

"아까 브레스는 약한 편이었나? 게다가 저 덩치로 용케 장시간 비행이 가능한걸. 거구를 띄우려면 마력도 상당히 필요할 텐데~."

드래곤의 거구로는 본래 비행이 불가능했다.

그것을 가능케 하는 힘은 육체에 내포한 방대한 마력이었다.

"망할 자식아아아아아아! 내려와서 싸워!"

하늘을 자유롭게 날아다니는 능력은 자연계에서 큰 강점이다.

특히 대형 포식자의 경우, 낙하 속도를 이용한 태클은 일격필살의 무기가 된다. 심지어 덩치에 안 어울리게 몸놀림이 기민하다.

제공권을 빼앗긴 시점에서 제로스와 아도는 불리할 수밖에 없었다. 이대로 가면 두 사람의 공격 수단이 제한되므로 일단 정보부터 모으기로 했다.

"우리도 하늘을 날까요?"

"지금 나가서 어쩌려고. 비행 마법은 마력 소비가 커서 회복속도가 따라오지 못해. 아무리 우리 마력이 많아도 드래곤만큼은 아니야."

"어떻게 땅으로 떨어뜨릴 수 없을까요?"

"잠깐 시야를 차단할 수는 있지만, 남발하면 짐승은 학습해버려. 차근차근 피해를 주는 수밖에 없어."

"장기전은 피할 수 없나……. 우리, 돌아갈 수 있겠죠?"

"……."

드래곤과 싸우려면 우선 땅으로 떨어뜨려야 했다.

하지만 비행하다가 마력이 적어지면 곧장 다른 곳으로 가서 쉬는 경향이 있고, 자기 몸을 지키는 데 신중한 드래곤도 있었다. 저 앞에 있는 용왕이 그렇다면 장기전을 각오해야 했다.

드래곤은 장수하는 종이며 늙은 성체일수록 가혹한 자연계를 살아남으며 얻은 지식과 경험이 있었다. 오래 산 개체일수록 교활하며 신중했다.

결국 제로스와 아도는 한 번도 공격하지 못한 채 시간만 하염없이 지나갔다.

"오? 겨우 이동하나 보네~."

"마력이 떨어지는 데 두 시간이나 걸리나…….."

"브레스도 마구 쐈으니까 지금 추격해서 결정타를 먹여야 해. 쫓아가자."

"RPG가 아니라 진짜 사냥이잖아……. 조무래기를 소탕하는 게 빠르지 않아요?"

"그러면 먹이가 부족해진 드래곤이 인간을 공격할걸. 생태계를 망가뜨리는 건 언제나 인간이야. 저것들에게 선악의 구분은 없어."

"……하는 수밖에 없나."

두 사람의 가혹한 사냥은 이제 막 시작됐다.

아라포 현자의 이세계 생활 일기 10

초판 1쇄 발행 2022년 6월 10일

지은이_ Kotobuki Yasukiyo
일러스트_ JohnDee
옮긴이_ 김장준

발행인_ 신현호
편집장_ 김승신
편집진행_ 권세라 · 최혁수 · 김경민 · 최정민
편집디자인_ 양우연
관리 · 영업_ 김민원

펴낸곳_ (주)디앤씨미디어
등록_ 2002년 4월 25일 제20-260호
주소_ 서울시 구로구 디지털로 26길 111 JnK디지털타워 503호
전화_ 02-333-2513(대표)
팩시밀리_ 02-333-2514
이메일_ lnovellove@naver.com
L노벨 공식 카페_ http://cafe.naver.com/lnovel11

ARAFO KENJA NO ISEKAI SEIKATSU NIKKI Vol. 10
ⓒKotobuki Yasukiyo 2019
First published in Japan in 2019 by KADOKAWA CORPORATION, Tokyo.
Korean translation rights arranged with KADOKAWA CORPORATION, Tokyo.

ISBN 979-11-278-6471-2 04830
ISBN 979-11-278-4453-0 (세트)

값 9,500원